*Die Rivalin*

*Manuela Kuck*

# *Die Rivalin*

*Krug & Schadenberg*

# 1

Rieke wartete im Wagen auf mich, und ich freute mich, sie zu sehen. Ich ließ den Frühlingswind über mein Gesicht streichen und atmete tief durch, während ich über den Parkplatz auf sie zuging. Der Tag war anstrengend gewesen, und es tat gut, jetzt einfach abschalten zu können.

Rieke hatte die Fensterscheibe heruntergekurbelt und hob mir ihr Gesicht entgegen. Ich küsste sie.

»Hallo, du siehst ja ganz schön groggy aus«, sagte sie dann. »Magst du eine Runde spazierengehen? Oder hast du Lust, in nettem Ambiente ein paar Kalorien einzufahren?«

Sie lächelte spitzbübisch. Manchmal nahm sie mich mit meiner Essproblematik einfach auf die Schippe, und ich kam erstaunlich gut damit klar.

»Wir könnten auch zu Georg fahren«, schlug sie weiter vor. »Er hat gestern angerufen und meinte, bei ihm könnte man schon auf der Terrasse sitzen und wir seien herzlich eingeladen, das bei Kaffee und Kuchen oder Wein und Knabberzeug auszuprobieren. So gesehen kann man ja eigentlich immer auf der Terrasse sitzen – also auch bei Schneeregen, Blitzeis und in tosendem Frühlingsgewitter. Ich habe ihm jedoch gesagt, dass ich für derlei Freiluftbetätigungen eher Temperaturen um die fünfundzwanzig Grad plus Sonne bräuchte. Stell dir vor, das konnte er gar nicht so recht nachvollziehen. Komischer Kauz!«

Ich lachte und stieg ein. Georg, ein ehemaliger Zimmermann und phantasievoller Hobbykoch, der die Sechzig bereits überschritten hatte, wohnte in einem kleinen Haus in Teltow, direkt hinter der südwestlichen Berliner Stadtgrenze, und war ein alter Freund von Rieke, den ich inzwischen auch sehr zu schätzen wusste. Anfangs waren mir sein eindringlicher Blick und seine gradlinige, knurrige Art gehörig auf die Nerven gegangen, mittlerweile hatte ich den alten Brummbären ins Herz geschlossen. Doch nach einem Besuch stand mir trotzdem nicht der Sinn.

»Ein andermal vielleicht«, sagte ich. »Ich würde jetzt lieber mit dir allein sein.«

Rieke zwinkerte mir zu und pfiff durch die Zähne. »Das höre ich natürlich gerne. Wohin darf ich dich entführen?«

Wir entschieden uns nach kurzer Diskussion, in den Grunewald zu fahren, um das freundliche Wetter auszunutzen.

»Gab es etwas Besonderes in der Gruppe?« fragte Rieke, als wir zwanzig Minuten später händchenhaltend durch den Wald spazierten.

Ich gehörte seit ungefähr einem halben Jahr einer Gruppe von essgestörten Frauen an, die sich regelmäßig trafen und ihre Probleme oder auch Fortschritte besprachen. Am frühen Abend hatte ich an einer Sitzung teilgenommen. Sie war, wie meistens, anstrengend gewesen. Einmal Eßstörungen, immer Eßstörungen? Manchmal hatte es wirklich den Anschein. Wer rasant auf die Vierzig zuging und sich seit den Jugendjahren mit Magersucht oder Bulimie herumschlug, durfte getrost davon ausgehen, dass sie Teil seines Lebens geworden war und es wohl auch bleiben würde. Mein Therapeut Bastian hatte letztens ähnliches verlauten lassen. Je ausgeglichener ich war und je sicherer ich mich fühlte und mit den Alltagsanforderungen zurechtkam, desto weniger Einfluss hatte die Eßstörung auf mein Befinden, meine Entscheidungen, meine Gefühle. Sie blieb im Hintergrund – um dort allerdings aufmerksam zu lauern. War ich voller Unruhe, musste ich Konflikte lösen oder fühlte ich mich unwohl in meiner Haut, war mein Kalorienzähler schnell zur Stelle und die Essenseinteilerin gab eifrig ihre Kommentare ab, dicht gefolgt von der Oberschenkelvermesserin.

Ich wog durchschnittlich vier bis fünf Kilo mehr als im letzten Spätherbst, als Rieke mit mir in die Klinik gefahren war, weil ich zu viele Abführtabletten genommen und vom Durchfall gefährlich geschwächt war. Jahrelang hatte ich regelmäßig zu Abführtabletten gegriffen, um mein Gewicht zu halten oder zu drücken. Seinerzeit hatten Kim und ich uns gerade getrennt, und sie hatte in einem üblen Streitgespräch meinen wunden Punkt getroffen. Nun brachte ich also etliche Kilo mehr auf die Waage, die ich mal in Hundertgrammschritten, dann wieder pfundweise zugelegt hatte und die mir manchmal den Angstschweiß auf die Stirn trieben, obwohl ich wusste, dass es lächerlich war. Ich hatte ein für meine Größe und mein Alter immer noch niedriges Gewicht und war sehr schlank. Aber tief im Inneren fühlte ich mich oftmals dick, pummelig, unansehnlich. Außenstehende können das kaum nachvollziehen und halten es wahrscheinlich für kokette Spinnerei. Letztens sagte mir ein Kollege, den ich länger nicht gesehen hatte, dass ich so wohl aussähe und dass die etwas runderen Wangen mir besonders gut stünden. Rundere Wangen? Ich erschrak. Zog den Bauch ein, überprüfte mein Kinn. Nagende Unruhe. Wenn das verzerrte Bild, das ich von mir selbst hatte, mich zu sehr bedrängte – immerhin wusste ich, dass es verzerrt war, doch ändern konnte ich es trotzdem nicht –, dachte ich an Sabine. Sie war auch in der Gruppe gewesen und an Weihnachten im Jahr zuvor an Magersucht gestorben.

Rieke sah mich auffordernd von der Seite an. Ich hatte ihre Frage noch nicht beantwortet. Ich drückte ihre Hand und schüttelte den Kopf.

»Nein, nichts Besonderes, nur das Übliche – und gerade das geht mir manchmal gehörig auf die Nerven. Immer die gleiche Leier. Ich kann mich ja kaum selbst ertragen mit all diesen stets aufs neue wiederkehrenden Gefühlen, Gedanken, Bedenken und Ängsten! Man dreht sich im Kreis. Man spürt es selbst und kann es doch nicht ändern. Oft sagt eine Frau nur drei Worte, und ich weiß schon, wie der Satz enden wird, worauf sie hinaus will.« Ich sah Rieke an. »Versteh mich nicht falsch, das sind keine Vorwürfe, die ich den anderen Frauen mache. Ich bin ja selbst so –

ich kann es nur einfach nicht mehr hören, egal von wem es kommt. Dieser Spiegel, in den ich ständig gucken muss – es ist frustrierend.«

»Verstehe. Hast du mal mit Bastian darüber gesprochen?«

»Klar – das gehört zum Prozess dazu, meint er.«

Rieke verdrehte die Augen, dann lächelte sie aufmunternd. »Da hast du es. Wahrscheinlich siehst du das in einem Jahr alles ganz anders. Also hab Geduld. Schließlich bist du ja erst einige Monate dabei.«

Wir gingen eine ganze Weile schweigend weiter. Es roch herrlich frisch nach Harz und feuchter Erde, Riekes dunkelblondes Haar glänzte in der Abendsonne, und ich hätte zufrieden sein können oder sogar müssen. Ich hatte eine wunderbare, warmherzige Freundin, einen tollen Job, befand mich auf dem Weg der Heilung, gewann allmählich ein halbwegs entspanntes Verhältnis zu meinen Eltern und lebte in einer aufregenden Stadt. Und bei näherer Betrachtung? Ja, Berlin war voller Esprit, aber eben auch laut, schmutzig, irritierend, und es stimmte, dass meine Eltern sich große Mühe gaben, mich zu verstehen. Allerdings würde gerade meine Mutter noch in hundert Jahren lieber um ihren verstorbenen Sohn trauern, statt sich wirklich um herzliche Nähe zu mir zu bemühen. Meine Fortschritte in der Therapie waren unübersehbar und kaum groß genug einzuschätzen – nur wann würde sich diese Tatsache endlich zu einer grundsätzlichen Gewissheit wandeln, auf die ich stolz sein, über die ich mich freuen konnte? Und Rieke? Sie war stets für mich da, doch hin und wieder wünschte ich, sie würde auch mal nein sagen, sich zurückziehen, ihren persönlichen Freiraum einfordern und verteidigen. Blieb noch mein Job in der Werbeagentur. Er war kreativ, fordernd, abwechslungsreich, aufregend – ich meisterte ihn gut, und meine Leistungen wurden anerkannt. Und er gefiel mir nicht mehr. So einfach war das.

»Und sonst so?« hakte Rieke schließlich nach. »Stress mit Kunden, der über das normale Maß hinausgeht?«

Ich blieb ruckartig stehen, und Rieke konnte gar nicht anders, als es mir gleichzutun, da ich ihre Hand nicht losließ. »Stress ist der falsche Ausdruck. Es steht mir sozusagen hier.« Ich fuhr mir quer über den Hals. »Manchmal würde ich den ganzen Kram am liebsten ...«

Sie legte den Kopf schief. »Ja?«

»Um ehrlich zu sein – die Sache mit den Schokoriegeln, Keksen, Chips und bauchfreien Jeans ...« Ich schüttelte den Kopf und atmete lautstark aus. »Ich stehe einfach nicht mehr dahinter! Hört sich platt und abgedroschen an, aber anders kann ich es nicht ausdrücken, denn es trifft den Nagel auf den Kopf und beschäftigt mich nicht erst seit gestern.«

Rieke runzelte die Stirn und sah mich irritiert an.

»Du hast immer gesagt, es sei ein toller Job, Vermarktungsstrategien zu entwickeln«, wandte sie ein. »Es würde dich reizen, die Lücken in der Werbung der Konkurrenz zu entdecken, um in dem ganzen Überangebot doch wieder als etwas Besonderes hervorzustechen – unabhängig davon, um welches Produkt es sich handelt.«

»Ja, das sind wohl meine Worte gewesen.«

Wir gingen gemächlich weiter, obwohl ich am liebsten mit eiligen Schritten durch den Wald gelaufen wäre. Das Thema gärte seit geraumer Zeit in mir, aber dass ich inzwischen so klar Position bezog und derart emotional reagierte, überraschte mich selbst.

»Und nun nerven also die Schokoriegel? Geht es also doch um das Produkt?« fragte Rieke. »Würde es dir besser gefallen, für ... sagen wir, Magerjoghurt oder fettfreie Müsliriegel Werbung zu machen?« Sie warf mir von der Seite einen ihrer besonders forschenden Blicke zu.

Ich hielt ihm stand. »Ich weiß, was du denkst, aber das trifft es nicht. Es geht nicht um meine speziellen Probleme mit dickmachenden Lebensmitteln, dann hätte ich in dem Laden ja nie anfangen dürfen, geschweige denn Karriere machen und einen leitenden Posten übernehmen ...«

» ... sondern?«

»Ich glaube, es geht einfach um das grundsätzliche Engagement meiner Firma bei den Produkten, für die wir Werbung machen.«

»Nämlich?«

»Nämlich die Scheinwelt, die wir regelmäßig entwickeln – die schöne bunte Illusion, mit der wir ständig locken und den Leuten den Mund wässrig machen und die ihnen als jederzeit auch für sie mögliche Alternative zu ihrer eigenen, ja meist sehr viel tristeren Lebenswirklichkeit vorgegaukelt wird. Indem sie dieses oder jenes Produkt kaufen, wird dann alles anders. Esst diesen Riegel, diesen Keks, tragt diese Hose und ihr seid jung, kreativ, gut drauf, habt Freunde, seht toll aus oder noch toller als vorher und so weiter und so fort. Du weißt, was ich meine – das Produkt hat mit dem Leben, dem Alltag der Menschen so gar nichts zu tun. Warum sollte es auch? Ein Schokoriegel ist ein Schokoriegel. Ende.«

»Ich verstehe schon, was du meinst, aber das mit der Scheinwelt weißt du doch nicht erst seit vorgestern!« entgegnete Rieke energisch. »Werbung funktioniert nun mal so, egal in welcher Firma oder um welches Produkt es geht, und sie ist dein Job – seit fast zwei Jahrzehnten. Und bislang hast du deine Arbeit gern und gut gemacht und warst nahezu immun gegen jegliche grundsätzliche Kritik. Außerdem ist es doch mit Joghurt oder Müsliriegeln nicht anders. Da wird suggeriert, dass sie gesund sind und darüber hinaus schlank und damit schön machen, womit sich dann auch Glück, Erfolg, Liebe einstellen und so weiter. Oder habe ich da was falsch verstanden?« Ihr Ton war ironisch geworden.

»Nein, hast du nicht, nur die Diskrepanz zwischen den Produkten Joghurt und Müsliriegel, um bei dem Beispiel zu bleiben, und dem, was quasi als Belohnung für den Konsum suggeriert wird, ist meiner Meinung nach nicht ganz so groß wie bei den Süßwaren«, wandte ich ein. »Doch davon abgesehen habe ich nicht vor, nun in die Milchprodukte- oder Cerealienwerbung zu gehen. Es gibt ja nicht nur den Lebensmittelsektor.«

Rieke kratzte sich am Hinterkopf. »Hm, also hundertprozentig überzeugend finde ich deine Argumente nicht, wenn ich ehrlich sein soll. Irgendwie sehe ich die grundsätzlichen Unterschiede einfach nicht. Werbung ist und bleibt nun mal Werbung – die Unternehmen wollen ihre Produkte verkaufen, und der Kunde soll gefälligst glauben, dass dieser oder jener Artikel der beste, schönste, günstigste ist, entsprechend wird er angepriesen, Ende, aus. Ob Joghurt, Schokoriegel, Jeans, Autos oder sonst was.«

Ich seufzte. »Ja, ich weiß«, gab ich ihr zögernd recht. »Ich bin mir auch bewusst, dass sich das ziemlich unausgegoren anhört. Wahrscheinlich brauche ich nur eine Art argumentatives Absprungbrett, um meine berufliche Neuorientierung zu rechtfertigen.«

»Argumentatives Absprungbrett«, wiederholte Rieke murmelnd. »Darf ich das bei Gelegenheit mal zitieren?«

»Darfst du.« Ich lächelte sie von der Seite an. »Seit ich im letzten Sommer von Frankfurt nach Berlin zurückgekehrt bin, hat sich alles mögliche in meinem Leben verändert. Im Grunde ist kaum noch etwas wie vorher. Bis auf meinen Job, und nun scheint auch der an der Reihe zu sein. Glaub mir, niemand ist darüber verwunderter als ich selbst.«

Ja, in der Tat – ausgerechnet ich, die ich jegliche Veränderungen zunächst einmal skeptisch betrachtete und der seinerzeit das Angebot meiner Firma, in der Hauptstadt eine Dependance zu leiten und somit nach nahezu zwanzig Jahren in meine Geburtsstadt zurückzukehren, gar nicht willkommen gewesen war, krempelte in weniger als einem Jahr mein Leben nahezu komplett um.

»Und? Was willst du machen?« Sie sah mich gespannt an.

»Ich glaube, ich schaue mich einfach mal ein bisschen um – es gibt auch noch andere Firmen mit anderen Schwerpunkten. Wer weiß ...«

Rieke legte mir den Arm um die Taille, und ich zog automatisch den Bauch ein. Ob sie das mitbekam?

»Das klingt, als hättest du schon etwas im Visier«, mutmaßte sie.

»Nein, soweit ist es dann doch noch nicht.«

Wir waren inzwischen wieder am Parkplatz angelangt und blieben vor dem Wagen stehen.

»Nun, es kann ja grundsätzlich nicht schaden, die Augen offenzuhalten. Wie sieht es denn in der Branche mit freien Stellen aus?« fragte Rieke und entriegelte die Türen.

»Es tut sich einiges in der Stadt – vergleichsweise preiswerte Gewerbemieten zum Beispiel in Mitte und die anregende Großstadtatmosphäre locken die Leute. Allerdings müsste ich in einem anderen Unternehmen gehaltsmäßig wohl einige Abstriche machen«, überlegte ich halblaut, während wir einstiegen. »Schließlich habe ich mir in vielen Jahren eine leitende Position erarbeitet und kann nicht davon ausgehen, woanders gleich ganz oben einzusteigen.«

Rieke startete den Motor und legte den Gang ein. »Sollte da tatsächlich was draus werden, wirst du deine Brötchen wohl trotzdem noch bezahlen können – die anderthalb, die du verdrückst, gehen ja nicht so heftig ins Geld!« Sie kicherte. »Und wenn es doch mal mau in deinem Portemonnaie aussieht, kommst du eben zu mir ins Bistro zum Essen. Ich verspreche dir, dass ich dir keinen Schokoriegel anzudrehen versuche, auch keinen Bioschokoriegel! Außerdem, nur mal so nebenbei angemerkt: Meine Wohnung ist groß genug für zwei. Da ließe sich eine Menge Knete sparen.«

Ich sah rasch zum Fenster hinaus. Rieke meinte das Angebot ernst. Sie wäre lieber heute als morgen mit mir zusammengezogen – das hatte sie mit Kim, meiner Ex-Freundin, gemeinsam –, und sie ließ es immer wieder durchblicken: mal in einen Scherz gekleidet, mal als scheinbar nebensächliche Bemerkung charmant hingeworfen. Für mich war das kein Thema. Noch nicht. Vielleicht nie, und ich war bisher meistens ausgewichen, wenn die Rede darauf gekommen war. Ich schätzte die Distanz. Bei Rieke hingegen löste sie Angst oder Unruhe aus. Zumindest schien sie ihr in der von uns gelebten Form auf Dauer überflüssig und stellte einen Störfaktor dar, frei nach dem Motto: Wenn man sich liebt, lebt man unter einem Dach, glücklich natürlich. Obwohl wir das Thema noch nicht näher diskutiert hatten, war mir klar, dass meine Haltung sie verletzte und sie die Hoffnung hegte, dass ich bald einlenken würde. Ich hoffte das nicht. Ich hatte eben andere Wünsche, andere Bedürfnisse. Mein Freiraum war mir nicht nur wichtig – ohne ihn hatte ich Mühe, mich selbst richtig zu spüren, und um so weniger Raum gab es dann auch für meine Gefühle für Rieke. Aber ich vermutete, dass sie das nicht verstehen wollte oder konnte.

»Du sagst ja gar nichts mehr«, fuhr Rieke einen Moment später fort und bog auf die Straße ein. Ihre Stimme war sehr hoch. »Ich finde die Idee gar nicht schlecht.«

»Ich weiß.«

Sie sah mich kurz an und richtete den Blick dann wieder auf die Straße.

»Wie gut, dass du angeschnallt bist, sonst würdest du dich vor Begeisterung förmlich überschlagen«, erklärte sie frotzelnd. »Mir ist klar, dass du deine Eigenständigkeit schätzt, aber ist das Zusammenleben denn überhaupt kein Thema für dich? So grundsätzlich. Nicht heute oder morgen, aber vielleicht doch übermorgen? In einer genügend großen Wohnung?«

Ich stöhnte innerlich auf. Musste das ausgerechnet jetzt sein? Die Frage war unsinnig, aber sie kam mir trotzdem in den Sinn.

»Es ist ein schwieriges Thema«, sagte ich schließlich.

»Warum?« Rieke ließ nicht locker. »Was ist daran so schwierig? Unsere Standpunkte können sich doch nur annähern, wenn wir über sie reden und einen Kompromiss suchen.«

»Weil ich glaube, dass unsere Standpunkte sehr weit auseinanderliegen und wir in der Sache nicht auf einen Nenner kommen. Aber ich möchte natürlich nicht, dass du ...«

»Du willst also nicht!« unterbrach sie mich abrupt. »Sag das doch einfach! Ich habe nur einen Vorschlag gemacht angesichts deiner Überlegung, eventuell einen anderen Job anzunehmen, bei dem du wohl finanzielle Abstriche machen müsstest. Du brauchst kein Blatt vor den Mund zu nehmen. Ich bin ja nicht aus Zuckerwatte, und ich kann einiges ab.«

Wenn du dich da mal nicht täuschst, dachte ich und seufzte leise.

Sie sah mich kurz von der Seite an. »Was ist?«

»Ich will dir nicht weh tun, Rieke«, sagte ich behutsam.

»Wie ich diesen Satz hasse«, erwiderte sie ruhig und hielt vor einer roten Ampel. Sie sah mich nicht an. »Er taucht immer dann auf, wenn es um eine glasklare Abfuhr geht, und diejenige, die die Abfuhr erteilt, möchte natürlich nicht mit der Enttäuschung der anderen konfrontiert werden. Das riecht nämlich nach Mißstimmung, zähen Diskussionen, vielleicht sogar Tränen. Aber lass mal gut sein – ich habe mir schon so was gedacht. Du bist nicht die Frau für kuschelige Zweisamkeit. Gemeinsam schlafen gehen und aufstehen, frühstücken, sich aufs Wochenende freuen, Anschaffungen planen und den Haushalt organisieren, Freundinnen zum Essen einladen, bei IKEA einkaufen, vielleicht sogar zusammen einen Bonsai aufziehen – alles nicht dein Ding, warum auch immer, ich weiß. Trotzdem schade.«

Ich schaute auf meine Füße und sah dann wieder hoch. »Im Moment kann ich mir das nicht vorstellen, nein. Aber das hat nichts mit meinen Gefühlen für dich zu tun. Ich bin einfach so, verstehst du? Ich war es schon immer. Du kennst mich doch gar nicht anders.«

Rieke presste die Lippen aufeinander. »Alles kann sich ändern, das hast du doch vorhin selbst gesagt – sogar in Bereichen, in denen du das bislang für ausgeschlossen gehalten hast. Doch davon abgesehen – klar, ich versuche es zu verstehen, aber es fällt mir schwer.« Die Ampel sprang auf grün, und sie gab Gas.

»Was ist so schwer daran, abgesehen davon, dass du enttäuscht bist, weil du dir etwas anderes für uns wünschst?«

»Ganz einfach – ich denke, dass in einer rundum glücklichen Beziehung irgendwann beide den Wunsch haben zusammenzuleben. Sonst stimmt eben was nicht.«

»Das ist Quatsch«, sagte ich und meinte es auch so.

Rieke bog in die Straße ein, in der ich wohnte und fand vor meinem Haus einen Parkplatz. Sie hielt an und stellte den Motor ab. »Das ist also Quatsch? Interessant.«

»Ja – verschiedene Menschen, verschiedene Träume. Du kannst doch nicht alle über einen Kamm scheren. Besser gesagt: über deinen Kamm.«

Sie sah mich an. »Meinst du, es wird immer so bleiben?«

»Ich weiß es nicht. Ich weiß es wirklich nicht.«

Sie nickte. »Na dann ...«

Ich legte meine Hand auf ihren Arm. »Rieke, komm, nun schau nicht so traurig drein! Wer weiß, vielleicht bist du in ein, zwei Jahren diejenige, die froh ist, dass wir nicht zusammenwohnen.«

»Warum sollte ich darüber froh sein?«

»Weil du vielleicht festgestellt hast, dass dir unsere Beziehung so wie sie ist guttut – viel besser als ursprünglich vermutet. Auch deine Bedürfnisse können sich wandeln.«

Sie verzog den Mund. »Ein schöner Trost!«

»Ach, Rieke ...«

»Lass mal gut sein und genieße den Abend so ganz für dich allein«, meinte sie dann süffisant und zwinkerte mir mit aufgesetztem Lächeln zu. »Ist ja glücklicherweise niemand da, der dir dazwischenquatschen könnte.«

Ich sah sie einen Moment schweigend an, dann öffnete ich die Wagentür. »Ich rufe dich an, okay?«

»Tu dir nur keinen Zwang an.«

Kurz darauf betrat ich meine Wohnung und atmete ihre kühle Leere ein. Der Kühlschrank summte leise, der Anrufbeantworter blinkte. Die Küche war aufgeräumt und blitzsauber. Ich fand alles so vor, wie ich es morgens hinterlassen hatte. Ein schönes Gefühl, das ich zutiefst schätzte. Und brauchte.

## 2

Das Roggenbrot war gelungen. Die dunkle Kruste war aufgebrochen, und es verströmte einen intensiven, leicht säuerlich-herben Geruch, bei dem mir meist das Wasser im Mund zusammenlief. Ich legte die Laibe zum Abkühlen aufs Gitter und schob die nächsten Bleche in den Ofen: Kürbiskern- und Leinsamenbrot sowie knuspriges Ciabatta mit Oliven. Nebenbei trank ich meinen Kaffee und stellte die Einkaufsliste zusammen. Selten hatte ich mich so auf die Frage konzentriert, wieviel Rohrzucker ich kaufen und ob ich einen weiteren grünen Tee ins Angebot meines Bistros nehmen sollte. Je stärker ich meine Gedanken auf mein Tun ausrichtete, desto weniger konnten meine Gefühle dazwischenfunken. Aber natürlich gelang es ihnen trotzdem immer wieder. Ich wischte mir den Schweiß von der Stirn. Es war heiß in der Küche, und es versprach ein warmer Frühsommertag zu werden. Ich entschied mich, Eistorte mit Himbeeren und Vanille vorzubereiten, obwohl das ein teures Vergnügen war und meine Kundschaft sich zur Zeit unerfreulich zurückhielt. Wenn die Umsätze in den nächsten Monaten so schwach blieben, von einer weiteren Verschlechterung ganz zu schweigen, durfte ich anfangen, mir ernsthaft Sorgen zu machen. Als hätte ich nicht schon genug, worüber ich mir den Kopf zerbrechen musste.

Paulas Entscheidung, den Job zu wechseln, die Werbeagentur, deretwegen sie im Jahr zuvor Frankfurt den Rücken gekehrt hatte, tatsächlich zu verlassen, war so schnell gefallen, dass ich aus dem Staunen kaum herauskam. Ausgerechnet Paula, für die immer alles genau nach Plan laufen musste und die schon unruhig wurde, wenn sich mal ein Termin um fünfzehn Minuten verschob oder sie ihren Wasch- und Bügeltag nicht wie gewohnt einhalten konnte, fasste innerhalb weniger Wochen einen ebenso grundsätzlichen wie weitreichenden Entschluss hinsichtlich ihrer beruflichen Zukunft und setzte ihn prompt um. So spontan hatte ich sie noch nie erlebt. Ja – sie war nachdenklich geworden, was ihre Aufgabe anging, Süßwaren so clever zu vermarkten, dass man kaum widerstehen konnte, und hatte sicherlich auch schon seit längerem den Spaß daran verloren, aber wer zweifelte nicht gelegentlich an seinem Tun und sehnte sich nach etwas Neuem? Wenn es danach ging, hätte ich das Bistro schon vier Wochen nach der Eröffnung wieder geschlossen und anschließend regelmäßig alle paar Monate. Jedenfalls hatte Paula in Null Komma nichts einen anderen Job in Aussicht und war sich verblüffend schnell mit ihrem alten Arbeitgeber über einen Auflösungsvertrag einig geworden. Seit kurzem gehörte sie zum Team einer Firma, die schwerpunktmäßig auf dem Sportartikel- und Freizeitsektor tätig war. Nun befasste sie sich nicht mehr mit der Frage, wie Schokoriegel XY einen größeren Bekanntheitsgrad als die ungefähr dreißig anderen erlangen konnte, sondern beschäftigte sich damit, schnittige Rennräder und Inlineskates verkaufsfördernd darzustellen und Erlebnishungrige von einem bestimmten Reiseunternehmen zu überzeugen. Ich hielt den Unterschied nicht für gravierend, aber Paula war begeistert bei der Sache – obwohl sie rund um die Uhr arbeitete, bedeutend weniger verdiente als vorher und keinen leitenden Posten mehr hatte. Sie war im Dauerstress, einem positiven Stress, wie sie lächelnd betonte, aber ich wurde den Eindruck nicht los, dass sie gern unter Strom stand, weil das ihr Gewicht beeinflusste – nach unten selbstverständlich. Ich war mir sicher, dass sie wieder ungefähr zwei Kilo abgenommen hatte. Das schien nicht viel, aber für eine seit gut zwanzig Jahren magersüchtige Frau, die sich gerade erst an den Gedanken gewöhnt hatte, dass Untergewicht sowie ständiges Kontrollieren und Hungern ein Krankheitsbild darstellten, war das ein ernstzunehmendes Warnsignal, das man nicht übersehen durfte. Eine in diese Richtung gehende Frage hatte Paula letztens achselzuckend beiseite geschoben – meine Fürsorglichkeit sei ja nett, aber ich solle es nicht so übertreiben. Aha. Nun gut. Dann eben nicht.

Ich ging nach vorn ins Bistro und verteilte Vasen mit kleinen Blumensträußen auf den Tischen. Obwohl ich inzwischen einiges von Paula wusste, viele Beweggründe ihres Handelns nachvollziehen konnte und sogar einen wesentlichen Teil ihrer schwierigen Familiengeschichte kannte, schien sie mir manchmal noch genauso rätselhaft wie damals in der Schulzeit oder auch beim neuerlichen Auftakt unserer Freundschaft vor knapp einem Jahr, als ich glaubte, es lediglich mit einer erfolgreichen, schönen, ein wenig kühlen, aber nichtsdestotrotz interessanten und charmanten Frau zu tun zu haben. Ja, sie konnte hinreißend charmant sein, verführerisch, aufmerksam, und wenn ihr der Sinn danach stand, eine ganze Nacht Sex mit mir zu haben, dann blieb kein Wunsch offen und ich brauchte anschließend zwei Tage, um mich zu erholen. Wenn ihr nicht der Sinn danach stand, ließ sie mich vier Wochen lang schmoren, ohne auch nur danach zu fragen, wie ich mich fühlte. Distanz war überhaupt ihr Thema. Oder war es meins? Kaum schöpfte ich nach einer schönen Nacht mit viel Zärtlichkeit und Harmonie Hoffnung, dass unsere Beziehung nun auch ihrer Ansicht nach mehr Nähe vertragen könnte, wurde ich schnell eines Besseren belehrt. Vielleicht sollte ich mir abgewöhnen, mich an irgend etwas zu gewöhnen. Gemütliche Zweisamkeit war nun mal nur bedingt Paulas Sache. Wenn es hochkam, verbrachten wir mal zwei Tage und Nächte miteinander, dann aber trat sie auch schon wieder von einem Fuß auf den anderen und ließ sich anschließend die halbe Woche nicht blicken. Man sollte es schließlich nicht übertreiben.

Ich schlüpfte hinter den Tresen, um die Kaffee- und Teemaschine anzustellen. Am Tag zuvor hatte sie mir gesagt, dass unser gemeinsamer Urlaub wegen des neuen Jobs ins Wasser fallen würde. Meinen sorgsam ausgearbeiteten Vertretungsplan fürs Bistro konnte ich in die Tonne werfen. Dabei war er eine echte Knobelaufgabe gewesen, weil meine verlässlichste und versierteste Aushilfe Chris, ein Medizinstudent, der sich auf die Abschlussprüfungen vorbereitete, nicht mehr zur Verfügung stand, und Maren, eine Nachbarin, die immer mal einsprang, ausgerechnet zur selben Zeit verreisen wollte. So hatte ich zwei neue Leute ausfindig gemacht und war dabei, sie einzuarbeiten, was mich bereits erhebliche Zeit und Mühe gekostet hatte. Und damit natürlich Geld. Die Aushilfen – eine Kommilitonin meiner knapp neunzehnjährigen Tochter Tamara, die gerade mit ihrem Hochschulstudium angefangen hatte, und ein Bekannter von Chris – brauche ich über kurz oder lang sowieso, versuchte ich mich aufzumuntern, als ich die Tür aufschloss und die ersten Gäste das Bistro betraten. Stammkunden, die jeden Morgen ihren Kaffee bei mir tranken oder ein kleines Frühstück zu sich nahmen. Ich grüßte, aber die fröhliche Miene war aufgesetzt. Der Traum vom gemeinsamen Urlaub war geplatzt, und Paula wirkte nicht einmal sonderlich betrübt. Das war es, was mich so richtig wurmte. Wenn sie doch wenigstens tränenüberströmt und mit verzweifelt umherirrendem Blick vor mir gestanden hätte! Ja – wir hätten gemeinsam ein halbes Stündchen bitterlich geweint und dann neue Pläne geschmiedet. Aber Paula war bloß verlegen gewesen und eine Spur verärgert, dass ich unsere Reise nicht sofort unbekümmert hatte ad acta legen können.

Tamara kam um die Mittagszeit vorbei. Sie hatte freitags zwischen einer Vorlesung und einem Seminar zwei Freistunden, die sie häufig nutzte, um ins Bistro zu kommen und sich zu stärken. Unser Verhältnis war besser geworden, seit ich ihren Auszug nicht mehr als Kampfansage wertete, als Versuch, sich von mir abzuwenden, sondern als natürlichen und positiv zu wertenden Loslösungsprozess zwischen Mutter und Tochter. Na ja, jedenfalls bemühte ich mich um diese Sichtweise, obwohl es mir manchmal nicht ganz leichtfiel, da es offensichtlich ein wiederkehrendes Motiv meines Lebens war, mich mit Menschen auseinanderzusetzen, die mich verließen, die unsere Beziehung beendeten oder veränderten, ohne mich groß um mein Einverständnis zu bitten ... Ehrlich gesagt – ich hatte die Nase voll von diesem Thema, weil es doch erheblich am Selbstbild kratzte, wenn man ständig die Zurückgelassene war. Tamaras Vater hatte sich einst ganz schnell aus dem Staub gemacht. Soweit ich mich erinnerte, hatte ich den Satz: *Schatz, ich glaube, wir werden Eltern* noch nicht mal zu Ende gesprochen, als schon die Haustür zuschlug, aber es konnte sein, dass mir da der Zeitraffer im Rückblick einen kleinen Streich spielte. Martin war verheiratet, als ich ihn kennenlernte und mich Hals über Kopf in ihn verliebte, und er kehrte zu seiner Frau zurück – fairerweise nachdem er mir beruflich auf die Beine geholfen und das Bistro großzügig gesponsert hatte. Wenn ich seinerzeit die Wahl gehabt hätte, wäre ich lieber mit Martin zusammengeblieben und hätte auf das Bistro verzichtet, was jedoch eine unkluge Entscheidung gewesen wäre. Aber das wurde mir erst später klar. Danach gab es einige Affären und kürzere Liebesgeschichten, bei denen ich die meiste Zeit achtgab, ja nicht verletzt zu werden, und dadurch wahrscheinlich das Beste verpasste.

Und nun also Paula, die ehemalige Schulfreundin aus der Zeit des gemeinsamen Diätens: *Club der Hungerkünstlerinnen* hatten wir uns damals genannt – Paula, Britta, Kerstin und ich. Einmal in der Woche waren wir zusammengekommen, um unsere Diäterfolge oder auch -misserfolge zu besprechen, und Paula war die treibende Kraft gewesen. Sie hatte alles über Kalorien, Nahrungsbestandteile und den Stoffwechsel gewusst; sie hatte uns angefeuert und Pläne erstellt, und jede von uns hatte abgenommen, auch ich, obwohl ich nur im Club gewesen war, um Paula nahe zu sein. Paula, die gar kein Übergewicht gehabt hatte und immer dünner geworden war. Dann war die Schulzeit zu Ende gewesen, und Paula war für zwanzig Jahre nach Frankfurt entschwunden. Für sie hatte die Club-Geschichte ein übles Nachspiel gehabt, das sie seitdem beschäftigte und das sie wohl auch noch die nächsten Jahre begleiten würde. Doch das erfuhr ich erst, als wir uns im vergangenen Jahr wiedersahen und sich immer deutlicher abzeichnete, dass Paula nicht die starke, selbstbewusste Frau war, für die ich sie hielt und für die sie gehalten werden wollte. Sie litt unter Eßstörungen, und sie hatte den Tod ihres Bruders und die Reaktion insbesondere ihrer Mutter darauf nie verkraftet. Auf den Punkt gebracht liebte ich eine magersüchtige Frau, die meine Gefühle – auf ihre Weise – erwiderte. Wir vertrauten und schätzten und ergänzten einander recht gut, in vielen Punkten jedenfalls. In einigen. Das Sprichwort, dass sich Gegensätze anziehen, traf auf uns zu. Immerhin, denn Gemeinsamkeiten waren nun wirklich nicht unser Ding. Ich betrieb mein Bistro, Paula war in der schillernden Welt der Werbung unterwegs, und ein Zusammenleben kam für sie nicht infrage. Heute nicht und morgen wohl auch nicht. Da fühlte man sich doch gleich so richtig angenommen.

»Du ziehst ein Gesicht, als hätten sich Finanz- und Gesundheitsamt gleichzeitig zur Außenprüfung angesagt«, erklärte Tamara, während ich ihr ein Glas Johannisbeersaft einschenkte und meinen angestammten Platz hinter dem Tresen einnahm.

Ich warf ihr einen strengen Blick zu. »Von wem hast du bloß diese fürchterliche Art, ständig zu übertreiben?«

Tamara zuckte die Achseln. »Rate mal. Oder lass es lieber sein, wenn deine Laune sich nicht noch verschlechtern soll. Also, was ist los? Hat Paula was angestellt?«

Was für eine Frage. »Angestellt? Nun ja, wie man's nimmt«, antwortete ich missmutig. »Paula hat ja, wie du weißt, einen neuen Job. Und nun platzt unser lange geplanter gemeinsamer Urlaub. Zwei Wochen Südfrankreich. Aus der Traum. Adieu, Seifenblase, es war schön mit dir.«

Tamara leerte ihr Glas und sah mich dann an. Ich hatte nicht den Eindruck, dass die Nachricht sie vom Hocker warf, ja sie zeigte sich nicht einmal anstandshalber auch nur ein wenig erschüttert.

»Ein bisschen mehr Mitgefühl hätte ich schon erwartet. Schließlich bist du meine Tochter«, knurrte ich.

»Sie hat doch ihre neue Stelle gerade erst angetreten, da kann sie nicht schon zwei Monate später Urlaub verlangen. Ihr Chef würde ihr einen Vogel zeigen. Sag nicht, dass du dafür kein Verständnis hast.«

»Verständnis?« Ich zuckte die Schultern. »Aber ja doch! Ich habe für so ziemlich alles Verständnis – weißt du nicht, wie man mich in eingeweihten Kreisen nennt? Rieke, die Verständnisvolle. Ich sollte mir einen Heiligenschein bestellen, damit es auch jeder und jede sehen kann.«

Tamara zog eine Augenbraue hoch. »Hm. Kann es sein, dass dir diese Rolle gerade auf den Geist geht?«

»Das kann gut sein. Zumindest darf ich doch mal anmerken, dass dieser Jobwechsel für mich ziemlich flott und unerwartet kam – nicht gerade aus heiterem Himmel, das gebe ich zu, denn die eine oder andere Andeutung hat sie vorher gemacht, aber für Paulas Verhältnisse war das eine richtig spontane Entscheidung. Ich glaube, sie braucht normalerweise länger, um sich für eine neue Winterjacke zu entscheiden. Der Urlaub dagegen war seit Monaten geplant, und ich habe mich wahnsinnig darauf gefreut, und außerdem ...«

»Und außerdem was?«

»Und außerdem habe ich nicht mal das Gefühl, dass sie es groß bedauert. Wahrscheinlich ist ihr der Gedanke, zwei Wochen quasi ununterbrochen mit mir zu verbringen, sowieso nicht ganz geheuer gewesen, und nun atmet sie erleichtert auf, weil ihr das erspart geblieben ist!«

Tamara starrte mich an. »Was ist denn mit dir los? Oder sollte ich besser sagen: mit euch?«

Ich bereute meinen Ausbruch sofort. Da gerade neue Kundschaft eintrat, konnte ich die Antwort schuldig bleiben und die Ablenkung nutzen, um mich wieder in den Griff zu bekommen. Ich lächelte, als ich zu Tamara zurückkehrte. Ein aufgesetztes, steifes Lächeln, aber ein Lächeln, das mir die meisten Menschen abnahmen, sogar meine Tochter.

»Nimm mein säuerliches Gemecker nicht so ernst«, sagte ich. »Ich bin einfach sehr enttäuscht. Wir sehen uns zur Zeit auch nur selten ... und ... na ja ... da kommt der Frust schon mal durch.«

»Warum fährst du eigentlich nicht alleine?« fragte Tamara. »Oder mit jemand anderem? Du bist doch ziemlich urlaubsreif. Was willst du hier rumhocken, zumal du ja vertretungsmäßig alles bestens vorbereitet hast?«

»Hm. Darüber habe ich ehrlich gesagt noch gar nicht nachgedacht.« Natürlich nicht. Ich hatte mich auf die Zeit mit Paula gefreut. Aber Tamara hatte gar nicht so unrecht. Und vielleicht würde es Paula ja mal ganz guttun, festzustellen, dass ich nicht ständig verfügbar war. Andererseits ... Ich seufzte.

»Was ist denn mit deinen Freundinnen Britta und Kerstin?«

Ich winkte ab. »Kerstin fährt mit ihrem Lover irgendwo in ein Liebesnest in die Berge. Da ist Hüttenzauber à la Heidi angesagt, und Britta lässt ihren Mann doch nicht alleine. Außerdem wäre mir das zu anstrengend. Davon abgesehen – ich suche ja nicht auf Gedeih und Verderb eine Urlaubsbegleitung.«

»Hätte ja sein können. Es gibt Menschen, die grundsätzlich nicht gerne alleine wegfahren.«

Ich musste an zwei Tischen kassieren und ging dann in die

Küche, um frischen Salat zu holen. Tamara machte Anstalten aufzubrechen.

»Musst du schon los?«

»Ja, ich will noch in die Bibliothek. Wir sehen uns – lass den Kopf nicht hängen und grüß Paula.«

Klar, wenn ich sie sehe. Ich unterdrückte die Worte und gab meiner Tochter einen Abschiedskuss. Sie warf sich ihren Rucksack über die Schulter und winkte lässig, bevor sie das Bistro verließ.

Abends stand Paula überraschend vor der Tür – mit einem großen Strauß Blumen.

»Es tut mir so leid«, flüsterte sie in mein Ohr, während sie mich in die Arme schloss.

Ich zog sie in die Wohnung, und wir blieben engumschlungen im Flur stehen.

»Wir holen alles nach, okay?« flüsterte Paula.

»Was heißt denn alles?«

Sie lachte und warf den Kopf zurück. »Alles mögliche.«

Mein Herz machte zwei große Sätze. Ihr Mund war warm, und sie atmete schnell.

Ich fuhr tatsächlich nach Südfrankreich ans Mittelmeer – weniger weil ich dringend ein paar Tage ausspannen musste und mich das Fernweh gepackt hatte, sondern um mir zu beweisen, dass ich das noch konnte: allein und unabhängig in die Ferien aufbrechen und mich dabei auch noch wohl fühlen. Andere Menschen, andere Sprache, ungewohntes Essen, fremde Umgebung und dabei ganz auf mich gestellt. Ich erholte mich ohne Zweifel gut, wurde braun, schwamm jeden Tag, aß fast nur Fisch, saß bis spät abends auf der Veranda des kleinen Ferien-Bungalows und lauschte den Grillen, schrieb Postkarten oder las dicke Schmöker, während ich den herben französischen Rotwein genoss. Es gelang mir sogar, nur zweimal am Tag daran zu denken, ob im

Bistro wohl alles gutging, und in der zweiten Woche lernte ich ein paar nette Leute kennen, mit denen ich einige Ausflüge unternahm. Doch zu einer rundum entspannten und zufriedenen, geschweige denn glücklichen Grundstimmung langte es dennoch nicht. Ich vermisste Paula und nahm mir dieses Gefühl zu allem Überfluss auch noch übel. Es gefiel mir nicht, dass ich mehr für sie empfand als sie für mich, weil ich befürchtete, auf diese Weise – mal wieder – ins Hintertreffen zu geraten, und zugleich fand ich es albern, unsere Gefühle gegeneinander aufzuwiegen.

Als ich nach vierzehn Tagen mit laut klopfendem Herzen zu Hause eintraf, hatte Paula, die als Blumen- und Briefkastenfrau eingesprungen war, eine Flasche Champagner, Krabbensalat, Käse, Baguette und Eis besorgt und den Tisch liebevoll mit Kerzen und Blumen geschmückt. Sie küsste mich, bis ich keine Luft mehr bekam.

»Du liebe Güte – was für eine herrliche Schlemmerei!« entfuhr es mir erstaunt. »Und da werden wir beide uns jetzt drüber hermachen? Ist das wirklich dein Ernst?«

»Und ob!« erwiderte Paula. »Es gibt schließlich nur das Beste vom Feinsten.«

Sie stand neben mir, ich legte den Arm um ihre Taille und schob dabei mehr oder weniger zufällig zwei Finger in ihren Hosenbund. Er saß sehr locker. Sie zuckte kurz zusammen und blickte mich an.

»Schön, dass du wieder da bist«, sagte sie schließlich. »Wollen wir anstoßen?«

Ich nickte. »Gerne.«

Sie griff nach den Gläsern und entzog sich damit meiner Berührung. Wahrscheinlich hatte sie zwei Tage kaum etwas gegessen, um sich nun diese Schlemmerei mit mir gestatten zu können, überlegte ich. Wie schnell ich doch ihr Handlungsmuster begriffen hatte und wie sehr ich offensichtlich bereits darauf geeicht war, ihr Gewicht immer wieder zu überprüfen, Fort- und Rückschritte zu bemerken, um entsprechend reagieren zu können. Aber war das wirklich meine Aufgabe? Stand es mir überhaupt zu? Wollte ich damit vielleicht einfach nur Nähe schaffen, die mir sonst oft versagt blieb? Wenn ich sie in diesem Moment auf das Thema ansprӓche, wäre der Abend gelaufen, und ich hatte keine Lust auf einen Urlaubsausklang mit Streitgespräch, gedrückter Stimmung und einem schön gedeckten, aber verwaisten Tisch. Ich hatte Lust auf Schampus, Krabben, Eis, Küsse, prickelnde Leidenschaft, puren Sex. Probleme konnten wir auch noch am nächsten Tag wälzen. Oder am übernächsten.

## 3

Ich nahm mir eine ruhige Fahrt auf dem Kronprinzessinnenweg vor. Langsame, weit gleitende, ruhige Schwünge, bei denen ich kaum aus der Puste kam und die Inliners mit meinen Füßen verschmolzen, während die Arme locker in der Bewegung mitgingen. Ein Tempo, das ich, falls nötig, einige Stunden halten konnte, ohne mich zu überanstrengen. Doch nach gut dreißig Minuten beschleunigte ich, um einige andere Skater zu überholen und behielt anschließend, wie so häufig, das schnellere Tempo bei, obwohl ich mir fest vorgenommen hatte, nur im Ausdauerbereich zu trainieren. Ich wusste, dass ich mein Pulver frühzeitig verschoss, wenn ich mich vom Geschwindigkeitsrausch mitreißen ließ, und zur Vorbereitung auf den Berlin-Marathon brauchte ich noch einige lange, ruhige Einheiten. Doch gerade die waren gar nicht nach meinem Geschmack. Waren es noch nie gewesen. Ich liebte das Hitzige, die Schnelligkeit, den pfeifenden Atem, das deutliche Spüren der Belastbarkeitsgrenze, die sich an guten Tagen weit hinausschieben ließ, sich an schlechten jedoch mit schweren, schmerzenden Beinen und stechendem Druck in der Brust vorschnell ankündigte.

Diesmal hatte ich einen mittelguten Tag erwischt. Oder einen mittelschlechten – je nachdem. Nach einer Stunde Fahrt legte ich eine Pause ein, trank meine Apfelsaftschorle und setzte mich auf eine Bank ein Stück abseits des Weges. Meine Beine zitterten, der Schweiß lief mir übers Gesicht und den Rücken hinab. Ich nahm den Helm ab und atmete tief durch.

»Lass uns einen Kaffee zusammen trinken«, hatte ich Svenja am Abend zuvor gebeten. Sie hatte angerufen, weil sie wissen wollte, wie es mir ging. Gut natürlich, nahezu perfekt. Die Marathon-Vorbereitung lief prima, der neue Job war toll, genau so, wie ich ihn mir vorgestellt hatte. Mein Arbeitgeber war ein großer Sportartikelproduzent, bei dem ich hauptsächlich für die Produktentwicklung und Vermarktung der Inlineskater zuständig war und die Umsätze durch Marketingstrategien erhöhen sollte. So konnte ich Beruf und Hobby aufs beste miteinander verknüpfen.

»Wie schön. Das freut mich für dich.« Sie meinte es ehrlich.

»Und? Sehen wir uns?« schob ich hinterher.

»Nein.«

»Warum nicht? Lass uns ein bisschen reden. Schau, es ist Monate her ...«

»Es ist trotzdem keine gute Idee«, sagte sie. Sie hatte eine sehr sanfte Stimme. »Es tut uns beiden nicht gut.«

Der Schmerz saß direkt im Herzen, von dort war er mir während des Telefonats in die Kehle gekrochen, hatte sie verengt, fast zugeschnürt. Vielleicht konnte ich deshalb am nächsten Tag so schlecht atmen. Ich öffnete die Tasche meines Bauchgurts und nahm einen Müsliriegel heraus. Dann eben nicht, dachte ich mit altbekannter Forschheit und zwinkerte. Vielleicht hatte sie längst eine Neue. Ich ließ ja auch nichts anbrennen – nein, das nun wirklich nicht. Die Trennung war Anfang des Jahres gewesen, und der große Krach lag noch länger zurück ... Der große Krach.

Nach zehn Minuten Erholung skatete ich langsam in Richtung

Parkplatz zurück und machte mich auf den Heimweg. Für den Rest des Tages hatte ich mir noch zwei Stunden am Schreibtisch verordnet und abends einen Zug um die Häuser. Ich brauchte Ablenkung. Jemanden, die mich aufmunterte, ablenkte, anmachte, die sich von mir anmachen ließ. Vielleicht tanzen. Svenja und ich hatten uns beim Tanzen kennengelernt. Vor ungefähr drei Jahren. Es war eng gewesen auf der Tanzfläche. Sie hatte mir ihre rote Mähne ins Gesicht geschleudert und sich nur halbherzig entschuldigt, so vergnügt und ausgelassen war sie gewesen. Später hatte sie mir ein Glas Wein spendiert und versprochen, mich wiederzusehen. Und ihr Versprechen gehalten.

Sie war das Beste, was mir je begegnet war. Sie betörte mich, sie ließ sich auf mich ein – auf meine Lust zu kämpfen, auf meine Entschiedenheit, meine Sehnsucht, mich auszuprobieren, meinen unbändigen Drang, die Dinge in die Hand zu nehmen, zu bestimmen. Es dauerte eine Weile, bis ich anfing zu begreifen, dass es so nicht weitergehen konnte, weil es sie grenzenlos erschöpfte, immer wieder auf mich zu warten, mich aufzufangen, meine Stürme mit mir durchzustehen. Da war es schon zu spät. Dass ich eine winzige Chance gehabt hatte, unsere Beziehung noch einmal zu retten, erkannte ich erst hinterher. Als endgültig alles zerschlagen war. Was für eine treffende Beschreibung!

Ich verlängerte die Schreibtischstunden auf drei. Die bisherigen Werbemaßnahmen meines neuen Arbeitgebers überzeugten mich überhaupt nicht. Meiner Ansicht nach musste ein völlig neues Konzept her, wenn möglich mit einer neuen Werbeagentur – das bedeutete frischen Wind. Ich trug mir einen entsprechenden Vermerk in meinen Terminkalender ein, um in der nächsten Geschäftsführerkonferenz einen entsprechenden Vorschlag zu unterbreiten, und fuhr nach Hause.

Früher Abend. Zeit für ein gutes Essen. Einen Drink. Ich schlüpfte in schwarze Jeans und Lederjacke und radelte in die Bergmannstraße, wofür ich von meiner Dachgeschosswohnung am

Fraenkelufer in Kreuzberg nur wenige Minuten brauchte. Hatte ich außerhalb von Job und Sport eigentlich Bekannte, von Freundinnen und Freunden mal ganz zu schweigen? Menschen, mit denen man ins Kino ging oder ein Bier trank, die man anrief, einfach so, um ein wenig zu plaudern? Kaum noch. Viele hatten sich zurückgezogen, als die Beziehung mit Svenja beendet war. Vielleicht wussten sie ja, was passiert war. Vor einem Straßencafé schloss ich mein Mountainbike an und setzte mich an einen gerade frei werdenden Tisch. Zwei gutaussehende junge Männer mit Lederjacken und kurzen gegelten Haaren ließen mir den Vortritt. Ich bestellte einen Campari und holte mein Handy aus der Jackentasche. Gudrun und Anna fielen mir plötzlich ein. Gudrun skatete fast so eifrig wie ich, aber kennengelernt hatten wir uns bei einem Rhetorikseminar; Anna, ihre Freundin und Geliebte, leitete ein kleines Massagestudio, in dem ich mir regelmäßig meine harten Waden und muskelkrampfgebeutelten Oberschenkel massieren ließ. Anna war übers Wochenende verreist, und Gudrun hatte Besuch. Sagte sie jedenfalls. Ich trank einen Schluck von meinem Campari und sah hoch, als ein Schatten auf mich fiel.

»Möchtest du allein bleiben oder ist hier noch ein Platz frei?«

Sie war klein, zierlich, hatte dunkle, glatte Haare, die dringend eines vernünftigen Schnittes bedurft hätten, aber die Figur konnte sich sehen lassen. Ich taxierte sie. Ende Zwanzig, Anfang Dreißig. In den engen beigefarbenen Jeans kam ihr knackiger Hintern gut zur Geltung, und das knappe Rippenshirt betonte ihren kleinen Busen. Ich wusste, dass mein abschätzender Blick frech war, und ich genoss die Situation. Im Job musste ich mich zurücknehmen, hier nicht.

Ich zog einen Stuhl unter dem Tisch hervor und lächelte sie an. »Na klar ist hier noch frei. Setz dich doch.«

»Danke, das ist nett.«

Sie nahm Platz und stellte eine große Sporttasche neben sich. Braune Augen, mandelförmig geschnitten. Fein geschwungene

Brauen, an denen sie sicherlich eine Weile herumgezupft hatte, damit sie einen so gleichmäßigen Bogen beschrieben. Sie bestellte ein Alster und hielt suchend Ausschau. Wahrscheinlich war sie verabredet. Oder sie tat nur so. Ich lächelte. Sie lächelte zurück.

»Möchtest du deine Ruhe haben oder wollen wir ein bisschen reden?« fragte ich.

Meistens reagierten die Frauen erstaunt oder amüsiert, in der Regel aber erfreut auf diese Frage. Es ihnen freizustellen, sich in ihr Schweigen zurückzuziehen, gefiel ihnen sehr, doch die meisten wollten genau das dann gar nicht mehr. Wenn jemand schon so rücksichtsvoll war, konnte man sie doch nicht enttäuschen!

»Das kommt aufs Thema an«, antwortete sie mit kaum spürbarem Zögern.

Ich hatte durchaus schon emotionsgeladenere Reaktionen erlebt, aber ich ließ mir nichts anmerken.

»Nun, ich heiße Ariane und bin leidenschaftliche Skaterin. Ist das eine Gesprächseröffnung, mit der du etwas anfangen kannst?« fragte ich leichthin.

Jetzt lächelte sie. »Lena. Ich heiße Lena und bin Musikerin. Ich spiele Klarinette.«

»Ist Musik deine Leidenschaft?«

»Ja, das kann man so sagen. Musik und Aikido.«

»Aikido«, wiederholte ich. »Japanisch, nehme ich an. Kampfsport? Interessiert mich sehr. Wenn ich mehr Zeit hätte, würde ich so was auch mal ausprobieren.«

Sie wiegte den Kopf. »Wir sprechen eher von Kampfkunst, wobei Kampf nicht im üblichen Sinn zu verstehen ist. Es geht nicht darum, jemanden zu besiegen.« Lenas Wangen begannen sich leicht zu röten.

»Worum geht es dann?« Ich stützte das Kinn in die Hand. »Um Selbstverteidigung? Okay, aber auch dabei will man doch gewinnen oder zumindest mit heiler Haut davonkommen, was als Siegerin sicherlich eher der Fall ist, als wenn man unterliegt.«

Sie trank von ihrem Alster. »Aikido ist nur bedingt tauglich, wenn es um Selbstverteidigung, sagen wir, auf der Straße geht. Letztlich kommt es darauf an, sich gar nicht erst auf einen Kampf einzulassen und wann immer es möglich ist, die Auseinandersetzung schon im Ansatz zu erkennen und ihr auszuweichen.«

»Und wenn das nicht mehr möglich ist?«

»Dann zeige ich dem Angreifer, dass sein Handeln unklug ist«, erwiderte Lena. »Bringe ihn mittels seiner eigenen Angriffsenergie zu Boden beziehungsweise aus meiner Linie – behutsam, nicht nur, um ihn nicht zu verletzen, sondern um ihm klarzumachen, dass sein Angriff zwecklos ist.«

Ich hob eine Augenbraue. »Aha. Na, da wird der Angreifer dir garantiert sofort zustimmen.«

Sie zuckte mit den Achseln. »Besser wäre es für ihn. Letztlich ist jeder Schlag, den du gegen jemanden führst, auch ein Schlag gegen dich selbst.«

Soso, wollte ich spötteln, doch ich ließ es sein, und zwar nicht aus Höflichkeit oder weil ich es mir nicht mit ihr verderben wollte, sondern weil sie den Blick plötzlich abwandte und jemandem zuwinkte, der die Straße überquerte.

»Ist hier noch ein weiterer Stuhl frei?« fragte sie mich einen Augenblick später. »Ich habe gerade einen Freund entdeckt.«

»Nur zu«, sagte ich und stand auf. »Ich muss sowieso los.«

»Wirklich? Nicht dass wir dich ...«

Ich winkte ab. »Vergiss es – einen schönen Abend noch.«

Ich ging ins Café, um zu bezahlen. Als ich wieder herauskam, war Lena ins Gespräch mit einem langen Typen vertieft, dessen Haare zu einem dünnen Zopf zusammengebunden waren und der eines dieser kurzärmligen ausgewaschenen Baumwollhemden trug, wie sie schon die Alt-68er in lauen Sommernächten bevorzugt hatten. Ich entriegelte mein Fahrradschloss und schwang mich in den Sattel. Also doch tanzen.

## 4

Ich gehörte dazu. Von Anfang an. Das war mir in meinem bisherigen Leben noch nicht oft passiert. Die auf Sportartikel und Freizeit spezialisierte Werbeagentur, zu deren Team ich nun zählte, war deutlich kleiner als mein bisheriger Arbeitgeber und auch nicht so schick und erfolgsverwöhnt, dafür kreativer. Es blieb ihr auch gar nichts anderes übrig – sie verfügte über nur wenige größere Stammkunden, so dass ständig neue Ideen und Konzepte gefragt waren. Ich hatte in den vergangenen Jahren eine leitende Position in einem eingesessenen, tonangebenden Unternehmen innegehabt, die mit vielen bürokratischen und repräsentativen Aufgaben verbunden gewesen war, und dabei fast schon vergessen, wie sich das anfühlte, von heute auf gestern die zündende Idee entwickeln zu müssen, um Kunden zu ringen, sie zu begeistern, zu überzeugen, zu verzaubern, bis man sich selbst verwundert fragte, wie überhaupt jemand auf den Gedanken kommen konnte, das angepriesene Produkt nicht kaufen zu wollen.

Mein neuer Chef war ein denkbar unattraktiver Mann – groß und nicht dick, sondern schlicht fett, ungesunde blasse Gesichtsfarbe, spärliches Haar und ein Doppelkinn, das wie eine Krause um seinen Hals lag. Er steckte meist in unmodernen weiten Anzügen, in denen er fürchterlich schwitzte, und konnte nur arbeiten, wenn es wahlweise Nüsse, Schokolade oder Kekse zu futtern gab. Nebenbei qualmte er wie ein Schlot. Er selbst nannte sich Bruno, das rauchende Fresstier, und das kam nicht kokett rüber, sondern selbstironisch, gelassen, mit einer Spur Resignation versetzt. Warum sich ausgerechnet dieser Mann auf die Sportartikel- und Freizeitbranche spezialisiert hatte, erschloss sich nicht auf den ersten Blick. Bewegung und sportliches Spiel faszinierten ihn, erklärte er mir achselzuckend – tief in seinem Herzen sei er ein drahtiger Sportsmann, der schon morgens um sechs durch die Wälder jogge, jeden nur erdenklichen Weg mit dem Rad zurücklege, am Wochenende rudere oder Berge hinaufsteige, Beachvolleyball und Tennis spiele. Da er aber Bruno, das rauchende Fresstier, sei, müsse er seine Träume eben auf andere Art ausleben. Ich hatte das Gefühl, dass er das ernst meinte.

Normalerweise waren mir Menschen dieser Gewichtsklasse und mit diesem Essverhalten herzlich egal oder aber, was häufiger vorkam, auf den ersten Blick unsympathisch. Manchmal näherte ich mich ihnen auch mit einer gehörigen Portion Skepsis – gemischt mit Ablehnung oder auch Bedauern. Hin und wieder waren Verachtung und Ekel dabei. Bruno jedoch mochte ich auf Anhieb. Er war offen und direkt, hatte kluge, hellwache blaue Augen, und seine Stimme vibrierte in einem wunderbar tiefen Timbre. Als wir uns das erste Mal sahen, lächelte er bis hinauf zu den Ohren, so dass sich sein großes Gesicht in tausend kleine Speckfalten legte, und meinte, dass wir ähnlich gut zusammenpassten wie Pat und Patachon. Außerdem wäre es wunderbar, dass ich ein so schmales Hemd sei – so hätte ich wohl keine Probleme, in dem kleinen Büro zurechtzukommen. Bruno konnte wie kaum ein anderer Mensch beim Erzählen und Ideenentwickeln mitreißen, und er war ein hervorragender Zuhörer. Wenn jemand etwas zu berichten hatte, machte er sich in seinem großen roten Ledersessel so unscheinbar, dass er kaum zu bemerken war, trotz seiner Leibesfülle – um den Redefluss nur ja nicht zu stören. Ich fühlte mich wohl in seiner Gegenwart, und wir ergänzten uns gut. Häufig war es meine Aufgabe, seine zahlreichen Ideen zu bündeln, zu Papier oder in Form zu bringen oder ihm in Erinnerung zu rufen.

Die Firma war in der Nähe des Alexanderplatzes angesiedelt. Je nach Auftragslage waren wir zwischen acht und zwölf Leute, zum Teil festangestellt, zum Teil in freier Mitarbeit. Mein Büro war um ein Vielfaches bescheidener als mein früheres, und ich verfügte auch nicht über eine eigene Sekretärin. Wenn ich Probleme mit dem Rechner hatte, musste ich unserem Experten ewig hinterhertelefonieren, bis er sich zu mir bemühte, oder ich löste das Problem gleich selbst. Es war gewöhnungsbedürftig, unter diesen eher laxen, vor nicht allzu langer Zeit hätte ich wohl gesagt: chaotischen Bedingungen zu arbeiten, doch es machte mir erstaunlicherweise immer mehr Spaß. Ich wusste, was ich konnte – vielleicht spürte ich in diesem Umfeld ja auch besonders deutlich, wie gefragt mein organisatorisches, repräsentatives und kaufmännisches Talent war. Wir profitierten alle voneinander. Es tat mir gut, mehr Spontaneität und Phantasie zuzulassen, und es tat dem Team gut, klar definierten Arbeitsabläufen zu folgen, in denen Ideen weiterentwickelt werden konnten.

Der Sommer ging an mir vorüber, ohne dass ich die Jahreszeit bewusst wahrgenommen hätte. Ich arbeitete rund um die Uhr und stellte mit heimlicher Genugtuung fest, dass ich wieder etwas Gewicht verlor. Wie seltsam glücklich mich das machte. Und wie sehr mich genau dieses Gefühl ängstigte, wusste ich doch nur zu genau, wo es hinführen konnte. Daraufhin aß ich etwas mehr, aber nur ein bisschen und hauptsächlich in Form von Obst, und nahm mir vor, bei nächster Gelegenheit mit Bastian, meinem Therapeuten, darüber zu sprechen.

Rieke fuhr allein in den Urlaub nach Frankreich, was ich für eine gute Idee hielt. Sie grollte mir, weil ich sie ziehen ließ, ohne lange damit zu hadern, dass unsere gemeinsame Reise ins Wasser gefallen war. Und ich fing an, ihr zu grollen, weil sie Gefühle von mir forderte, die ich nicht empfand. Dann wieder sehnte ich mich nach ihrer Wärme und Zärtlichkeit, dass es fast weh tat, und dachte daran, wie gern sie sich verführen ließ. Ich konnte mich nicht erinnern, dass sie mir je einen Korb gegeben hätte. Nicht einmal, als ich ihr am Morgen nach ihrer Rückkehr erzählte, dass ich meine große Wohnung zugunsten einer kleineren, preiswerteren aufgegeben und den Umzug bereits gemanagt hatte. Ich wohnte nun etwas bescheidener zwei Straßen weiter und hatte das Thema Zusammenziehen damit einmal mehr kurzerhand vom Tisch gefegt. Fünf Minuten lang empörte Rieke sich darüber, dass ich solche Entscheidungen traf, ohne mit ihr zu sprechen, geschweige denn sie zu Rate zu ziehen, dann nahm ich sie wortlos in die Arme und begann ihre Bluse aufzuknöpfen.

»Ich habe das Gefühl, dass du thematisch irgendwie ablenkst«, murmelte sie und legte den Kopf an meine Schulter, während ich nach ihren Brüsten tastete.

»Findest du?«

Ihre Brustknospen wurden steif zwischen meinen Fingern, und ihr Atem beschleunigte sich. Ich küsste sie, und keine fünf Minuten später lagen wir im Bett. Rieke war atemlos und ungeduldig, und ich genoss es, ihre Erregung zu spüren, zu steuern, auf den Höhepunkt zuzutreiben und dann verebben zu sehen. Als ich wenig später wieder in meine Sachen schlüpfte, sah sie mich mit großen Augen an, und ich ahnte, dass es ein Nachspiel geben würde.

»Wann zeigst du mir denn dein neues Zuhause?« fragte sie und stützte den Kopf in die Hand.

»Wenn alles tiptop ist«, erklärte ich und zog den Reißverschluss meiner Jeans hoch. »Ein paar Tage brauche ich noch.«

»Warum?«

»Wie warum?« Ich verschränkte die Arme. »Ich habe ja nicht allzuviel Zeit, und selbst abends ...«

Sie schüttelte den Kopf. »Das meine ich nicht. Warum kann ich die Wohnung nicht sehen, auch wenn noch nicht alles tiptop ist? Ich könnte dir doch helfen. Zum Beispiel jetzt.« Sie setzte sich auf. »Ja, warum eigentlich nicht? Du wirst dich ganz bestimmt gleich an die Arbeit machen, wie ich dich kenne.«

Ich lächelte beschwichtigend und hob kurz die Hände. »Ach, Rieke, du hast doch selbst genügend um die Ohren! Das fehlte noch, dass ich dich zum Kistenauspacken anstelle.«

Sie angelte sich ihr T-Shirt und zog es über. Als ihr Gesicht wieder auftauchte, sah ich, dass sie verletzt war. »Ja, genau, du sagst es – genau das fehlt! Wir schlafen miteinander, wir teilen einiges andere miteinander – was auch immer, auf Anhieb fallen mir da nicht gerade wahnsinnig viele Sachen ein –, aber ich darf deine neue Wohnung nicht sehen, solange sie nicht aussieht wie ein preisgekröntes Apartment in *Schöner Wohnen*, geschweige denn mit anpacken, dass du es bald gemütlich hast oder besser gesagt funktionsgerecht. Gemütlichkeit ist ja weniger dein Ding.« Sie stand auf. »Du bist wirklich merkwürdig, Paula. Um es zurückhaltend zu formulieren.«

Ich schüttelte den Kopf. »Das missverstehst du jetzt gründlich, Rieke, ich ...«

»Das glaube ich nicht.« Sie ging halbnackt an mir vorbei in Richtung Tür. »Magst du noch einen Kaffee trinken?«

»Ich muss noch ...«

»Also nicht. Habe ich mir schon gedacht.«

Sie stapfte nach unten in die Küche, während ich einen Moment innehielt, dann meine Sachen zusammensuchte und meinen Rucksack packte. Nur scheinbar unbeteiligt, denn mein Herz tat weh. Ich wollte möglichst schnell weg. In mein neues Zuhause, das noch gar keines war. Warum war mir Rieke dabei nicht willkommen? Was störte, was hinderte mich daran, sie mein persönliches, doch lediglich vorübergehendes Chaos sehen zu lassen?

Wenige Tage später bat ich Rieke, mich beim Kauf eines neuen Teppichs fürs Schlafzimmer zu begleiten. Sie sagte sofort zu, und sie war mit Feuereifer bei der Sache – mehr noch: sie war glücklich.

Die ersten herbstlichen Tage verabschiedeten einen ohnehin mäßigen Sommer, dem man kaum hinterhertrauerte, als mein Chef mich an einem frühen nasskalten Morgen dringend in sein Büro zitierte. Bruno war aufgeregt. Er stapfte vor seinem Schreibtisch auf und ab und griff ein ums andere Mal in die Schale mit den Nüssen, die neben seinem Rechner stand. Während er eine Nuss aß, wartete schon die Hand mit der nächsten, die dann ebenso eilig in den Mund befördert wurde. Schließlich schluckte er und griff nach einer Zigarette. »Setz dich.«

»Während du weiter auf- und abrennst?«

Er lief erstaunlich behende um seinen Schreibtisch herum und ließ sich in den Sessel plumpsen, der unter seinem Gewicht ein lautes Ächzen vernehmen ließ. »Besser?« Er grinste.

»Viel besser.« Ich nahm ihm gegenüber Platz.

»Es gibt Arbeit. Besser gesagt: es könnte Arbeit geben«, erklärte er einen Moment später und fixierte mich mit seinen hellen Augen. Eine Hand griff erneut in die Nußschale, in der anderen befand sich die Zigarette, deren Asche er nun abstreifte. Wenn er da mal bloß nicht durcheinanderkommt, dachte ich.

»Ich brauche jemanden, der sich mit Skatern auskennt, besser gesagt mit Inlineskatern«, ließ Bruno schließlich die Katze aus dem Sack. »Und es sollte eine Frau sein. Beate und Ulli sind vollauf mit den Touristikunternehmen beschäftigt, Carola kommt dafür nicht in Frage ... Hast du schon mal auf solchen Dingern gestanden?«

Er drückte seine Kippe aus und sah mich an, als hoffe er auf ein spontanes Ja. Ich atmete hörbar aus.

»Tja, es ist schon eine Weile her, da habe ich es tatsächlich mal mit diesen Dingern, wie du sie nennst, versucht«, antwortete ich wahrheitsgemäß. »Ich fand das Ganze ein bisschen wackelig und war nicht gerade begeistert – im Gegenteil. Das Fahrrad ist mir ehrlich gesagt lieber und auch sicherer, aber ...«

»Ein großer Hersteller von Inlineskatern will sich ein neues Werbekonzept zulegen«, unterbrach Bruno mich, ohne meinen Einwand sonderlich ernst zu nehmen. »Ein richtig dicker Fisch. Die dort seit neuestem verantwortliche Frau heißt Ariane Köster. Sie soll eine richtige Zicke sein, wie ich in Erfahrung gebracht habe, bringt mehr Zeit auf Rollen zu als ohne, und wenn man mit ihr ins Geschäft kommen will, muss man was hermachen und einiges in die Waagschale werfen können.«

»Zum Beispiel?«

»Geniale Ideen, Hartnäckigkeit, und man darf dem Skaten nicht abgeneigt sein. Ich denke, ich bin dafür einfach nicht der richtige Mann.« Er warf die nächste Nuss ein und grinste. »Ich würde die Rollen wohl einfach plattwalzen und noch nicht mal eine besonders elegante Figur dabei machen. Und ich glaube, die sind ziemlich teuer.« Er kicherte, dann sah er mir ins Gesicht. »Ich möchte, dass du dich damit beschäftigst – und zwar eingehend. Nimm dir Zeit, keine Hektik, nur um schnell was aufs Papier zu bringen. Sprich mit ihr, schau dir den Laden an und natürlich die Werbemaßnahmen, die bislang vorliegen, mach dir Gedanken, formuliere Ideen, Fragen, Anregungen und so weiter. Tja, und zudem wäre es wohl keine schlechte Idee, dem Skaten noch mal eine Chance zu geben.« Er griff in die Schublade und holte eine Visitenkarte heraus, die er mir zuschob. »Nimm bald Kontakt auf. Ein solcher Kunde wäre ... hm ... großartig. Mehr brauche ich wohl nicht zu sagen.«

Ich nickte. »Das finden andere Agenturen wahrscheinlich auch.«

»Es gibt fünf oder sechs Mitbewerber, die auch aufgefordert wurden, eine Präsentation abzuliefern und jetzt wohl mit ähnlich heißen Köpfen zusammensitzen wie wir. Die Entscheidung, wer den Zuschlag bekommt, fällt übrigens erst in ungefähr einem halben Jahr. Dann läuft der Vertrag mit der bisherigen Agentur aus.«

»Das heißt, wenn es nicht klappt, haben wir unter Umständen monatelang ...«

»... sehr viele Erfahrungen gesammelt. Ich liebe deinen erfrischenden Optimismus.«

Ich öffnete den Mund und schloss ihn wieder. Dann nickte ich. »Am besten, ich fange sofort an.«

»So was in der Art hätte ich jetzt auch vorgeschlagen.«

Ich verbrachte fast den ganzen Tag im Internet, und am Abend summte mir der Kopf von Begriffen wie Fun-, Fitness-, Speedskater, Abec-Kugellager, Schnürung, Rollengrößen, Kurventechnik, Heel- und T-Stop, Schneepflug-Bremse, Fußaufsatz, effektiver Abdruck, Armtechnik und vieles andere mehr. Das Ganze war eine Wissenschaft für sich, wie ich sehr schnell feststellte, ähnlich aufwendig wie das, was diese ganzen Läufer betrieben, nur um einiges technischer. Die bisherigen Werbemaßnahmen umfassten in der Hauptsache Plakate, Zeitungsinserate und Infomaterial, das zu zwei Dritteln aus mehr oder weniger langweiligen Fotos bestand, sowie einer Website, die für meinen Geschmack viel zu unruhig und zudem unübersichtlich war. Hinzu kamen verschiedene Kursangebote. Die im wesentlichen angesprochene Zielgruppe durfte männlich, zwischen fünfzehn und Anfang bis Mitte Dreißig sein, und ich ging jede Wette ein, dass Ariane Köster hier einiges ändern wollte. Am nächsten Tag rief ich in ihrem Büro an und bat um einen Termin in der folgenden Woche.

»Das sieht schlecht aus«, sagte mir die Sekretärin. »Frau Köster bereitet sich auf einen Lauf vor und hat nicht viel Zeit.«

»Ich verstehe«, gab ich zurück. »Wann hätte sie denn mal Zeit?«

»Hm, warten Sie ... ja, der 17-Uhr-Termin morgen nachmittag ist geplatzt. Wollen Sie den haben? Ansonsten erst wieder in drei Wochen.«

Ich entschied mich blitzschnell, in den sauren Apfel zu beißen und den spontan angebotenen Termin zu nehmen, obwohl es mir unangenehm war, Ariane Köster so unvorbereitet zu treffen. Die Alternative gefiel mir aber noch weniger. Ich wusste ganz gern, mit wem ich es zu tun hatte, bevor ich ein Konzept zu entwickeln begann.

Der Sportartikelhersteller hatte seinen Standort einige Jahre zuvor ins südliche Brandenburg verlegt, und man benötigte von der Berliner Stadtgrenze eine knappe halbe Autostunde. Das Büro von Ariane Köster befand sich in einem schlichten Nebengebäude. Ich war eine Viertelstunde vor der Zeit eingetroffen und sah mich in Ruhe um. Der Gebäudekomplex war von Grünanlagen und breiten asphaltierten Wegen umgeben, die sich sicherlich gut zum Skaten eigneten. Außerdem gab es einen großen Übungsplatz mit verschiedenen Pipes und Rampen. Ich atmete tief durch, bevor ich zehn Minuten später das Gebäude betrat. Der erste Kontakt mit einem potentiellen Kunden war immer wichtig. Mochte die Dame mich auf Anhieb nicht, konnten wir die Sache gleich begraben; sie würde mindestens drei Gründe finden, einem anderen den Zuschlag zu geben, selbst wenn wir ähnliche Konzepte vertraten. War ich ihr sympathisch, würden wir auch bei unterschiedlichen Auffassungen versuchen, eine gemeinsame Basis zu erarbeiten.

Die Bürotür war nur angelehnt. Ich klopfte.

»Kommen Sie herein!« forderte mich eine Stimme auf.

Die Sekretärin war gerade dabei, ihren Schreibtisch aufzuräumen. Sie sah mir entgegen. »Frau Maybach, nicht wahr?«

»Ja, Paula Maybach von der Werbeagentur Bruno Dettmann ...«

»Gehen Sie ruhig schon durch.« Sie wies auf eine weitere nur angelehnte Tür. »Frau Köster ist zwar noch nicht ganz empfangsbereit, aber sie meinte, ich solle Sie doch schon mal reinschicken.«

Auf diese Bemerkung konnte ich mir erst einen Reim machen, als ich Ariane Kösters Büro betreten hatte und die Dame des Hauses erblickte: Sie saß mit aufgerollten Hosenbeinen in einem breiten Sessel vor dem Fenster und hatte die Füße in eine dampfende Wasserschüssel gestellt, was mir trotz meiner langjährigen Berufserfahrung bislang weder bei einem ersten Termin noch überhaupt je widerfahren war. Es roch intensiv nach Fichtennadeln.

»Ich hoffe, das macht Ihnen nichts aus«, begrüßte sie mich und wies auf ihre Füße. »Ich komme gerade von einer kleinen Tour und muss meinen Füßen einfach etwas Gutes gönnen – sonst bin ich ungenießbar. Bitte, nehmen Sie Platz.«

Sie wies auf einen Stuhl, der neben ihrem Schreibtisch stand, und während ich das Angebot dankend annahm, sah sie mich aus graugrünen Augen gespannt an. Natürlich war ihr bewusst, dass sie die Geschäftsetikette aufs gröbste verletzte, andererseits jedoch sie diejenige war, die hier am längeren Hebel saß. Der

Auftrag, den sie zu vergeben hatte, umfasste ein großes Budget und in diesem Lichte erschienen ein paar nackte Füße zur Begrüßung eher wie ein provokanter Scherz. Außerdem waren es schöne Füße und wohlgeformte Waden, wie ich rasch feststellte. Ich lächelte sie an.

»Das macht mir nichts aus«, erwiderte ich. »Je wohler und entspannter Sie sich fühlen, um so besser für unser erstes Gespräch.«

»Sie gehen davon aus, dass weitere folgen werden«, stellte sie fest und entblößte eine Reihe strahlend weißer perfekter Zähne, während sie sich mit der rechten Hand durch ihr dichtes schwarzes, sehr kurz geschnittenes Haar fuhr.

Ich behielt mein Lächeln bei. Zugleich wünschte ich mir, ich hätte mehr Zeit gehabt, um mich auf diese Frau vorzubereiten. Das würde eine Herausforderung werden. Ariane Köster wirkte nicht nur selbstsicher, sie war es auch. Ihre entspannte Haltung signalisierte das. Trotzdem war sie aufmerksam bis in die Haarspitzen. Keine Unsicherheit würde ihr entgehen, und ich hatte nicht mal ansatzweise ein Konzept. Wahrscheinlich würde sie mich innerhalb von zwei Minuten aus ihrem Büro werfen, und ich konnte anschließend Bruno erklären, warum ich mit einer fußbadenden Ariane nicht klarkam.

»Ja, davon gehe ich aus«, erklärte ich in lockerem Ton. »Ich bin sehr froh, dass Sie sich Zeit für diesen Termin genommen haben, denn ich würde mir gerne ein umfassendes Bild von Ihrem Produkt, dem dahinterstehenden Unternehmen und Ihren Vorstellungen machen, bevor ich mit der Konzeptentwicklung beginne ...«

»Das heißt, Sie haben noch keine Idee, wie Sie es anpacken sollen«, unterbrach sie mich in vergnüglichem Plauderton und hangelte nach einem Handtuch, das unter dem Sessel lag.

»So würde ich das nicht ausdrücken.«

Sie trocknete ihre Füße, schlüpfte in Socken und Sportschuhe und stand auf. Sie war groß, athletisch gebaut. Die Jeans saßen makellos, und das helle Shirt, das sie trug, war ein sogenanntes Funktionshemd – superleicht, hautfreundlich und teuer.

»Aber ich würde das so ausdrücken – so und nicht anders«, beharrte sie. »Sie wollen mir keine Vorschläge unterbreiten, solange Sie nicht wissen, wie meine persönlichen Vorstellungen aussehen. Aber da helfe ich Ihnen gerne auf die Sprünge.«

Ich erhob mich ebenfalls, und wir standen uns gegenüber. Sie lächelte und wies dann auf eine Sitzgruppe beim Fenster. »Setzen wir uns dorthin?«

Ich atmete tief durch. »Gerne.«

»Kaffee, Tee, Cappuccino, Saft, Wasser?«

»Einen Kaffee und ein Wasser bitte.«

Sie wandte sich zu ihrem Schreibtisch um und bestellte unsere Getränke über die Gegensprechanlage. Währenddessen sah ich mich rasch um. Das Büro war der Raum einer Frau, die sich rund um die Uhr mit Sport beschäftigte. Verschiedene Bilder an den Wänden zeigten skatende Frauen und Männer, zum Teil in eindrucksvoller Landschaft, in einem großformatigen Kalender waren Skateveranstaltungen eingetragen, es gab einen Hometrainer, und in einem Regal im hinteren Teil des Zimmers befanden sich mehrere Paar Inlineskates sowie Schutzausrüstungen, Sportgetränke und Energieriegel. Auf dem Schreibtisch stand eine kleine Bronzefigur, die – wie sollte es auch anders sein? – eine skatende Frau darstellte. Als Ariane Köster sich zu mir setzte, legte sie ihre Brille bereit, sonst nichts. Keinen Notizblock, keinen Terminkalender, gar nichts. Ihre Hände ruhten auf den Oberschenkeln, und sie sah mich unverwandt an. Ich war schwierige Kundschaft gewohnt, Kundinnen mit Sonderwünschen, Kunden, die alles besser wussten, energisches Auftreten mit Dreistigkeit verwechselten, von heute auf morgen Konzepte umwarfen oder schlichtweg mit einer Portion dumm-dreister Arroganz geschlagen waren, die man tunlichst ignorierte. In meiner alten Firma hatte ich den Ruf genossen, relativ stoisch auf derlei Gebaren reagieren zu können. Ariane Köster machte mich nervös, und ich hoffte sehnlichst, dass die Getränke bald eintrafen. Mein erster Auftrag in der neuen Firma, dachte ich – natürlich bin ich da nervös. Ich schlug die Beine übereinander. Dann endlich klopfte es leise, und eine junge Frau brachte Kaffee, Wasser, eine große Schale Kekse und einen Krug Apfelsaftschorle, in dem leise Eiswürfel klirrten. Wer sollte bloß die ganzen Kekse essen?

»Was halten Sie denn von den bisherigen Werbemaßnahmen?« fragte Ariane Köster, nachdem sie ein Glas Saft in einem Zug bis zur Hälfte geleert hatte. Sie nahm sich einen Keks.

»Zu sehr auf eine Zielgruppe festgelegt«, antwortete ich. »Zu jung, zu männlich, das ist mein Eindruck. Skaten ist ja inzwischen zu einem Breitensport geworden, der auch viele Frauen anspricht – im übrigen nicht nur die Zwanzigjährigen.«

Meine Gastgeberin nickte und griff erneut nach den Keksen. »Richtig. Nach letzten Untersuchungen sind sage und schreibe die Hälfte aller diesem Sport verbundenen Menschen Frauen, der überwiegende Teil von ihnen bewegt sich im Freizeitbereich, aber immerhin: ein Drittel aller Starter bei Skate-Marathons sind weiblich.«

»Das spiegelt sich in der bisherigen Werbung nicht wider«, sagte ich und entspannte mich ein wenig. »Ich vermute, dass sich da einiges ändern soll.«

»Richtig. Mögen Sie keine Kekse?«

Meine Entspannung verflog augenblicklich wieder. »Nein, danke.«

»Warum nicht? Sie sind köstlich.«

»Das glaube ich Ihnen aufs Wort, aber ...«

Sie lachte mich an. »Keine Panik, bitte! Sie müssen natürlich keine Kekse essen – der Zucker ist ohnehin ungesund, aber ...«, sie zuckte mit den Achseln, »ich bin nach langen Läufen immer ziemlich hungrig, und wenn Sie nicht bald zugreifen, sind sie alle.«

»O bitte, tun Sie sich keinen Zwang an!«

»Das tue ich ausgesprochen selten!« Sie lachte wieder. »Kehren wir zum Geschäftlichen zurück. Der Schwerpunkt soll in der Tat in Richtung Frauen verschoben werden, zumindest in einer ersten Kampagne, dann sehen wir weiter. Ich will jedoch weder, dass Spritzigkeit und Schnelligkeit des Sports dabei verlorengehen, noch dass eine betont weibliche Sprache verwendet wird. Es soll einfach als normal rüberkommen, dass Frauen skaten und Spaß daran haben, dass sie an Wettkämpfen teilnehmen und sich mit den technischen Aspekten des Sports gut auskennen. Und in dem Zusammenhang muss selbstverständlich klar werden, dass unsere Inlineskates die allerbesten sind.«

»Na sicher, nur was verstehen Sie denn unter einer betont weiblichen Sprache?« hakte ich nach.

»Den Mutti-Ton zum Beispiel.«

»Den bitte was?«

»Weich, fürsorglich, warm, zugewandt: Mutti eben. Da fehlt dann nur noch die Frau, die mit einem Baby im Arm vorsichtig um die Kurve geskatet kommt – auf dem Weg zur nächsten Tupperparty! Oder aber, das wäre die andere Variante, die ich genausowenig ausstehen kann: girliehaft, kichernd, gestylt, mit zehn Zentimeter langen Wimpern und bauchfreiem Top, die sich mit der Freundin zum Shoppen trifft.«

Ich lachte. »Also eher dynamisch, fit, selbständig, zielgerichtet?«

»Ja – durchaus.«

»Allerdings gebe ich zu bedenken, dass Frauen nun mal ihre eigene Sprache haben ...«

»Das muss ich ja nun nicht auch noch unterstützen!«

»Finden Sie die männliche besser?«

»Ich will keine von beiden!«

Ich lehnte mich zurück. »Das geht nicht. Wir entziehen uns nicht unserer ...«

»Ach, nein? Ich finde schon. Man muss es eben mal probieren – vorleben sozusagen.«

Ich schüttelte den Kopf. »So läuft es nicht – wenn Sie Frauen ansprechen wollen, dann müssen Sie in jedem Fall bestimmte Kommunikationsstrukturen berücksichtigen, auch wenn sie Ihnen nicht gefallen. Das meiste läuft doch ohnehin unterschwellig, unbewusst ab.«

»Das ist mir vollkommen egal. Ich will auf gar keinen Fall Mutti-Weichspüler-Lockenwickler-Werbung.«

»Ich mache keine Mutti-Weichspüler-Lockenwickler-Werbung. Das habe ich in meiner gesamten beruflichen Laufbahn nicht getan und werde es auch nie tun.«

Sie beugte sich vor und lächelte verschmitzt. »Schwören Sie! Das zumindest sind wir der Frauenbewegung schuldig.«

»Ich schwöre.« Dabei hob ich zwei Finger der rechten Hand.

»Na schön.«

»Gibt es die überhaupt noch, ich meine: Lockenwickler?«

»Ich glaube schon.« Sie setzte sich wieder zurück. »Ich befürchte es jedenfalls.« Ariane Köster goss sich ein weiteres Glas Saft ein und griff erneut in die Keksschale, bestimmt zum fünften oder sechsten Mal. »Wofür haben Sie denn bislang so geworben?«

»Kekse«, sagte ich und schmunzelte. »Unter anderem jedenfalls. Ich bin erst ein paar Monate bei Bruno Dettmann. In meiner vorherigen Firma habe ich weitgehend für die Süßwarenindustrie gearbeitet. Ab und an im Modebereich.«

Sie ließ den Keks in ihrem Mund verschwinden und kaute genussvoll und ohne Reue, soweit ich das beurteilen konnte. »Und nun kennen Sie sich so gut mit dem ganzen Kram aus, dass keine zehn Pferde Sie dazu bringen können, Schokolade und Gummibärchen zu naschen? So jedenfalls sehen Sie aus.«

Das war natürlich ein Kompliment, und ich genoss es – mehr als Ariane ahnen konnte. »Stimmt, ich bin kein großer Süßigkeitenfan, allerdings auch nie gewesen, um ehrlich zu sein.«

»Macht dick das Zeug, jedenfalls wenn man es pfundweise vertilgt und den ganzen Tag nur auf seinen vier Buchstaben sitzt«, sagte Ariane beiläufig. »Wer will das schon?« Sie setzte ihre Brille auf – ein randloses Modell, das ihr großartig stand. Ihr Ton wurde auf einmal wieder geschäftsmäßig. »Wie verfahren wir weiter? Machen Sie bitte einen Vorschlag.«

»Ich würde gerne mal ein paar Skates im Einsatz sehen«, sagte ich. »Hier auf dem Übungsgelände zum Beispiel. Wäre das möglich?«

Sie stand abrupt auf und war mit zwei Schritten hinter ihrem Schreibtisch. Innerhalb weniger Augenblicke war ihr Rechner hochgefahren. Sie klickte sich in ihren Terminkalender. »Ich bin mitten in den Vorbereitungen für den Berlin-Marathon, nicht nur was meinen eigenen Lauf angeht, sondern natürlich auch geschäftlich, was sich ja durchaus überschneidet ... na egal, in den nächsten Wochen sieht es jedenfalls sehr eng aus.«

»Schade«, sagte ich und meinte es auch so.

Sie wandte mir den Kopf zu. »Am übernächsten Samstag mache ich einen langen Lauf auf der Fläming-Strecke. Sie könnten mich ein Stück mit dem Fahrrad begleiten. Dabei sehen Sie einiges, bekommen eine aktive Marathon-Vorbereitung mit und können mir das Wasser reichen.«

Ich sah ihr einen Moment in die Augen. »Das hoffe ich doch sehr«, erwiderte ich schließlich trocken.

Sie zog eine Augenbraue hoch und lächelte ironisch. »Gut, dann trage ich den Termin ein.«

Ich nickte. Wir gaben uns die Hand. Wenige Minuten später eilte ich über den Parkplatz auf meinen Wagen zu. Ich fühlte mich beschwingt.

## 5

Obwohl es unsinnig war, addierte ich die Einnahmen ein drittes Mal – das Ergebnis blieb natürlich dasselbe. Nach einem zurückhaltenden Frühjahr und einem enttäuschend schwachen Sommer, der sonst die umsatzstärkste Zeit war, kündigte sich nun passenderweise ein ebenso zäher Herbstbeginn an. Die Leute sparten – ausgesuchte Bio- und Vollwertküche, behagliche Bistro-Atmosphäre, phantasievolle Snacks, leckere Kuchen und aufmerksame Bedienung hin oder her. Natürlich gab es immer noch Menschen, die das Wort Geldprobleme nicht mal buchstabieren konnten, und Touristen, denen der Euro angenehm locker in der Tasche saß, aber sie waren eindeutig in der Minderheit. Viele überlegten neuerdings zweimal, ob sie ihren Salat bei mir aßen oder sich zu Hause nicht doch selbst etwas zubereiten oder gar auf Stulle umsteigen sollten – schmeckte doch hin und wieder auch ganz lecker. Hinzu kam, dass ein großes Dienstleistungsunternehmen, keine fünf Minuten Fußweg von mir entfernt, fortgezogen war, wodurch ich empfindlich viele Gäste auf einen Schlag verlor, die regelmäßig ihren Mittagsimbiss bei mir eingenommen hatten. Die Zahlen waren nicht nur unerfreulich, sie beunruhigten, besser gesagt: sie alarmierten mich.

Ich saß in meinem kleinen Büro neben der Küche und kaute auf einem Bleistift herum. Rechnungen, Lieferscheine, Zettel mit Zahlenkolonnen und nüchterne Computer-Auswertungen waren über den ganzen Schreibtisch verteilt. Dazwischen stand ein Glas Rotwein, das mir die Arbeit schmackhafter machen sollte. Ich nahm den Stift aus dem Mund und trank einen Schluck. Der Wein war gut wie immer, aber meine Stimmung konnte er trotzdem nicht entscheidend heben.

Ich war in finanziellen Belangen weder besonders ängstlich noch leichtsinnig. Meine letzten Ersparnisse würde ich nicht an der Börse verspekulieren oder für eine exotische Fernreise oder ein schickes Collier ausgeben, aber selbst bei weniger guten Einnahmen gönnte ich mir meist einen Theaterbesuch, eine CD und auch einen Strauß Blumen, ohne ein schlechtes Gewissen zu bekommen. So verfügte ich über keine Reichtümer, hatte aber stets ein kleines Polster in der Hinterhand. Wenn sich das allerdings durch regelmäßig notwendige Zugriffe deutlich zu verkleinern begann, musste die Notbremse gezogen werden. Und genau das war jetzt der Fall.

Natürlich gab es einige liebe und großzügige Menschen in meinem Freundeskreis, sogar Familienmitglieder, die mir im Fall der Fälle gern und ohne lange zu überlegen aushelfen würden, nur was brachte das letztlich? Nichts als einen Aufschub, denn offensichtlich ging es nicht um einen vorübergehenden Einbruch, eine Durststrecke, die überwunden werden musste, sondern um eine tiefergehende Krise. Das ganze Jahr war schon nicht sonderlich gut gelaufen, und nun schien es weiter stetig bergab zu gehen. Es war keine Seltenheit, dass hier und da Lokale schließen mussten, weil die Kundschaft ausblieb, die Miete nicht mehr bezahlt werden konnte, keine Reserven vorhanden waren. Ich schluckte. So schlimm sah es noch nicht aus, aber ...

Das Telefon klingelte in meine düsteren Gedanken hinein. Paula, dachte ich, das wäre ja mal was – du kommst vorbei, ich heule mich bei dir aus, du tröstest mich, wir suchen gemeinsam nach einer Lösung, und alles wird gut! Wir nehmen uns in die Arme, sehen uns tief in die Augen ...

»Was machst du denn um diese Zeit noch im Laden?« warf Britta mir ohne Begrüßung in ihrer unnachahmlich direkten Art entgegen.

Ich seufzte. »Na, rate mal – ich arbeite.«

»Wie langweilig! Samstag nachmittag, und Rieke arbeitet. Hast du nichts Besseres zu tun? Was macht denn Paula?« hielt Britta munter dagegen.

»Ich gehe davon aus, dass sie das gleiche tut. Sie hat irgendeinen Termin, wie so häufig.«

»Klingt ja richtig entspannt.«

»Ähm, hör zu, Britta, ich bin ziemlich übellaunig und ...«

»Wen interessiert das denn? Ich lade dich zum Eis ein! Potsdamer Platz Arkaden – da kannst du nicht nein sagen!« fiel Britta mir ins Wort. »Du kommst auf ganz andere Gedanken, während wir dieses wunderbar cremige, sahnige, zwei Pfund und tausend Kalorien schwere Zeug in uns hineinschaufeln. Dabei gucken wir anderen Leuten zu, die dasselbe tun, lästern, lassen es uns gutgehen, und der Rest der Welt kann uns mal ... na, du weißt schon.«

»Hast du Eheprobleme?« hakte ich hellhörig nach.

Mein Misstrauen war durchaus berechtigt, denn im Laufe unserer jahrzehntelangen Freundschaft hatte Britta es immer wieder verstanden, ihre Geschichten über ihre meist angespannte Ehesituation bei mir abzuladen. Und ich hatte sie bei mir abladen lassen, ohne ihr Einhalt zu gebieten, frei nach dem Motto: Ist es nicht schön, wenn andere mir so vertrauen, dass ich mir den ganzen Mist regelmäßig anhören darf? Letztes Jahr, kurz nachdem Paula wieder aufgetaucht war, hatte es dann mal so richtig geknallt zwischen uns, und nach einer gewissen Funkstille waren wir schließlich übereingekommen, dass Britta gefälligst nachfragte, ob ich ihre Ehedramen anhören wollte und ich gefälligst ehrlich darauf antwortete, statt ihr im nachhinein vorzuwerfen, dass sie ihr Herz bei mir ausschüttete.

»Ganz und gar nicht!« antwortete sie sofort. »Ich habe ein freies Wochenende, das ich rundum genießen werde. Die Kinder sind bei meinen Eltern, und Bernd ist mit seiner Selbsterfahrungs-Männergruppe in Brandenburg unterwegs ...«

Einen Moment dachte ich, mich verhört zu haben. Ich schüttelte den Kopf. »Dein Mann ist womit unterwegs?«

Britta kicherte. »Tja, du weißt halt das Neueste noch nicht. Also, treffen wir uns zum Eisessen?«

Ich wurde den Verdacht nicht los, dass Britta mich zu diesem Treffen lockte, um mir dann letztendlich doch ihr Dauerthema aufzutischen, andererseits war ich längst viel zu neugierig, um mich der Einladung entziehen zu können. Zeit hatte ich sowieso. Und Ablenkung war bitter nötig.

»Okay, du hast gewonnen. Gib mir eine Stunde«, gab ich mich geschlagen. »Wir treffen uns ...«

»... gleich vor dem Schokoeis. Bis später! Ich freue mich.«

Die Eisdiele war, wie nicht anders zu erwarten, proppenvoll, aber als ich eintraf, hatte Britta schon einen der kleinen silbernen Tische besetzt und winkte mir triumphierend zu. Ich schlüpfte eilig durch einen schmalen Gang am Fenster entlang.

»Wartest du schon lange?« fragte ich und gab ihr einen Begrüßungskuss auf die Wange.

»Zehn Minuten«, winkte sie ab. »Halb so wild. Ich hab mir die Wartezeit mit einem kleinen Eis versüßt.« Sie lachte mich an. »Schön, dich zu sehen. Allerdings finde ich, dass deine Urlaubsbräune schon wieder ziemlich verblasst ist. Wenn du mich fragst, arbeitest du zuviel, meine Liebe.«

Britta lehnte sich zurück und hielt Ausschau nach der Bedienung. Ihr roter Blouson war schick, wenn er auch eine Winzigkeit zu knapp saß, aber offensichtlich fühlte sie sich wohl darin. Bei den Hosen hatte sie wohlweislich auf Bequemlichkeit geachtet – man konnte nun mal doppelte und dreifache Eisportionen nicht in engen Jeans vertilgen, ohne dass ein gewisses Gefühl der Enge aufkam. Sie wandte sich wieder mir zu, nachdem sie der Kellnerin eifrig zugewunken hatte, was diese mit einem professionell herzlichen Lächeln und einer gekonnten »Bin gleich bei Ihnen und würde Sie nie vergessen«-Geste erwidert hatte.

»Nun?« hakte Britta nach.

Ich zuckte die Achseln. »Ja, es gibt viel zu tun, aber ich weiß gar nicht, warum ich mir das eigentlich antue.«

Britta runzelte die Augenbrauen. »Du und Schaffenskrise? Burnout einer leidenschaftlichen Gastronomin? Tu uns das nicht an!«

»Eher Geldkrise. Der Laden läuft nicht besonders gut – wie so viele andere zur Zeit auch. Ich muss die Zahlen noch mal in aller Ruhe durchgehen und mir ein, zwei Gedanken machen. Oder auch ein paar mehr. Aber lassen wir das jetzt: Feierabend für heute.« Ich setzte ein Lächeln auf.

Britta sah mich scharf an. »Wenn du knapp bei Kasse bist ...«

»Danke, danke, so schlimm ist es nicht«, wiegelte ich eilig ab. »Doch man macht sich natürlich Sorgen, wenn die Umsätze derart mies sind.«

Die Kellnerin stand plötzlich vor uns, und wir bestellten, was mir nur allzu recht war, denn ich hatte keine Lust, dieses unerfreuliche Thema zu vertiefen – schon gar nicht in Anbetracht des unmittelbar bevorstehenden lukullischen Genusses. Britta hatte vor, sich durch einen Traum von Schokoladen- und Nusseis zu arbeiten, garniert mit einer doppelten Portion Sahne sowie Krokantstreuseln und Karamelsoße, ich entschied mich für die Vanille-Variante mit Kiwis und heißen Himbeeren.

»Paula verpasst echt was«, bemerkte Britta in gemütlichem Tonfall, als unsere Eisbecher serviert worden waren und wir gekostet hatten. »So eine Kalorienbombe wäre doch bestimmt ganz nach ihrem Geschmack.«

Sie warf mir einen fragenden Blick zu, aber ich hob nur eine Augenbraue. Britta wusste inzwischen von Paulas Eßstörung, was sie jedoch keineswegs daran hinderte, ab und an eine spitze Bemerkung fallenzulassen. Solange sie es nicht übertrieb, konnte ich gut damit leben. Und Paula auch.

»Vermisst sie ihre Schokoriegel nicht doch ein wenig?« fügte Britta einen Moment später hinzu, während ihr Löffel tief in eine dicke Schicht Sahne, Nüsse und Eis eintauchte.

»Ich glaube nicht«, antwortete ich. »Sie ist ziemlich engagiert bei der Sache und hat jetzt den ersten Auftrag, um den sie sich alleinverantwortlich kümmert, den sie sogar überhaupt erst mal an Land ziehen muss, was wohl gar nicht so einfach ist, wenn ich es richtig verstanden habe. Da steht sie natürlich ziemlich unter Strom.«

»Das ist ja nicht unbedingt etwas Neues«, warf Britta ein.

»Da hast du auch wieder recht. Jedenfalls geht es um einen Sportartikelhersteller, genauer gesagt um die Inlineskater-Abteilung – die wollen ein völlig neues Werbekonzept, und Paula muss sich in diese Materie erst mal einarbeiten. Morgen wird sie sogar beim Berlin-Marathon an der Strecke stehen. Die verantwortliche Frau aus dem Unternehmen skatet selbst mit, und Paula will Atmosphäre schnuppern.«

»Klingt sehr sportlich ... und verdammt anstrengend.«

»In der Tat.« Ich lachte und beugte mich zu ihr vor. »Und nun lass uns das Thema wechseln. Ich will sofort wissen, wie das zusammengeht: dein Bernd und eine Männer-Selbsterfahrungsgruppe, alle zusammen unterwegs in Brandenburg. Das klingt nämlich wie aus dem *Bewegten Mann*, nur halt nicht schwul. Oder etwa doch?« Ich riss die Augen auf.

»Das wäre mir neu«, erwiderte Britta ungerührt. Sie schürzte die Lippen. »Also gut, wo fange ich bloß an? Hm ...«

Ich verdrehte die Augen. Wir hatten uns einige Wochen nicht gesehen, und wenn Britta sich anschickte, en detail zu berichten, saßen wir Weihnachten noch hier.

»Nach der letzten Krise bitte!« beschwor ich sie. »Keine Neubetrachtung, keinen zusammenfassenden Abriss der letzten krisengeschüttelten Jahre, hörst du? Ich habe meine eigenen krisengeschüttelten Jahre, mit denen ich kaum zurechtkomme. Im Moment habe ich sogar Mühe, Jahre ausfindig zu machen, in denen es kaum oder nur wenige Krisen gab.«

»Schon gut, reg dich ab. Ich mache es kurz«, entgegnete Britta mit erhobenem Kinn, aber sie spielte nur die Eingeschnappte, weil es zum Ritual gehörte, dass wir einander die Bälle zuwarfen. »Ich habe ihm sozusagen die Pistole auf die Brust gesetzt – entweder es passiert jetzt wirklich etwas entscheidend Neues oder ...«

»... oder?«

»Oder ich stelle diese Ehe ernsthaft in Frage.«

»Hm, und? Hat er dir das abgenommen? Ich meine – ich kenne Paare, die tun nichts anderes, als ständig ihre Beziehung in Frage zu stellen, ernsthaft sogar. Die wüssten wahrscheinlich gar nicht, was sie sonst tun sollten.«

Britta starrte mich an. »Soll ich weitererzählen, oder hören wir erst einen Schwank aus deinem Bekanntenkreis? Oder die chinesische Bauernweisheit zum Tage?«

Ich kicherte. »Erzähl weiter.«

»Gelandet sind wir ein paar Tage später in einer Paarberatung.«

Mir fiel fast der Löffel aus der Hand. »Du spinnst! Das glaube ich nicht.«

»Dann lässt du es eben bleiben«, gab Britta ungerührt zurück. »Nach zwei Sitzungen schlug der Therapeut vor, dass Bernd in eine Männergruppe geht.«

»Das hat ihm sicherlich vor Freude die Sprache verschlagen, nicht wahr?«

»Um ehrlich zu sein – ich fürchtete für Momente um seinen labilen Kreislauf. Du weißt doch, er hat immer diese ...«

»... Schwächeanfälle, wenn er sieht, dass der Geschirrspüler ausgeräumt werden muss?«

»Genau! Er wurde richtiggehend bleich, kaltschweißig, schneller Atem – na, das ganze Programm halt – ich muss da kaum deutlicher werden.«

»Wie fürchterlich!« verlieh ich meinem Bedauern Ausdruck. »Und du hast natürlich mit ihm gelitten?«

»Ich war geneigt, sein klammes Händchen zu halten«, sagte Britta ernsthaft und schob sich einen Löffel Sahne in den Mund, was sie aber nicht daran hinderte weiterzureden. »Aber der Therapeut bedeutete mir, Bernd diesen Freudentaumel unbedingt alleine ausleben zu lassen.«

»Was springt denn auf der anderen Seite für dich dabei heraus?« fragte ich vergnügt. »Eine Frauen-Selbsterfahrungsgruppe? Na, das wäre doch was: Während Bernd mit seinen Männern auf Survival-Tour in Brandenburg ist, wo ihm niemand seine Strümpfe wäscht, das Bier reicht, die Wunden leckt und er die Dinge mal so richtig von Mann zu Mann philosophisch hinterfragen kann, sitzt du mit fünfzehn anderen berufstätigen Hausfrauen zusammen, und ihr spielt Halma, sprecht über die psychischen Folgen der erschlaffenden Kinnpartie nach Überschreiten der Vierzig und tauscht Rezepte für Gesichtsmasken aus. Abends näht ihr euch ein Wärmekissen ...«

»Du Lästermaul!« unterbrach mich Britta. »Kein Mensch spielt heute noch Halma!«

»Schade aber auch. Aber zurück zu deinem Mann. Wie ergeht es ihm denn?«

»Bernd redet zwar nicht viel über seine Gruppenerfahrungen – du weißt, Männer sind da ja irgendwie gehemmt –, aber du wirst es nicht für möglich halten: sie tauschen sich aus!«

»Nein!«

»Doch – sie reden über das Mannsein. Muss echt ein Problem darstellen.«

»Ja, für die Frauen. Und klingt, wenn du mich fragst, ansonsten ziemlich nach Grönemeyer. Aber ich denke – Hauptsache, es tut sich mal was, oder?«

Britta überlegte einen Moment, dann nickte sie. »Ja, wir reißen jetzt unsere Witzchen darüber, aber vielleicht kommt ja wirklich was in Gang, was Bernd und ich in hundert Jahren nicht angeschoben hätten, weil wir viel zu sehr in unserem eigenen Saft schmoren. Und ich bin froh, dass er über seinen Schatten gesprungen ist. Immerhin – es kann ein erster Schritt sein.«

Unsere Becher waren inzwischen ausgelöffelt. Wir tranken noch einen Espresso und sahen dem bunten Treiben um uns herum zur Abwechslung eine Weile schweigend zu.

»Hast du Lust, noch ins Kino zu gehen, oder wartet Paula auf dich?« fragte Britta, als wir schließlich gezahlt hatten und im Aufbruch waren.

Da würde ich nicht unbedingt drauf wetten, dachte ich, sprach es aber nicht aus. Ich hatte Paula einige Tage nicht gesehen, und wir waren für den Abend locker verabredet, was soviel bedeutete, dass ich mich fest darauf eingestellt und sie sich vorsichtig-unverbindlich die Option offengehalten hatte. Aber man konnte ja nie wissen. Ich wäre untröstlich, wenn ich mich fürs Kino mit Britta entschiede und sich dann herausstellte, dass Paula mich hatte sehen wollen. So schlug ich vor, den Kinobesuch auf ein andermal zu verschieben, und wir verabschiedeten uns in der S-Bahn voneinander.

Ich fühlte mich auf angenehmste Weise aufgemuntert, und die immerhin doch wahrscheinliche Aussicht, Paula noch zu sehen, tat ein weiteres, meine gehobene Stimmung auf dem erreichten Niveau zu halten. Als ich zu Hause eintraf, blinkte der Anrufbeantworter. Paula teilte mir mit, dass sie noch unterwegs war und sich später erneut melden würde. Ich genehmigte mir nach dem großen Eis ein heißes Bad und setzte mich anschließend vor den Fernseher. Rosa Roth alias Iris Berben bot durchaus angenehme, spannende Unterhaltung, doch selbstverständlich wäre es mir lieber gewesen, wenn sich mein Zeitvertreib am Samstagabend nicht auf das Fernsehen beschränkt hätte. Es ging auf halb elf zu, als Paula erneut anrief. Von zu Hause aus.

»Tut mir leid«, sagte sie sofort. »Ich habe es einfach nicht eher geschafft.«

»Du hättest dich ja von unterwegs noch mal melden können«, gab ich verschnupft zurück.

»Warum? Um dir in aller Hast zu erklären, dass ich immer noch unterwegs bin?« entgegnete sie. »Das konntest du dir doch denken. Nun bin ich wenigstens zu Hause und kann mich nebenbei in aller Ruhe langmachen, während wir telefonieren.«

Warum ist sie nicht bei mir? dachte ich. Nun liegt jede auf ihrer Couch, hat das Telefon ans Ohr gepresst, im Hintergrund laufen Nachrichten ...

»Rieke? Bist du noch dran?«

»Na klar bin ich noch dran. Warum bist du nicht einfach noch vorbeigekommen?« Ich stellte die Frage, obschon ich ahnte, nein: wusste, dass sie Paula nicht gefallen würde. Es war eine von den Fragen, mit denen man Gefahr lief, ihr zu nahe zu treten.

»Ganz einfach: weil ich müde bin und morgen auch wieder früh raus muss«, antwortete sie.

»Ja – eben.«

»Wie meinst du das?«

»Ach, lass es gut sein«, entgegnete ich plötzlich ruppig. »Du bist morgen beim Marathon, nicht wahr? Es wäre ganz schön, wenn wir uns in den nächsten Tagen irgendwann sehen könnten. Ich bräuchte mal deinen Rat, deine Unterstützung.«

»Ist was passiert?« Ihre Stimme klang leicht alarmiert.

»Nicht direkt, nein, aber ich möchte das nicht am Telefon besprechen.«

»Okay. Ich melde mich morgen. Schlaf gut, ja?«

»Du auch. Viel Spaß im Getümmel.«

Ich pfefferte das Telefon in die Sofaecke.

Paula kam am Sonntagnachmittag vorbei. Sie trug eine von diesen dreiviertellangen hellbraunen Outdoorhosen aus dünnem Stoff, dazu weiße Sportschuhe und eine beigefarbene Weste. Als sie vor mir stand und mich anlächelte, klopfte mein Herz plötzlich ungestüm. Wie schön sie war! Und sie wusste es nicht. Ich umschloss ihr Gesicht mit beiden Händen und sah ihr in die Augen – blaue, oftmals unergründliche Augen, denen ich kaum widerstehen konnte.

»Ich freue mich so sehr, dich zu sehen«, sagte ich leise.

Sie lächelte verlegen. »Ja, ist schon ein paar Tage her, nicht?«

Sie gab mir einen Kuss, den ich innig erwiderte, aber ich spürte sofort, dass sie müde und abgekämpft war. Ich unterdrückte ein Seufzen und sah sie an.

»Na, wie war es? Hat deine Skaterin vorne mitgemischt?« fragte ich, während wir ins Wohnzimmer gingen und uns auf dem Sofa niederließen. Ich hatte bereits Tee gekocht und bot Paula eine Tasse an.

»Meine Skaterin!« Paula lachte kopfschüttelnd und nahm ihre Tasse. »Ganz vorne wohl nicht, aber ich glaube, sie ist recht gut gewesen.« Sie trank vorsichtig einen ersten kleinen Schluck. »Meine Güte, die sausen so schnell an dir vorbei, dass du kaum erkennst, ob da Männlein oder Weiblein unterwegs ist. Die schnellsten brauchen für die zweiundvierzig Kilometer gerade mal eine gute Stunde! Kannst du dir das vorstellen?«

»Das schaffe ich nicht mal mit dem Fahrrad!« bemerkte ich.

Paula nickte. »Nö, auch dazu brauchen Leute wie du und ich schon zwei Stunden – bei flottem City-Tempo. Tja, und das wiederum ist eine Zeit, da begegnen dir schon bald die ersten Spitzenläufer!«

Ich atmete tief aus. »Meine Hochachtung. Das ist für mich unvorstellbar – allein schon die Distanz, von der Zeit mal ganz abgesehen.«

»In der Tat«, nickte Paula.

Sie lehnte sich zurück, und ich nahm ihre Hand. »Wie sieht es denn aus – bist du dem Auftrag durch dein bisheriges Engagement denn ein Stück näher gekommen?«

Sie zuckte die Achseln. »Tja, schwer zu sagen. Natürlich kommt es gut, wenn ich so eifrig bei der Sache bin, aber ich muss jetzt erst mal meine ganzen Eindrücke und mein Hintergrundwissen bündeln und eine Linie entwickeln. Einfach wird es jedenfalls nicht. Ariane Köster ist eine harte Nuss, und ich kann noch nicht einschätzen, was sie eigentlich will.«

»Du hattest schon andere harte Nüsse zu knacken.«

»Ja, wohl wahr.« Sie streichelte meine Finger. »Apropos – du wolltest was mit mir besprechen.« Sie sah mich von der Seite an.

Mein Hinweis hatte ihr also keine Ruhe gelassen. Ich fand das in Ordnung.

»Ja«, sagte ich. »Ich brauche deinen Rat.«

»Hm, hört sich offiziell an.«

»Ist es auch – es geht um meinen Laden. Du hast betriebswirtschaftliche Kenntnisse, du weißt, wie ich arbeite, aber du bist nicht betriebsblind.« Ich wandte mich ihr zu. »Um es auf den Punkt zu bringen: Das Bistro ist mit seinen Zahlen ziemlich im Keller, und das nicht erst seit gestern oder vorgestern. Die Lage ist allgemein nicht gut, wie wir alle wissen, viele Branchen erleben Einbrüche, nicht nur meine – die Leute wollen eben ihr Geld zusammenhalten –, aber nun habe ich auch noch Stammkundschaft verloren, weil die Firma um die Ecke weggezogen ist. Wenn es auf diesem Niveau weitergeht, muss ich mich wohl bald nach einem Zweiteinkommen umsehen.«

»Oh.« Paula schluckte. »Wirklich so schlimm? Du hast mal angedeutet, dass die Geschäfte eher mäßig gehen, aber ...«

»... das tun sie schon das ganze Jahr, sogar den Sommer über«, ergänzte ich. »Ich hatte gehofft, dass allmählich eine langsame, aber spürbare Erholung einsetzt oder zumindest ein Stop des Abwärtstrends, weil es nicht immer nur weiter nach unten gehen kann – ich bin ja eher ein positiv denkender Mensch – , aber die neuesten Zahlen zeigen leider eine anhaltend negative Entwicklung.« Ich drückte mich bewusst sachlich, geschäftsmäßig aus. Es gab mir Halt.

Paula legte die Fingerspitzen aneinander. »Das ist ja wirklich unerfreulich. Übrigens, nur mal so nebenbei, aber es passt zum Thema – warum hattest du eigentlich heute nicht auf? Die Stadt ist voller Marathontouristen, und du bist ja fast direkt an der Strecke mit deinem Laden.«

»Das habe ich in den letzten Jahren zweimal gemacht«, erklärte ich. »Es lohnt einfach nicht. Die Leute, die an der Strecke stehen, wollen nicht bei mir einkehren, sondern sich höchstens was zu essen holen, und bei mir gibt es nun mal keine Pappteller.«

»Verstehe.« Sie sah mich unsicher an. »Brauchst du vielleicht eine kleine Finanzspritze? Du weißt ...«

»Nein, danke, darum geht es mir nicht. Ich brauche ... ja ... eine Idee, die mich aus dem Tal herausbringt.«

»Eine Idee«, wiederholte Paula nachdenklich. »Hm, du bist sicher, dass du die Zahlen richtig interpretierst?«

»Eigentlich schon – worauf willst du hinaus?«

»Nun, du solltest genau wissen, wo der Hase im Pfeffer liegt – nicht dass zwei Straßen weiter ein anderer Laden in ähnlichem Stil aufgemacht hat, der dich mit niedrigeren Preisen in die Knie zwingen will. Dann hieße es nämlich schlichtweg durchhalten, den längeren Atem beweisen, auf Qualität setzen und so weiter.«

Ich schüttelte den Kopf. »Ich bin mir ganz sicher. An der Konkurrenz in der Gegend hat sich nichts verändert. Was hältst du denn davon, wenn ich aus Kostengründen das Angebot verkleinern ...«

»Bloß nicht!« unterbrach Paula mich. »Damit verlierst du weitere Stammkunden, von denen viele, vielleicht die meisten nämlich genau das toll finden: Abwechslung, Vielfalt, Individualität, keine langweiligen Einheitsmahlzeiten.«

»Auch wieder wahr. Wäre es dann umgekehrt sinnvoll, das Angebot noch zu erweitern – möglichst ohne großartige zusätzliche Investitionen –, wobei es ja nicht nur ums Essen gehen muss?«

»Hast du dabei an etwas Bestimmtes gedacht?«

»Auf Kinderfreundlichkeit setzen zum Beispiel und damit auch werben.«

Paula machte eine skeptische Miene. »Das ist eigentlich selbstverständlich heutzutage, oder? Ich denke, dass das kein schlagendes Verkaufsargument ist. Setz lieber auf die Bequemlichkeit der meisten Leute.«

Ich grinste. »Du meinst, ich hocke mich zu ihnen an den Tisch und führe die Gabel für sie oder breche ihr Kürbiskernbrot in mundgerechte Stücke?«

Paula grinste zurück. »Ganz so meinte ich es nicht. Ich habe letztens einen Wagen gesehen, der den Leuten Videos nach Hause bringt und auch wieder abholt. Stell dir vor, dafür ist Geld da.«

»Du denkst an einen Bringservice?« riet ich.

»Ja, in kleinem, privatem Stil lohnt sich das sicher nicht, aber es müsste sich doch eigentlich rechnen, wenn du, sagen wir, ein paar ausgesuchte Firmen mit einem besonderen Mittagssnack oder mit ofenfrischem Kuchen zur Kaffeezeit belieferst.«

Ich richtete mich auf. Das klang interessant.

»Firmen, denen es einigermaßen gutgeht, so dass die Angestellten auch vernünftig verdienen und es sich leisten können, regelmäßig Geld für eine angelieferte Mahlzeit auszugeben«, überlegte Paula weiter. »Denkbar wäre auch, mal anlässlich einer Betriebsfeier einen Catering-Service anzubieten.«

Sie trank ihre Tasse aus und goss sich selbst nach, ganz in Gedanken versunken. So sah es also aus, wenn meine Freundin Ideen entwickelte. Am liebsten hätte ich sie geküsst, aber das hätte sie sicherlich abgelenkt. Oder auch nicht.

»Die Firmen bekommen jeden Morgen per Mail das aktuelle Angebot zugeschickt«, ergänzte ich.

»Mit einigen hübschen Fotos garniert«, sagte Paula. »Bestellungen sind bis zwei Stunden vor Auslieferung möglich. Wenn du gut bist, rufst du sogar noch mal an, bevor du losfährst oder jemanden losfahren lässt.«

»An welche Branche hast du gedacht?« fragte ich.

»An die Werbebranche natürlich. Da läuft es nämlich zum einen recht passabel, und zum anderen könnte ich dir ein paar Kontakte vermitteln.«

Ich nickte. »Das hört sich klasse an.«

Paula lächelte. »Hier und da muss noch kräftig gefeilt werden, aber ich denke, die Idee ist nicht schlecht und sollte bald direkt in die Planungsphase übergehen.«

»Du bist ein Schatz«, sagte ich und beugte mich zu Paula vor. »Kann ich dir einen Wunsch erfüllen?«

Sie küsste mich und begann an meiner Unterlippe zu knabbern. »Vielleicht können wir uns gegenseitig einen Wunsch erfüllen.«

»Ich hatte gehofft, dass du das sagen würdest«, flüsterte ich und setzte mich auf ihren Schoß, wobei ich die Lippen nicht von ihrem Mund löste.

Sie öffnete ohne Umstände den Reißverschluss meiner Hose. Dabei sah sie mir unverwandt in die Augen.

»Du kommst schnell zur Sache«, sagte ich, ohne dass mich dieser Umstand wirklich gestört hätte. Mein Atem hatte sich längst beschleunigt.

»Worauf willst du denn warten?« hielt sie dagegen und schob ihre Hand in mein Höschen. Dort wurde es feucht.

»Eigentlich will ich überhaupt nicht warten.«

»Sag ich doch.«

Ihre Finger drangen weiter vor, und dann hörten wir auf zu reden. Ich kam so schnell, dass es mir fast schon peinlich war. Fast. Paula grinste anzüglich. Ich wiederum hatte bei ihr weniger Glück. Sie umfasste meine Hände, als ich ihre kleinen Brüste zu streicheln begann, und hielt sie fest. Jetzt kommt der Spruch mit der Müdigkeit, dachte ich, oder die Kopfschmerznummer. Ich sah sie an. »Na?«

»Das wird heute nichts«, sagte sie mit einem entschuldigenden Lächeln. »Ich bin ziemlich groggy, aber danke fürs Angebot.«

Ich verdrehte die Augen. »Puh, nichts zu danken. Würde mich freuen, wenn ich mich bald mal revanchieren könnte.«

»Bestimmt. Übrigens – hast du was zu essen? Ich komme um vor Hunger.«

Dagegen verblasste fast jedes Schäferstündchen – Paula hatte Hunger und sagte es sogar! Wenig später vertilgten wir Schinkenomelett mit Blattspinat, Tomatensalat und knuspriges Baguette mit Kräuterbutter. Bei letzterem hielt Paula sich zurück, aber ansonsten langte sie mit Appetit zu. Was rege ich mich überhaupt auf, dachte ich, alles ist auf dem besten Weg. Die kleineren und größeren Probleme des Alltags sind dazu da, dass man sie tatkräftig anpackt. Und wenn Paula mit anpackt, ist es am schönsten.

Als sie gegangen war, legte ich eine CD mit irischer Folkmusik ein und beschloss, das Leben zukünftig einfach leichter zu nehmen.

## 6

Die Geschäftsführer der anderen Abteilungen von einem neuen Werbekonzept zu überzeugen erwies sich als weitaus schwieriger, als ich angenommen hatte. Insbesondere Wilfried, der Kollege, der die Fahrradproduktion leitete, schien mir das zusätzliche Budget nicht zu gönnen. Allerdings gönnte er mir selten etwas – wir beide konnten einander einfach nicht ausstehen. Wilfried trauerte immer noch meinem Vorgänger nach, mit dem ihn eine innige und langjährige Bowlingfreundschaft verband, und wollte es partout nicht einsehen, dass ich – eine selbstbewusste Lesbe mit losem Mundwerk – meine Sache hervorragend machte, weit besser als sein Freund. Und ich konnte Männern mit Schnauzbart, Siebziger-Jahre-Koteletten, Bierbauch und Mundgeruch einfach nichts abgewinnen. Glücklicherweise hatte ich bei der Unternehmensleitung einen ganz guten Stand. Den Ausschlag gab schließlich mein Argument, dass die Kundenanalyse eindeutig eine Zunahme der weiblichen Kundschaft ergab und ein modernes Unternehmen wie unseres es sich schlichtweg nicht leisten könnte, mit einem veralteten, männlich orientierten Werbekonzept am Markt bestehen zu wollen. Die Abstimmung war knapp, aber es reichte, um mir freie Hand zu geben.

Als ich beschwingt in mein Büro zurückkehrte, lag die Post bereits auf meinem Schreibtisch. Ich schob sie zunächst beiseite, bat meine Sekretärin um einen starken Kaffee und überprüfte meine eMails. Dann ging ich die Post durch. Das kleine lilafarbene Kuvert fiel mir am Schluss in die Hände. Ich seufzte. Familienpost aus Hannover. Irgendein Geburtstag, dem ich mich nach Ansicht der Familie kaum würde entziehen können. Vor einigen Jahren hatte meine Mutter es sich angewöhnt, in ihren Augen wichtige Mitteilungen direkt an mein Büro zu schicken. Vielleicht hoffte sie auf eine traditionsbewusste Sekretärin, die dafür sorgte, dass ich derartige Schreiben auch las und mir Termine notierte. Ich öffnete den Brief. Gerda, die Schwester meiner Mutter, feierte ihren sechzigsten Geburtstag, und ich sei nicht nur herzlich eingeladen, sondern selbstverständlich verpflichtet zu erscheinen. Mit Svenja bitte. Ich lachte kurz auf. Vergiss es, dachte ich, keine zehn Pferde werden mich zur Teilnahme an dieser Familienfeier bewegen. Meine Schwester würde garantiert mit ihren drei Kindern vertreten sein – eines lauter und quengliger als das andere, von ihrem Mann ganz zu schweigen –, und ich stünde dann nicht nur als diejenige in der Familie da, die »es« mit Frauen hatte, sondern zu einem solchen Ereignis auch noch solo erschien. Davon abgesehen waren meine Tante und ich uns ohnehin nicht besonders nahe – die Tatsache, dass Gerda mich nicht persönlich einlud und meine Mutter sich bemüßigt sah, zur Tat zu schreiten, sprach ja an sich schon Bände. Vielleicht ging Gerda aber auch davon aus, dass ich der Einladung durch meine Mutter, die einen deutlichen Aufforderungscharakter hatte, eher Folge leisten würde als ihrer freundlichen Bitte. Da hatte sie sich aber geschnitten. Ich griff sofort zum Telefon, um die Sache klarzustellen und aus der Welt zu räumen, aber bei meiner Mutter war besetzt. Sie hatten Svenja gern gehabt. Eine sympathische Frau, hatte meine Mutter gesagt oder besser: geknurrt, als wir sie vor ewigen Zeiten mal für ein Wochenende gemeinsam besucht hatten – das entsprach bei ihr begeisterter Zustimmung. Ich drückte die Wahlwiederholungstaste. Wieder besetzt. Svenja hatte sich nie schwer getan mit familiären Verpflichtungen. Sie hielt sie zwar auch nicht gerade für die Highlights des Lebens, aber sie versuchte immer, das Beste daraus zu machen. Und das merkte man. Diesmal ertönte das Rufzeichen. Als ich die Stimme meiner Schwester vernahm, hätte ich am liebsten sofort wieder aufgelegt. Ich unterdrückte ein Stöhnen. Wahrscheinlich waren sie und unsere Mutter schon mit der Gästeliste und mit Vorkochen beschäftigt.

»Hallo, Veronika, ich bin's, Ariane.«

»Ja, hallo, das glaub ich ja nicht – die große Schwester aus der Hauptstadt! Das ist ja eine Überraschung.«

Ich verdrehte die Augen. Manchmal fiel es mir schwer zu glauben, dass wir beide tatsächlich von ein und demselben Elternpaar stammten. Unterschiedlicher konnte man sich Schwestern kaum vorstellen. Veronika war ganz der frauliche Typ, dunkelblond, ausgeglichen, kinderlieb, anpassungsfähig, häuslich, treu, und ich so ziemlich das Gegenteil von all dem. Glücklicherweise.

»Ja, nicht wahr?« erwiderte ich lahm und war froh, dass wir beide nicht über Bildtelefone verfügten. »Ist denn unsere Mutter auch in der Nähe?«

»Nö, die hat gerade im Garten ein Auge auf die Kinder, die das neue Schwimmbecken einweihen. Stell dir vor, Chris hat gestern sein Seepferdchen gemacht.«

»Wow«, gab ich zurück. »Noch ein Grund mehr zum Feiern.«

Einen Moment blieb es still in der Leitung. Vielleicht war die Ironie doch bei meiner Schwester angekommen, und nun kaute sie darauf herum.

»Na ja, egal«, sagte Veronika schließlich mit deutlich reduzierter Euphorie. »Du rufst sicherlich wegen Tante Gerdas Geburtstag an.«

»Richtig. Ich werde nicht kommen.«

»Das kannst du nicht machen!«

»Na, und ob!« entgegnete ich scharf.

»Ariane, nun sei doch nicht so. Du und Svenja ...«

»Svenja kann auch nicht.«

»Natürlich nicht.«

»Es ist anders, als du denkst«, erklärte ich widerwillig. »Wir sind nicht mehr zusammen und ...«

»Ach je. Warum das denn nicht? So eine tolle Frau.«

»Ja, wie das Leben eben so spielt«, erklärte ich lahm. »Andere Mütter haben auch schöne Töchter.«

»Na, mit der Einstellung musst du dich nicht wundern, wenn deine Beziehungen schiefgehen«, erläuterte Veronika mir selbstzufrieden.

»Schwesterherz, ich habe mir längst abgewöhnt, mich über irgendwas zu wundern, und wenn ich einen heißen Tip brauche, was Beziehungen anbelangt, wende ich mich ganz bestimmt vertrauensvoll an dich. Ich verspreche es dir hoch und heilig – Indianerehrenwort.«

»Du bist ein richtiger Kotzbrocken«, stellte Veronika nach kurzer Pause in fast beiläufigem Ton fest. »Oder tut es immer noch so weh, dass du derart um dich hauen musst? Was ist denn eigentlich passiert?«

»Nichts Besonderes«, sagte ich kühl. »Nichts, was ich bereden möchte.« Die erste Aussage war eine Lüge, die zweite entsprach der Wahrheit. »Richte Mama bitte aus, dass ich auf keinen Fall kommen werde. Termine und so weiter.«

»Und so weiter«, wiederholte Veronika. Und nach einer Pause. »Ist denn gar nichts mehr zu machen? Rede doch noch mal mit ihr. Vielleicht ...«

»Nein! Grüß bitte alle – ich muss jetzt Schluss machen.«

Ich starrte fast zehn Minuten zum Fenster hinaus, nachdem ich das Gespräch beendet hatte. Dann stand ich abrupt auf, zog mich um und drehte eine Testrunde mit neuen Inliners auf dem Firmengelände. Die Blätter färbten sich. Es wurde langsam Herbst. Wie gut, dass die Zeit verging.

Paula Maybach. Sie verstand etwas von ihrem Fach – und nicht nur das. Wenn es sie befremdete, dass ich sie fußbadend empfing, so hatte sie ihre Reaktion gut unter Kontrolle. Eine auffällig schlanke Frau mit einem wunderschönen Lächeln. Etwas unterkühlt. Sie ging auf in ihrem Job. Da war ihr nichts zuviel. Beim Marathon stand sie an der Strecke. Das gefiel mir. Vor einem Jahr hatte Svenja dort gestanden und geschrien und gewunken. Vielleicht war sie ja irgendwo im Publikum, um einen Blick zu erhaschen. Auf mich. Nach dem Rennen ging ich für eine Stunde in die Badewanne. Danach war Party angesagt. Ich stürzte mich ins Getümmel und lernte eine junge rotblonde Frau mit passend lackierten Fingernägeln kennen. Die stellte ich mir auf meiner Haut vor.

## 7

Ich wusste ihre ungefähre Ankunftszeit, und den knallroten Dress hatte sie mir tags zuvor bei einem kurzen Termin auf der Messe gezeigt, sonst hätte ich Ariane in dem bunten Marathon-Gewimmel wohl gar nicht wahrgenommen. So sah ich sie in einem Pulk mit sechs, acht anderen Skatern vorbeiflitzen, und für den Bruchteil einer Sekunde hatte ich das Gefühl, dass sie mich sah – ansah. Quatsch, fuhr es mir dann durch den Kopf, sie hat weiß Gott Besseres zu tun. Ich dachte an die gemeinsame Tour zurück, die wir in der Woche zuvor im Fläming unternommen hatten – sie auf ihren Inliners, ich auf dem Fahrrad, das wir in ihrem Wagen mitgenommen hatten. Die weitausholenden, kraftvollen Bewegungen, mit denen sie dahingeglitten war, scheinbar mühelos, schwerelos. Nur die zusehends stärkere Atmung hatte darauf hingewiesen, dass die Fahrt sie anstrengte. Gut anderthalb Stunden war sie geskatet, und wir hatten wenig gesprochen. Ich hatte sie betrachtet, Atmosphäre eingeatmet, mehr nicht. Am Ende war sie völlig durchgeschwitzt gewesen, erschöpft und sehr durstig. Sie sah schön aus.

Ich blieb noch gut eine Stunde im Zielbereich, klatschte, staunte, machte einen langen Hals, um möglichst viel mitzubekommen, und spürte plötzlich, dass meine Knie weich waren. Ich hatte zu wenig gegessen. Am liebsten wäre ich nach Hause gefahren, aber Rieke wartete auf mich, und nach der Absage vom Vortag konnte ich mich nicht schon wieder allein in meine Wohnung verkrümeln. Ich holte mein Fahrrad, das ich in einer Nebenstraße abgestellt hatte, und spürte Unmut in mir aufsteigen. Was erwartete mich jetzt bei Rieke? Was erwartete Rieke? Dann schoss mir die Schamröte ins Gesicht. Wir hatten uns tagelang nicht gesehen, und es war unfair, ihr zum Vorwurf zu machen, dass sie mich mehr vermisste, als es umgekehrt der Fall war. Ich vermisste selten Menschen, und meist nur für Momente. Das lag an mir und nicht an den Menschen. Mir war das Zwiegespräch mit mir selbst meist wichtiger als die Nähe zu einem anderen. Natürlich bestand die Gefahr, sich nur mit sich selbst viel zu sehr im Kreis zu drehen, aber das konnte ich dann mir allein übelnehmen, gesetzt den Fall, ich merkte es auch. Andererseits – Rieke bot wärmenden Schutz, ihre Liebe tat mir gut, stärkte mich, hatte mich schließlich auf den Weg gebracht, doch immer wenn sie erwartete, dass ich auf ihre Bedürfnisse einging, auch wenn sie gerade nicht meinen eigenen entsprachen, entzog ich mich. Manchmal unmerklich, häufig deutlich spürbar.

Wir redeten über ihr Geschäft, über die unerfreulichen Umsatzzahlen. Ich war erleichtert, dass sie sich für neue Ideen offen zeigte – so erleichtert, dass ich nicht mit Ratschlägen und Anregungen sparte. Erregung. Ihre Erregung steigerte sich innerhalb weniger Sekunden von null auf hundert, und ich nahm sie begierig in mich auf, während sie meine Finger in sich sog und sich mit zurückgelegtem Kopf auf meinem Schoß auf und ab bewegte. Schutzlos. Sie gab sich schutzlos preis. Nein, anders: Ich war ihr Schutz. Noch anders: Sie empfand mich als ihren Schutz. Zumindest in dieser Situation. Und stellte das in keinster Weise in Frage.

Kaum war ich zu Hause eingetroffen, gab ich dem plötzlich durchbrechenden und mich völlig unvorbereitet treffenden Drang nach, mich auszuziehen und auf die Waage zu stellen. Es musste sein, obwohl ich wusste, dass es unsinnig war, sich nach dem Essen zu wiegen. Es war einiges unsinnig. Ich starrte die Zahl einen Moment an und spürte dem Schmerz nach, den sie auslöste. Dem Gefühl des Ausgeliefertseins. Es war nur ein Hauch des Schmerzes, wie ich ihn von früher her kannte. Dennoch – ein alter Bekannter, der eifrig wachsen und gedeihen würde, gäbe ich ihm Raum. In die Stille hinein kündigte mein Handy plötzlich den Empfang einer Kurznachricht an. Ich zog mich wieder an und verließ eilig das Bad.

Ich bin zufrieden mit meiner Renn-Zeit, schrieb Ariane Köster. Haben Sie genügend Eindrücke gesammelt, um bald etwas vorzulegen? Ich antwortete ihr nach kurzem Überlegen, dass ich mich Ende der folgenden Woche melden würde. Ich wusste, dass der Termin viel zu eng gesetzt war, andererseits verfügte ich bereits über Fotomaterial, und die ersten Ideen beschäftigten mich. Außerdem liebte ich es, unter Zeitdruck zu arbeiten, völlig einzutauchen in meine Aufgabe. Alles andere verblasste daneben – Zeit, Raum, Essen, Gewicht –, und ich ruhte in mir.

Ariane war alles andere als begeistert. Weder das Fotomaterial noch die Vorschläge für die Infobroschüre, weder der Internetauftritt noch die Anzeigenkonzeption sagten ihr zu. Zumindest glaubte ich das ihrem Gesichtsausdruck zu entnehmen. Der Inhalt meiner sorgfältig zusammengestellten Mappe war über ihren Schreibtisch verstreut, und sie sah mit gerunzelten Augenbrauen hoch, als ich ihr Büro betrat. Diesmal nahm sie kein Fußbad, sondern saß ganz geschäftsmäßig in ihrem Stuhl und bedeutete mir mit ungeduldiger Geste, vor ihrem Schreibtisch Platz zu nehmen. Ich wappnete mich gegen die aufsteigende Enttäuschung, indem ich Ariane freundlich anlächelte. Die sah auf ihre Uhr. »Sie sind pünktlich. Das gefällt mir. Allerdings ist das auch so ziemlich das einzige, was mir gefällt.« Sie blickte wieder hoch, um die Wirkung ihrer unmissverständlichen Worte zu überprüfen.

Ich atmete tief durch und gab mir Mühe, mit locker verschränkten Händen und aufmerksamer Miene Entspannung zu signalisieren, aber wahrscheinlich durchschaute sie das Spiel.

»Oh«, sagte ich in neutralem Ton. »Das ist bedauerlich. Können Sie das konkreter formulieren?«

Sie nickte. »Natürlich. Alles ist zu weiblich, zu weich. Mir fehlen die Konturen. Die Schärfe. Ich hatte bei unserem ersten Gespräch deutlich gesagt, dass ich nichts typisch Weibliches will.« Sie wies mit einer umfassenden Handbewegung auf die Unterlagen vor sich.

Sie hat was gegen Frauen, dachte ich, andererseits würde mich das ziemlich wundern, denn wenn mich nicht alles täuschte ... Ich konnte mich natürlich irren. Vielleicht sind es die Muttis, die sie nicht ausstehen kann. Ein Mutterkomplex. Ich hoffte inständig, dass mir mein Gedankengang nicht an der Nasenspitze abzulesen war, denn Ariane musterte mich aufmerksam, und ich ging jede Wette ein, dass ihr eine derartige Vermutung erheblich gegen den Strich gehen und sie mich ihre Empörung deutlich spüren lassen würde.

»Den Schwerpunkt auf die weibliche Klientel zu legen heißt noch lange nicht, einen Püppi-Sport zu kreieren«, fügte sie hinzu.

»Mutti-Ton, Püppi-Sport – wie kommen Sie eigentlich auf diese Etiketten?« fragte ich ehrlich erstaunt. »Die Tatsache, dass zum Beispiel auf den Fotos attraktive Frauen zu sehen sind, die Spaß am Skaten haben ...«

»Natürlich sollen sie Spaß haben, aber Männer lachen und plaudern auch nicht bei der Ausübung ihres Sports, oder?«

»Schade eigentlich.«

»Bitte?«

»Das war natürlich ein wenig provokant«, beeilte ich mich zu versichern. »Dennoch: Die Frauen auf den Fotos sind vergnügt. Vergnügt und sportlich, fernab jeglicher Verbissenheit, das ist alles. Wie sollen sie denn gucken? Als wären sie auf dem Kriegspfad?«

Ariane hob eine Augenbraue. Denk dran, warnte ich mich stumm, die Kundin hat zwar nicht immer recht, aber meistens dann doch das letzte Wort, und wenn Ariane Köster das Projekt platzen und bei Bruno durchblicken ließe, dass ich eine ziemlich dicke Lippe riskiert hatte, könnte sich das durchaus negativ auf meine weitere Karriere auswirken. Andererseits – den Eindruck einer beleidigten Petze machte sie nun wirklich nicht.

»Es ist mir zu verspielt, zu seicht«, bekräftigte Ariane ihren Standpunkt nach einer kurzen Pause. Sie nahm einen Kugelschreiber zur Hand und drehte ihn zwischen den Fingern. »Dasselbe gilt für die Infobroschüren. Natürlich kann man erwähnen, dass Frauenfüße anders gebaut sind als Männerfüße und darum natürlich anderes Schuhwerk brauchen, aber es genügt, darauf hinzuweisen. Ich brauche keine orthopädische Abhandlung über die weibliche Ferse und die Einzelheiten der verschiedenen Schnürungen.«

»Ein Unternehmen, das sich so eingehend mit der Anatomie von Füßen befasst, finde ich sehr vertrauenerweckend. Frauen honorieren es, wenn man sich derartige Gedanken macht und dabei nicht an der Oberfläche bleibt.«

»Tatsächlich?« Ariane hob das Kinn.

Die Geste hatte etwas ausgesprochen Kampflustiges. O ja, sie kämpft gerne, dachte ich. Na schön.

»Ja, tatsächlich«, wiederholte ich und hielt ihrem Blick stand. »Schließlich sollen doch Frauen die Produkte kaufen, und zwar ganz unterschiedliche Frauen. Oder wären Sie sauer, wenn eine Mutti oder eine Püppi sich von den Werbemaßnahmen angesprochen fühlte und zugreifen würde?«

»Nein! Aber wir sind doch nicht im Gard-Haarstudio!«

Ich lachte. »Warum denn nicht? Übrigens, nebenbei bemerkt – wenn es gelänge, Helme zu produzieren, die der Frisur nichts anhaben, hätten Sie eine echte Marktlücke entdeckt.«

Ariane verdrehte die Augen. »Das ist nicht Ihr Ernst. Freund oder Ehemann könnten sich über die schiefsitzenden Löckchen mokieren, oder wie? Sagen Sie nicht, dass bei Ihnen zu Hause ein solches Modell herumsitzt!«

»Bei mir zu Hause sitzt gar kein Modell herum.«

Sie musterte meine Haare. »Am Haarschnitt liegt das aber nicht.«

»Danke. Es liegt an mir.«

»Das dachte ich mir.« Sie lächelte eine Spur süffisant. »Haben Sie noch ein Stündchen Zeit? Wir könnten eine Kleinigkeit essen gehen und die weiteren Einzelheiten besprechen. Im nächsten Ort gibt es einen ganz passablen Thailänder.«

Die Wendung kam so überraschend, dass ich verblüfft zustimmte, ohne zuvor einschränkend darauf hinzuweisen, dass ich keinen großen Hunger hätte. Kaum zwanzig Minuten später saßen wir in dem asiatischen Restaurant, und ich bestellte etwas zögerlich ein kleines Reisgericht mit Garnelen. Ariane lächelte mich an. »Die Spesenkasse ist ganz gut gefüllt – Sie können zulangen. Es reicht für uns beide.«

Ich lächelte charmant zurück. »Vielen Dank. Ich habe in keiner Weise an Ihrer Großzügigkeit gezweifelt. Doch mein Hunger hält sich in Grenzen.«

Sie nickte. »Aha. Na, ich hoffe, es stört Sie nicht, wenn ich kräftig zulange. Ich habe durchweg einen gesunden Appetit, erst recht natürlich, wenn ich viel trainiere.«

»Natürlich stört mich das nicht.«

Das tat es wirklich nicht, ganz im Gegenteil. Ariane genoss ihr Essen nach Herzenslust, ohne sich daran zu stoßen, dass ich ihren Appetit nicht teilte. Wie wunderbar. Ich hatte nämlich häufig das Gefühl, dass Menschen, die gern aßen, andere, die das, aus welchen Gründen auch immer, nicht taten, für Spielverderber hielten. Häufig musste man sich regelrecht entschuldigen. Ariane Köster war jedoch zum einen höflich und ansonsten daran interessiert, ihren Hunger zu stillen.

»Sie müssen das Ganze noch mal überarbeiten«, sagte sie, kaum dass unsere Teller abgeräumt waren und der Kellner uns zwei Tassen Kaffee gebracht hatte. »So kann ich mich nicht damit arrangieren. Und ich will es auch nicht.«

»Das dachte ich mir. Vielleicht finden wir ja einen Mittelweg.«

»Warum sollte ich Kompromisse eingehen?«

Ich stützte mein Kinn in die rechte Hand. »Weil Sie wissen, dass ich zum einen keinen Blödsinn erzähle und zum anderen über eine Menge Erfahrung verfüge.«

Sie lächelte. »So, weiß ich das? Mag sein. Aber die Geschmäkker sind nun mal verschieden – Erfahrung hin oder her. Ich möchte die ganze Sache wesentlich knackiger. In vier Wochen erwarte ich eine überarbeitete Fassung, dann setzen wir uns erneut zusammen und sehen weiter.«

Erst in vier Wochen? »Schade!« wäre mir fast herausgerutscht.

»Ich bin auf einer längeren Geschäftsreise«, erklärte sie und ließ mich nicht aus den Augen.

Ich erwiderte ihren Blick nur kurz.

»Falls Sie Fragen haben, die keinen Aufschub dulden, gibt meine Sekretärin Ihnen eine Telefonnummer, unter der Sie mich erreichen können.«

Das war sehr charmant. Fast zu charmant. Ich sah auf die Uhr.

»Es wartet doch jemand auf Sie«, stellte Ariane fest. Ihre Stimme war eine Oktave tiefer geworden.

»Ja, aber kein Mann.«

»Das allerdings ist keine große Überraschung für mich.«

»Nun, das hätte mich auch verwundert.«

»Dabei stünde Ihnen Verwunderung wahrscheinlich ziemlich gut.«

Im nachhinein hätte ich mich ohrfeigen können. Ariane Köster hatte die Regie übernommen und mich gehörig verunsichert. Und ich war rotiert wie eine Zwanzigjährige, die nicht wusste, wie sie auf einen Flirtversuch reagieren sollte – arrogant abweisend oder begeistert gackernd. Bei mir war irgendwas Schräges dazwischen herausgekommen, aber auf jeden Fall hatte Ariane sich prächtig amüsiert. Als ich schließlich in meinem Auto saß und nach Hause fuhr, wusste ich nicht, was mich mehr beschäftigte – meine unprofessionelle Verwirrung, mein Ärger darüber oder der Umstand, dass es mir gar nicht gefiel, Ariane erst in vier Wochen wiederzusehen.

Knackiger – sie wollte alles knackiger haben, was immer sie darunter verstand. Ich setzte mich erneut an das Projekt, nachdem ich Bruno über den Stand der Dinge informiert hatte. Er schien nicht sonderlich verwundert, dass nun die zweite Runde eingeläutet wurde, offenbar hatte er nichts anderes erwartet und war froh, dass wir überhaupt noch im Rennen waren. Innerhalb von zehn Tagen entwickelte ich auf der Grundlage des ersten Vorschlags ein geändertes Konzept: Der sportlich-technische Aspekt war nun klarer herausgearbeitet, auf den Fotos sah man toughe Frauen, die sich gehörig anstrengten, aber den Eindruck erweckten, dass sie das gern taten, und der Ton des Infomaterials war sachlicher. Ich wollte auf keinen Fall warten, bis die vier Wochen um waren, und reichte die Unterlagen ihrem Büro ein mit der Bitte, sie an Ariane Köster weiterzuleiten. Die ließ mich drei Tage schmoren, bis sie mir per eMail mitteilte, dass es das immer noch nicht sei und sie sich nach ihrer Rückkehr mit mir in Verbindung setzen würde. Insgesamt zog sich dieses Spiel fast bis zum Jahresende hin. Ariane moserte, ich korrigierte, nachdem ich vergeblich versucht hatte, sie von meinem grandiosen Entwurf zu überzeugen, ich überarbeitete, erweiterte, veränderte, und sie moserte über etwas anderes. Zwischendurch war ich so wütend, dass ich die ganze Sache am liebsten in die Ecke gedonnert hätte – sollte doch jemand anders sein Glück versuchen. Ich träumte schon von diesen verrückten Skatern – und vor allen Dingen von dieser verrückten Skaterin. Die ließ mir keine Ruhe. Manche Besprechung mit ihr dauerte nur eine Viertelstunde, und sie gab sich sachlich wie ein Fabriktor, dann wieder war sie charmant, schlug ein kleines Essen vor und sah mir eindeutig zu lange in die Augen. Besser gesagt: Sie sah mir in die Augen, und ich erwiderte den Blick zu lange. Viel zu lange. Hin und wieder tauchte ein verlockender Gedanke auf – eingeleitet mit der berühmten Frage »Was wäre, wenn ...?« und mit einem lauten Nein beantwortet. Mit Ausrufezeichen.

Kurz vor den Weihnachtstagen tauchte Ariane unangemeldet in meinem Büro auf. Ich hatte gerade ein Telefonat beendet und sah verblüfft hoch, als sie plötzlich in der Tür stand. Sie trug schwarze Jeans und einen weißen Wollpullover mit breitem Zopfmuster und engem Bund, der ihre schmale Taille betonte. Ihre Jacke hatte sie sich locker über die Schulter geworfen.

»Hallo, Paula, ich weiß – ich habe keinen Termin«, sagte sie. »Darf ich trotzdem hereinkommen?«

»Selbstverständlich.«

Ich stand auf und ging ihr entgegen. Sie hatte kürzlich angefangen, einfach nur Paula zu mir zu sagen. Das gefiel mir. Wir gaben uns die Hand. Herzklopfen, ich hatte Herzklopfen und das untrügliche Gefühl, dass sie es mitbekam.

»Setzen wir uns doch«, schlug ich vor.

Meine Sitzecke war zwar wesentlich bescheidener als die in Arianes Büro, aber für eine spontane Besprechung reichte sie allemal. Ich gratulierte mir im stillen, dass ich grundsätzlich Ordnung hielt und nun nicht in die unangenehme Situation geriet, erst mal nervös herumhantierend Platz schaffen zu müssen. Nervös war ich ohnehin schon genug.

»Ich war in der Nähe«, sagte Ariane. »Und wollte mich verabschieden.«

Ich hatte plötzlich ein flaues Gefühl im Magen. »Verabschieden. Das klingt aber ...«

Sie hob das Kinn, lächelte. »Nun bin ich aber gespannt.«

Ich schlug ein Bein über das andere, strich mir über die Hose. »Fahren Sie in Urlaub?«

»Ja, ich fliege mit Freunden zum Skilaufen nach Kanada und komme erst Anfang des Jahres wieder.«

»Das hört sich richtig gut an.« Ich war so erleichtert, dass ich mir Sorgen zu machen begann. »Mit unserem Projekt werden Sie sich im Urlaub wohl kaum befassen. Ist denn inzwischen schon eine Vorauswahl getroffen worden?«

»Ja.« Sie fuhr sich kurz durchs Haar. »Sie sind eine Runde weiter, zusammen mit zwei anderen. Das ist heute morgen in der Geschäftsführer-Konferenz beschlossen worden.«

Ich schloss einen Moment die Augen und atmete tief aus. Das war nicht sehr professionell, aber ich gestand es mir zu.

Ariane lächelte. »Wenn ich zurück bin, gehen wir noch mal gründlich ins Detail, einverstanden?«

Ich seufzte. »Vermutlich gibt es noch eine Menge Arbeit.«

»Selbstverständlich. Außerdem habe ich eine Idee.« Sie beugte sich vor. »Vielleicht können Sie ja das eine oder andere besser nachvollziehen, wenn Sie Skaten lernen – ich meine, von der Pike auf. Ich gebe Ihnen einige Privatstunden. Was halten Sie davon?«

Ich schwieg einen Moment. Das konnte ich kaum ablehnen. So würde Bruno das auch sehen. Aber ich sollte es ablehnen. Ich sollte es entschieden ablehnen.

»Klingt gut«, antwortete ich leise. »Ich hoffe nur, ich enttäusche Sie nicht.«

Es gefiel mir, wie sie mich ansah mit diesen graugrünen, häufig amüsiert dreinblickenden Augen. Sie stand so plötzlich auf, dass ich zusammenzuckte. Während ich mich ebenfalls erhob, trat sie vor mich. Wir waren fast gleich groß. Ich konnte ihr Parfum riechen. Ein intensiver Duft.

»Das kann ich mir nicht vorstellen, Paula.« Sie hob eine Hand und strich mir kurz über die Wange. »Wir sehen uns.« Damit drehte sie sich um und verschwand so schnell, wie sie gekommen war.

Ich blickte ihr wortlos hinterher. Das war nicht meine Idee, dachte ich, nichts von all dem ist meine Idee gewesen. Ich beende jetzt meine Arbeit und fahre zu Rieke. Wir werden uns tief in die Augen sehen und dann küssen, und wir schlafen miteinander und kuscheln und reden und lachen, und ich fühle mich geborgen und am richtigen Platz. Ich gebe nicht der ersten Unruhe nach und fahre nach Hause, sondern bleibe bei ihr, und alles ist wunderbar. So, wie es sein sollte.

Ich räumte meinen Schreibtisch auf und fuhr heim. Fast eine halbe Stunde stand ich unter der heißen Dusche. Danach kurz auf die Waage. Nur kurz. Ich bereitete mir einen Salat zu und wog die Zutaten sorgfältig ab. Es geht nicht darum, meine Mahlzeit zu verkleinern, redete ich mir gut zu, sondern darum, zu wissen, was ich esse, kurzum: die Kontrolle zu behalten. Hin und wieder jedenfalls. In zwei Tagen stand ein Termin mit Bastian an. Ich ahnte, dass da einiges auf den Tisch kommen würde. Mal wieder.

## 8

Paula hielt ihr Versprechen, sich für mich und das Bistro stark zu machen, und rührte in einigen Agenturen und Produktionsfirmen aus der Branche eifrig die Werbetrommel. Es funktionierte. Der organisatorische Aufwand war zwar gerade in der Anfangsphase sehr groß, aber die Mühe lohnte sich bald. Die Leute schätzten es, angerufen zu werden und ihr Essen vorbestellen zu können, und für mich war die Planung natürlich wesentlich einfacher, wenn ich Stunden vorher genau wusste, welche Mahlzeiten in welchen Mengen gefragt waren. Anfangs verschätzte ich mich mit dem Einkauf, weil ich noch nicht überblicken konnte, welche Gerichte mehr, welche weniger geordert werden würden, aber auch das klappte von Tag zu Tag besser. Georg hatte die Aufgabe übernommen, meinen Wagen umzurüsten, um das Essen in großen Kisten vernünftig transportieren und warmhalten zu können, und ab mittag waren nun entweder Steffi oder Kevin, meine beiden festen Aushilfen, oder ich selbst unterwegs, um die Leute auswärts zu bewirten. Ich stellte bald fest, dass es sinnvoll war, Kuchen und anderen Nachtisch grundsätzlich in ausreichender Menge dabeizuhaben, um sie vor Ort noch mal anzubieten. Kaum jemand konnte widerstehen, wenn ich durch die Büros spazierte und mit unschuldigem Lächeln wie nebenbei darauf hinwies, dass ich zum Nachtisch das Birnenkompott mit Vanillesoße oder die Preiselbeertorte mit den gerösteten Mandeln auf einer Schicht mildem Frischkäse empfehlen könnte.

Als sich das Jahr allmählich dem Ende zuneigte und die ersten Weihnachtsfeiern auf dem Programm standen, war mehr zu tun, als ich allein schaffen konnte, zumal sich mein Service nicht nur in den Werbeagenturen bewährt, sondern auch bei anderen kleineren Unternehmen herumgesprochen hatte. Ich musste sogar einige neue Küchengeräte anschaffen, um die Mengen besser bewältigen zu können, und abends war ich so müde, dass ich Mühe hatte, mich an die Zeit zu erinnern, in der die Umsätze so mies gewesen waren, dass ich sorgenvoll und skeptisch in die Zukunft geschaut hatte. Nun brauchte ich auch in den ruhigeren Bistrozeiten Hilfe bei der Bewirtung, damit ich zwischendurch ausreichend Zeit zum ungestörten Kochen und Backen hatte, denn natürlich sollte die Qualität aufgrund der großen Nachfrage nicht leiden. Ich konnte mich kaum noch daran erinnern, wie meine Tochter aussah und begrüßte es sehr, dass Paula vor lauter Arbeit ebenfalls kaum wusste, wo ihr der Kopf stand, wobei es wohl das erste Mal war, dass ich über diesen Umstand froh und erleichtert war. Ein wenig drückte mich sogar das schlechte Gewissen, wenn ich darüber nachdachte, dass Paula ja häufig rundum beschäftigt war, ohne dass es eine Möglichkeit gegeben hätte, kürzer zu treten, und ich nicht immer das rechte Verständnis dafür aufgebracht hatte, weil ich mich vernachlässigt fühlte.

Was die bevorstehenden Weihnachtsfeierlichkeiten mit meiner Familie und irgendwelche festlichen Rituale anging, so klinkte ich mich in diesem Jahr kurzerhand aus. Ich hoffte, Tamara ein paar Stunden zu sehen, und vielleicht bot sich die Möglichkeit, mit Georg ein kleines Festessen zu veranstalten, ansonsten wollte ich die wenigen freien Tage für mich und Paula haben, und ich hoffte natürlich, dass meine Liebste ebenso dachte. Im letzten Jahr hatten wir einen Teil des Heiligen Abends zusammen bei ihren Eltern verbracht, was anstrengend und aufwühlend und alles andere als heilig gewesen war, weil belastende Themen wie der Tod von Paulas Bruder und die fortgesetzte, für nichts anderes Raum lassende Trauer ihrer Mutter zur Sprache gekommen waren. Ohne Zweifel waren diese Stunden wichtig gewesen und hatten mit dazu beigetragen, dass Paula ihre Eßstörung, die verzerrte Wahrnehmung ihres Körpers und die damit verbundenen Ängste und Probleme in Angriff genommen hatte. Aber in diesem Jahr stellte ich mir etwas anderes vor. Für den Fall, dass Paula andere Wünsche hegen sollte, malte ich mir in den strahlendsten Farben aus, dass ich bis mittags im Bett liegen, stundenlang lesen, mich mit einer ganzen Schüssel meines Lieblingsgerichts, nämlich feinstem Krabbensalat mit knusprigem Baguette, und bestem französischen Rotwein vor dem Fernseher aalen und es mir so richtig gutgehen lassen würde. Das Bild vermittelte bis ins kleinste Detail Entspannung, Gemütlichkeit, Ruhe und – schnarchende Langeweile. Zu meinem allergrößten Erstaunen und zu meiner Freude natürlich hätte ich mir sämtliche Befürchtungen und Ersatzträume sparen können. Als Paula bei einem Besuch im Bistro kurz vor Feierabend so ganz nebenbei vorschlug, an den Weihnachtstagen möglichst viel Zeit miteinander zu verbringen, glaubte ich zunächst, mich verhört zu haben.

»Kannst du das noch mal sagen?« fragte ich verblüfft und starrte sie nahezu fassungslos an. »Du hast keinen Termin und musst nicht mal so nebenbei eine Tonne Unterlagen durchsehen oder neue Ideen ausbrüten?«

Paula lächelte. Sie saß am Tresen und rührte ihren Espresso um. »Es liegt nichts an, nein.«

»Nicht mal die Skaterin?«

Paula trank rasch einen Schluck. »Die ist auf dem Weg nach Kanada, um dort Skiurlaub zu machen. Alles weitere besprechen wir im neuen Jahr.«

»Gute Idee. Ski-heil«, gab ich meiner Begeisterung Ausdruck. »Und du willst wirklich ganz viel Zeit mit mir verbringen – ich meine jeweils mehr als ein Stündchen, vielleicht sogar zwei oder drei, so richtig zum Eingewöhnen und ...«

Paula runzelte die Stirn. »Rieke!«

»Ja?« Ich tat ganz unschuldig.

»Du übertreibst maßlos.«

»Manchmal.«

»Meistens.«

Ich lachte. »Schon gut. Ich freue mich halt, und du musst zugeben, dass wir nicht gerade ein Paar sind, das so fürchterlich viel Zeit füreinander hat, oder?«

»Das gebe ich zu.«

Tatsächlich – wir nahmen uns Zeit füreinander, besser gesagt: Paula nahm sich Zeit für uns und zog quasi für drei Tage bei mir ein. Abgesehen von einem gemütlichen Beisammensein mit Tamara und Georg und einem Kinobesuch blieben wir durchweg für uns. Stippvisiten bei den Eltern hatte jede für sich bereits vorher erledigt. Ich konnte mich nicht erinnern, dass wir schon einmal so lange ununterbrochen zusammengewesen wären, und zwischendurch brauchte ich Paulas Rückversicherung, dass sie ihren Entschluss nicht bereute und unruhig wurde. Aber sie stritt das, wie erhofft, vehement ab, lachte, küsste mich und schob meine Bedenken beiseite.

»Du kennst mich doch«, fügte sie hinzu.

Ja, ich kannte sie gut und wusste, dass sie grundsätzlich nicht die Ruhe in Person war und selten richtig ausspannen konnte. Vielleicht vermisst sie ihre Waage, wenn sie manchmal so angestrengt ins Leere blickt, überlegte ich mehrfach, doch ich sprach sie nicht darauf an, denn sie aß halbwegs vernünftig. Ob sie inzwischen neue Tricks entwickelt hatte, um zu mogeln, mochte ich nicht überprüfen. Das war nicht meine Aufgabe. Allerdings hatte ich den Verdacht, dass die Pfunde, die sie im Sommer abgenommen hatte, noch nicht wieder ausgeglichen waren und Paula diesbezüglich auch keine besonderen Ambitionen entwikkelte. Wahrscheinlich reibt sie sich freudig die Hände und ist heilfroh, ein, zwei Kilo Spielraum zu haben, dachte ich und war fast ein wenig amüsiert, wie sehr ich inzwischen mit ihrer Denkweise vertraut war.

Wir werden Zeit haben, endlich in Ruhe über all das zu reden, was sonst immer zwischen Tür und Angel oder am Telefon abgehakt werden muss oder gar nicht zur Sprache kommt, hatte ich vorher geschwärmt, und wir sind ausgeruht und können stundenlang Sex haben – berauschenden, wilden, heißen Sex bis zur völligen Erschöpfung. Bereits am zweiten Tag fiel mir auf, dass wir nicht viel mehr miteinander sprachen als sonst auch – der einzige Unterschied war der, das wir die Themen nicht in einer halben Stunde erledigten, sondern einen halben Tag dafür Zeit hatten, was aber zu meiner Überraschung nicht unbedingt größere Klarheit brachte oder gar zu gänzlich neuen Erkenntnissen führte. Ansonsten fläzten wir uns auf der Couch, hörten Musik, schmökerten in Büchern und Zeitschriften, gingen spazieren, zappten durchs Fernsehprogramm. Was den Sex anging, so hätte ich eigentlich vollauf zufrieden sein müssen. Paula verführte mich mehrfach nach allen Regeln der Kunst. Allerdings war sie nicht allzu erpicht darauf, die Rollen zu tauschen und sich mir zu überlassen. Dann musste es schnell gehen oder sie war plötzlich müde – wie auch am letzten gemeinsamen Abend, bevor es am nächsten Morgen wieder in den Alltag zurückgehen sollte. Vielleicht war ich ja nicht gut genug. Ich schmiegte mich an ihren Rücken und hauchte ihr einen Kuss auf die Schulter.

»Hey, Süße, so geht das aber nicht«, sagte ich in sanftem Ton. »Ich kann nicht gerade behaupten, dass ich Expertin auf dem Gebiet der Frauenliebe bin – dazu betreibe ich sie noch nicht lange genug –, aber ich wage trotzdem die Behauptung aufzustellen, dass es seit einiger Zeit ein bisschen einseitig bei uns zugeht.«

Paula seufzte, und ich fand, dass es ein wenig ungehalten klang. »Müssen wir das jetzt diskutieren?«

Ich atmete laut aus. »Na, wann denn sonst? Morgen entschwinde ich ins Bistro, du ins Büro, der Jahreswechsel steht an, und es wird noch mal hektisch. Außerdem ...« Ich biss ihr vorsichtig ins Ohr. »Was ist denn das für eine blöde Frage? Die könnte glatt von Brittas Mann stammen. Natürlich müssen wir das jetzt diskutieren!«

Sie drehte sich langsam zu mir um, und ich sah sofort, dass sie bemüht war, eine freundliche Gelassenheit auszustrahlen, die sie ganz und gar nicht empfand. Meine Alarmglocken begannen augenblicklich zu schrillen.

»Bitte reg dich nicht auf, Rieke! Wo genau liegt denn eigentlich dein Problem?« gab sie zurück.

»Schon wieder eine blödsinnige Frage. Die Kandidatin hat hundert Punkte. Du weißt doch ganz genau, was ich meine!«

»Ja?« Sie stützte den Kopf in die Hand. »Sag es trotzdem – und bitte möglichst objektiv.«

Ich verdrehte die Augen. »Bei diesem Thema überhaupt den Anspruch zu erheben, objektiv bleiben zu wollen, ist ja schon ziemlich merkwürdig, aber schön, ich werde es versuchen. Du schläfst mit mir, doch dann entziehst du dich – das hatten wir ganz zu Beginn unserer Beziehung auch schon mal, aber ich dachte, du hättest inzwischen Vertrauen gefasst und ...«

»Habe ich doch auch längst, das weißt du.«

»Was ist es dann? Mache ich irgendwas falsch? Stört dich etwas? Dann musst du mir eben auf die Sprünge helfen. Wie schon gesagt – ich bin noch nicht so lange dabei.«

»Darum geht es nicht.«

»Sondern?«

Sie drehte sich auf den Rücken und sah einen Moment zur Decke hinauf. »Es ist ganz einfach.«

Ich klatschte in die Hände. »Wunderbar, da bin ich ja beruhigt.«

»Ich will es eben manchmal so und nicht anders.«

»Manchmal? Du willst es in letzter Zeit eigentlich immer so. Ich meine – mal ganz ehrlich: Wo bleibt dabei der Spaß für dich?«

Mittlerweile hatte sich längst aufgeregter Unmut in mir breitgemacht. Ich wollte zwar die friedliche Stimmung der letzten Tage keineswegs durch eine unsinnige Diskussion zerstören, aber das Thema nun schleunigst wieder unter den Teppich zu kehren würde wahrscheinlich sowieso nicht funktionieren. Und wenn Paula so herumdruckste, war ich ohnehin hellhörig wie eine Fledermaus.

»Der Spaß besteht für mich darin, dich zu verführen.« Sie blickte mich wieder an, und ihr Lächeln war voller Charme. Einen Moment war ich versucht, sie einfach zu küssen und doch den Teppich zu lüpfen. Durfte es in der Tat nicht mal einfach sein? Einfach und schön? Keine Hintertürchen, keine verschleierten Probleme und undurchsichtigen Motive.

Ich zog ihr Gesicht ganz nah an meines. Unsere Nasenspitzen berührten sich fast. »Wenn es doch nur so wäre. Aber ich werde den Eindruck nicht los, dass der Spaß für dich darin besteht, dich anschließend zu entziehen.«

Sie öffnete den Mund und schloss ihn gleich wieder. Sie sagte nichts, sah mir nur in die Augen. Nach einer Weile lächelte sie plötzlich. »Du kennst mich wirklich gut.« Und nach einer weiteren Pause, ohne zu lächeln: »Ich brauche das – dieses Entziehen, immer wieder, auf allen möglichen Ebenen.«

»Warum?«

»Um mich zu spüren.«

»Das werde ich nie verstehen.«

Paula streichelte mein Gesicht. »Musst du auch nicht.«

Am nächsten Morgen standen wir beide früh auf. Paula packte ihre Sachen, trank noch einen Kaffee mit mir und machte sich wenig später auf den Weg ins Büro. Ich heizte den Backofen vor und stellte meine Einkaufsliste zusammen. Alltag. Ein beliebiger Tag zwischen den Jahren. Kalt, grau, arbeitsreich. Plötzlich befiel mich Melancholie. Aus dem Nichts heraus. Doch das stimmte nicht, und ich wusste es genau.

## 9

Bislang war ich fast jedes Jahr nach dem Berlin-Marathon im Herbst in ein zumindest kleines schwarzes Loch gefallen. Nach der monatelangen Vorbereitung, der großen Anspannung, dem Rausch des Rennens benötigte ich immer einige Zeit, um mich an den normalen Alltag und das seltsame Körpergefühl zu gewöhnen, das sich in den Wochen, in denen die körperliche Erholung im Vordergrund stand, einstellte. Und meist war damit eine tiefe Rastlosigkeit verbunden, manchmal auch mehr. Diesmal hatte ich kaum Zeit dazu. Die Saison war gut gelaufen, selbst in diesen wirtschaftlich angespannten Zeiten, und es gab viel zu tun. Die Leute fuhren vielleicht weniger in den Urlaub oder stellten den Kauf der neuen Küche hintan, aber für ein paar vernünftige Skater reichte es dann doch. Die Marketingmaßnahmen rund um das Marathongeschehen hatten Wirkung gezeigt – und da war meiner Meinung nach noch viel mehr drin.

Ein paar Tage wartete ich darauf, dass Svenja sich melden würde, um sich nach dem Rennen zu erkundigen. Aber sie tat es nicht, und ich war dankbar für meinen vollen Schreibtisch, den Terminkalender, der überquoll, eine längere Geschäftsreise. Alles Möglichkeiten, noch mehr Abstand zu gewinnen. Nur hin und wieder suchten mich Träume heim, denen ich erst am nächsten Morgen entfliehen konnte. Für die Weihnachtsferien plante ich Urlaub in Kanada. Weit weg.

In der Regel hielt ich mich im Job zurück, was Affären anging, besser gesagt: Ich trieb es in geschäftlich sensiblen Bereichen nicht auf die Spitze. Ich hatte es nicht so weit gebracht, um mir auf dem weiteren Weg nach oben die Finger zu verbrennen, weil mir eine Frau gefiel. Das hieß also, dass leichtes Flirten erlaubt war und auch ein freches Vortasten, aber weitergehende Anstrengungen tabu waren. Paula beschäftigte mich zunehmend, und es tat mir gut, weniger an Svenja zu denken. Doch das war nicht der alleinige Grund. Sie gab sich reserviert und freundlich, war auf Besprechungen in der Regel sehr gut vorbereitet und vermittelte ihr Konzept absolut professionell. Ich wusste genau, dass sie meine Vorstellungen nur am Rande teilte, doch obwohl ihr der Auftrag wichtig war, äußerte sie ihre Bedenken und Einwände selbstbewusst, kritisch, direkt – ohne ihre Grenze dabei je zu überschreiten. Dafür überschritt ich sie manchmal. Tiefblaue Augen, in denen ich dann ein unsicheres Flackern entdeckte. Die kühle, engagierte Werbefachfrau wurde nervös. Und neugierig. Ich ging jede Wette ein, dass normalerweise sie die Verführerin war und bestimmte, wo es langging. Die Idee, ihr das Skaten beizubringen, gefiel mir immer besser.

Am Abend vor meinem Abflug in die Ferien rief Svenja an. Ich war so verblüfft, dass es mir für einen Moment die Sprache verschlug. Wir hatten Monate nichts voneinander gehört.

»Wie komme ich denn zu der Ehre?« fragte ich schließlich und setzte mich mitten zwischen die gepackten Reisetaschen.

»Das ist eine gute Frage«, sagte sie, und ihre Stimme klang so verletzt, so klein, dass ich erschrak.

»Ist etwas passiert?«

»Nein, nein, es ist nichts passiert. Oder doch, aber es ist gut ein Jahr her, du erinnerst dich?«

Was für eine Frage.

»Weißt du, was ich mir wünsche?« fuhr sie einen Moment später fort, als ich nicht antwortete.

Ich schluckte. »Sag es mir.«

»Alles vergessen zu können.«

»Alles, wirklich alles?«

Sie lachte ein kleines trockenes, trauriges Lachen. »Das könntest du nicht ertragen, stimmt's? Aber es wäre besser, viel besser – jedenfalls für mich.«

»Svenja, was ist los?«

»Nichts ist los, gar nichts. Ich will dir nur sagen, dass ich niemandem mehr vertraue. Mehr noch: dass ich Angst habe. Kannst du das nachvollziehen?«

Ich schwieg.

»Antworte! Kannst du das nachvollziehen?«

»Ja, das kann ich.« Und einen Moment später: »Es tut mir so leid, Svenja, bitte glaub mir das.«

»Wenn du wenigstens etwas daraus lernen würdest. Wenigstens das.«

Ich nahm den Hörer ans andere Ohr. Mein Herz klopfte rasend schnell, wie während eines Tempolaufs. »Hältst du das für ausgeschlossen?«

Wieder ein Lachen. »Das kommt darauf an.«

»Worauf kommt es an?«

»Auf den Menschen, dem du begegnest. Es sollte jemand sein, den du nicht einfach besitzen kannst.«

»Ich habe dich nicht besessen! Wie kannst du das sagen?« Meine Stimme war kurz davor, sich zu überschlagen.

»Weil es stimmt. Du willst immer alles besitzen. Sonst ist es ja nicht interessant für dich.«

»Wie oft soll ich noch sagen, dass es mir leid tut?«

»Bis du es ernst meinst und tief in deinem Herzen spürst.«

Damit legte sie auf. Die Wut schwoll in mir an wie ein Geschwür. Dann kam die Scham und mit ihr die Verzweiflung.

## 10

Ich war heilfroh, als das neue Jahr begonnen hatte und ich in meinen gewohnten Alltag und seinen Rhythmus zurückkehren konnte. Die Tage bei Rieke hatten mir ein ganzes Pfund Gewichtszunahme beschert. Nicht weiter schlimm, sagte eine Stimme in mir, während eine andere das reinste Gift versprühte. Ich beschloss, beide zu ignorieren, obwohl ich wusste, dass es mir nicht gelingen würde, nicht gelingen konnte, noch nicht, wie Bastian mir bestätigte. Nur keine Panik. Entscheidend war und blieb, wie ich damit umging.

Die Zeit mit Rieke war nötig gewesen. Sie hatte sich so gefreut. Ich hoffte, dass sie mir meine zeitweilige Unruhe nicht übel nahm oder sie falsch einordnete. Oder richtig. Manchmal verlor die Zeit jegliche Bedeutung. Wenn Rieke kochte oder selbstvergessen einen Film sah, konnte ich sie minutenlang beobachten, ohne irgend etwas anderes im Sinn zu haben. Ich prägte mir jede Geste, jedes Naserümpfen, jede kleine Bemerkung ein, amüsierte mich, erfreute mich an ihr, an der besonderen Atmosphäre. Da gab es dann nichts Störendes zwischen uns – keine Bedenken, keine Unruhe, keine verwirrenden Gefühle, die da nicht hingehörten. Wo gehörten sie denn hin? Am liebsten wäre ich sie ganz los gewesen. Sie störten und verunsicherten mich. Ich schlief mit Rieke, um sie meine Nähe spüren zu lassen, um alles von ihr mitzubekommen. Umgekehrt war das nur selten möglich. Ein altbekanntes Spiel.

Wann fing das an – Anfang des Jahres? Ich kontrollierte mein Handy häufiger als sonst, und wenn mein Telefon klingelte, baute sich sofort eine unterschwellige Spannung in mir auf. Wie lächerlich, dachte ich jedesmal, aber je mehr Zeit verging, ohne dass ich etwas von Ariane Köster hörte, um so nervöser wurde ich. Der halbe Monat war schon fast um, als ihre Sekretärin schließlich einen Termin mit mir vereinbarte. Wir trafen uns in einem Café Unter den Linden, und obwohl ich zehn Minuten vor der Zeit da war, hatte sie bereits einen Tisch besetzt und winkte mir zu, als ich das Lokal betrat. Sie trug eine Wildlederhose und einen Cashmerepullover – beides in einem warmen hellen Braun, dazu eine burgunderrote Weste. Wir gaben uns die Hand. Ihr Griff war fest. Sie lächelte herzlich, legte den Kopf einen Moment schief. »Hallo, Paula, schön Sie zu sehen. Sind Ihnen die Feiertage gut bekommen?«

»Bestimmt nicht so gut wie Ihnen«, gab ich zurück, während wir uns setzten. »Sie sehen wunderbar erholt aus.«

»Ja, es war eine gute Entscheidung wegzufahren. Wenn man zu Hause bleibt, kommt man aus dem üblichen Trott ja doch nicht raus. Und Kanada ist wirklich faszinierend. Nette Menschen – vor allen Dingen Frauen.« Sie lachte mich an. »Was trinken wir?«

Wir bestellten Cappuccino, Ariane entschied sich außerdem für ein Stück Sachertorte, über das sie sich hermachte, als hätte sie drei Tage nur Wasser und trocken Brot bekommen. Kaum war der letzte Krümel verputzt, zog sie eine dicke lederne Mappe aus ihrer Aktentasche und ging zum geschäftlichen Teil über.

»Wie Sie wissen, geht es nun in die letzte Runde«, erläuterte sie. »Ich finde, die Fotos müssen noch ein bisschen besser werden.«

»Ich hatte nicht erwartet, dass Sie mir die einfach so abnehmen würden«, erwiderte ich seufzend. »Wie hätten Sie es denn gern?«

Sie blickte langsam hoch, während ich mit leisem Schreck meiner Frage nachhorchte, fing meinen Blick ein, hielt ihn einen Moment fest und zog mit einer winzigen, kaum wahrnehmbaren Bewegung eine Augenbraue hoch. Ich tat so, als bemerkte ich die Zweideutigkeit nicht, und hielt ihrem Blick stand.

»Es sind zu viele Menschen auf den Bildern. Das verwischt das Motiv«, erklärte sie schließlich mit dunkler Stimme.

»Tatsächlich? Beim letzten Durchgang haben Sie mokiert, dass zu wenig Menschen darauf sind.«

»Tja, meistens liegt die Wahrheit irgendwo in der Mitte.«

Ich verdrehte innerlich die Augen. Aber, mein Gott – ich wollte diesen Auftrag, ich wollte ihn unbedingt, und zwar nicht nur damit Bruno mich küssen würde, wie er angedroht hatte. Gleichzeitig wusste ich, dass es gefährlich war, sich so an einen Auftrag zu klammern und das eigene Wohl und Weh davon abhängig zu machen. Schließlich konnte es hundert Gründe geben, warum ein anderer Bewerber vorgezogen wurde, und kein einziger musste mit der eigenen beruflichen Kompetenz auch nur annähernd zu tun haben.

»Gut«, sagte ich. »Also wieder ein paar Menschen weniger. Was liegt sonst noch an? Sind denn die Texte mittlerweile zu Ihrer Zufriedenheit?«

»Zu 98 Prozent ja.«

Wir sprachen fast eine halbe Stunde über die fehlenden zwei Prozent, tranken währenddessen noch einen weiteren Kaffee, und mir wurde sehr warm – nicht nur wegen des heißen Getränks. Ariane hatte im Urlaub nichts von ihrem Temperament und ihrer Eigenwilligkeit eingebüßt, und was mangelndes Selbstbewusstsein war, konnte sie sich wohl nicht einmal in ihren kühnsten Träumen vorstellen. Ich musste mich sehr anstrengen, um mit meinen Argumenten vorzudringen, ohne dass es allzu kämpferisch wirkte. Wenn man anfing zu kämpfen, war die Gefahr des Verlierens ständig präsent. Kämpfte man hingegen gar nicht erst, konnte man auch nicht verlieren, aber sehr wohl gewinnen. Das hatte mir einer meiner Dozenten an der Fachhochschule in Frankfurt beigebracht, und ich rief es mir immer wieder gern in Erinnerung.

Ariane schlug so plötzlich ihre Mappe zu, dass ich zusammenzuckte. »Ich finde, das reicht erst einmal, Paula.«

Dagegen hatte ich nichts einzuwenden. Ich packte meine Notizen ein und trank den kalten Rest meines Kaffees.

»Wann drehen wir gemeinsam die erste Runde auf Skatern?« Sie hatte die Fingerspitzen aneinandergelegt und sah mich mit einem breiten Grinsen an.

»Wir haben tiefsten Winter«, erklärte ich rasch und zeigte wie zum Beweis nach draußen. »Klirrende Kälte, Schnee, Eis und so weiter.«

Sie sah gar nicht hin, sondern zuckte die Achseln. »Erstens gibt es Hallen, und zweitens kann man trotzdem fahren, sobald die Wege einigermaßen trocken sind. Ich kann ja mit meinen Vorbereitungen für die Rennen im Frühjahr wohl kaum warten, bis angenehme fünfzehn Grad herrschen.«

»Natürlich nicht, aber ich habe ja auch nicht vor, bei irgendwelchen Rennen zu starten ...«

»Warten Sie es ab!« unterbrach sie mich lebhaft. »Vielleicht kommen Sie schneller auf den Geschmack, als Sie sich das jetzt vorstellen können.«

»Das möchte ich nicht ausschließen, aber meine Begeisterung, bei frostigen Minusgraden und eiskaltem Wind durch die Gegend zu skaten, hält sich im Moment noch in überschaubarem Rahmen.« Das hätte man drastischer ausdrücken können, doch ich hielt mich zurück.

Sie schüttelte den Kopf. »Sind Sie nie Schlittschuh gelaufen? Das ist doch dasselbe in Grün.«

»Ja, der Vergleich hat was, das lässt sich nicht von der Hand weisen.«

»Na, sehen Sie! Nächsten Samstag – wir treffen uns um zehn Uhr vor dem Büro. Sie bekommen Inliners von mir, und wir fahren erst mal in unserer werkeigenen Halle, damit Sie sich Ihr Näschen nicht erkälten.«

Das klang ziemlich herablassend, und ich war überrascht, wie sauer mir das aufstieß.

»Ich bin alles andere als besonders empfindlich«, erklärte ich rüder, als unbedingt nötig gewesen wäre.

»Oh, da habe ich wohl einen wunden Punkt getroffen«, bemerkte Ariane keineswegs erschüttert, eher verwundert, hellhörig. »Ich dachte schon, die gibt es gar nicht bei Ihnen.«

Ich sah ihr ins Gesicht, doch bevor ich zu einer angemessenen Antwort ansetzen konnte, streckte sie die Hand aus und berührte meinen Arm. »Tut mir leid – das steht mir nicht zu.« Sie lächelte entschuldigend. »Ich bin manchmal ziemlich ...« Sie hob die Brauen.

»Ja«, stimmte ich ihr zu. »Das sind Sie.«

Sie lachte. »Kommen Sie trotzdem am Samstag?«

Ich nickte. Und hatte ihr längst verziehen.

Ich dachte lange darüber nach, was ich wohl erwidert hätte, wenn sie mir nicht mit dieser charmanten Entschuldigung den Wind aus den Segeln genommen hätte. Auf ihre Bemerkung wären viele Entgegnungen möglich gewesen – und die meisten hätten nur meine Verletzung widergespiegelt. Es wäre mir ein Greuel gewesen, als zimperlich oder verwöhnt oder geziert dazustehen, was gewiss auch auf meine leistungsorientierte Erziehung, in der Schwäche nicht erwünscht gewesen war, zurückgeführt werden konnte. Zumindest hatte ich es so in Erinnerung. Aber letztlich war es natürlich müßig, darüber zu spekulieren, was ich hätte sagen können, wenn sie mir nicht zuvorgekommen wäre. Außerdem verzieh ich ihr zu schnell. Sie hatte ein freches Mundwerk, und ich hatte nichts Besseres zu tun, als wohlwollend in die Hände zu klatschen, als sie einen Funken Selbstkritik zeigte. Was den Samstag anbelangte, so schwankte ich zwischen nüchterner Geschäftsmäßigkeit und nervöser Anspannung. Ich hatte nicht auch nur ansatzweise Lust, mich zu blamieren, und mir war klar, dass sie das wusste. Was Ehrgeiz anging, so waren wir einander sicherlich ebenbürtig.

Ich stöhnte vor mich hin, als ich am Samstagmorgen zum verabredeten Zeitpunkt vor dem Bürogebäude auf sie wartete. Es war bitterkalt, und ich klapperte mit den Zähnen, obwohl ich über meinen Sportsachen noch eine dicke Jacke trug. Ariane kam eine Minute nach zehn die Treppen heruntergelaufen und schloss die Tür auf.

»Guten Morgen! Warten Sie schon lange?«

Unter den einen Arm hatte sie ihre Inliners geklemmt, in der anderen Hand trug sie eine Tasche, die sie mir entgegenhielt, ihr Helm saß bereits auf dem Kopf. »Die dürften Ihnen passen. Normalerweise Größe achtunddreißig?« fragte sie und schlug den Weg zur Halle ein, der um das Gebäude herumführte.

Ich nickte verblüfft. Sie hatte ein Tempo drauf, bei dem ich kaum dazu kam, ihren Gruß zu erwidern. »Ähm, ja, ungefähr – das kommt natürlich ein bisschen auf den Schuh an.«

Sie winkte ab. »Sportschuhe trägt man ohnehin immer mindestens eine Nummer größer. Die Schutzausrüstung ist in der Halle.« Plötzlich blieb sie stehen und sah mich an. »Alles in Ordnung? Fühlen Sie sich fit?« Sie lächelte.

»Ja, natürlich.«

»Ich freue mich, dass Sie da sind – und bitte: keinen Stress!«

Das meinte sie ernst. Ich fing an zu lachen. »Aber nein, wie kommen Sie denn darauf? Ich bin die Ruhe in Person, aber könnte es sein, dass Sie Ihren Kaffee heute morgen intravenös zu sich genommen haben?«

Sie schmunzelte. »Das war doch nicht etwa eine Anspielung?«

Ich schüttelte den Kopf. »Um Gottes willen!«

Sie war eine bessere Lehrerin, als ich angenommen hatte. Die sprühende Hektik fiel von ihr ab, kaum dass ich wackelig auf meinen Rollen stand. Bei ihr war kaum ein Unterschied festzustellen – ob sie nun Sportschuhe trug oder auf Inliners stand: Sie bewegte sich schnell, sicher und ausgesprochen elegant. Ich schluckte, als ich nach ihren Anweisungen die ersten Schritte machte. So müssen sich Kleinkinder fühlen, wenn sie laufen lernen, dachte ich. Ariane korrigierte meine Schrittlänge, zeigte mir, wie ich den Fuß seitwärts aufsetzte und abdrückte, statt den Schwung über das Vorwärtsrollen gewinnen zu wollen, und nach einigen Minuten fiel die Verkrampfung von mir ab, was insbesondere dem Umstand zu verdanken war, dass sie nicht mal ansatzweise die Überlegene herauskehrte. Sie war hier der Profi, ganz klar, aber sie machte mich nicht klein oder nutzte gar ihre Position, um sich über mich lustig zu machen. Hatte ich etwas derartiges befürchtet? Nach einigen Fallübungen, die mich erhebliche Überwindung kosteten, und einigen Runden in der riesigen Halle war ich völlig durchgeschwitzt, und meine Waden waren steinhart, obwohl ich mir einbildete, durch das Fahrradfahren recht gut trainiert zu sein. Ich setzte mich an den Rand und sah zu, wie Ariane einige Runden Tempo machte. Sie beugte sich weit vor, und alles passte wunderbar zusammen: der Schwung der Arme, die ausgreifenden Schritte, die Haltung des Kopfes. Als sie ausrollte und vor mir abbremste, ging ihr Atem schnell, ihre Wangen waren gerötet. Sie setzte sich neben mich, nahm den Helm ab und sah mich an, während sie ihre Haare in Form schüttelte.

»Lust auf mehr?« fragte sie. Sie hielt meinen Blick fest und lächelte ein winziges Lächeln.

»Ich glaube schon«, erwiderte ich leise und sah auf ihren Mund.

Für einen Moment legte sie ihre Hand auf meine, und ich wagte es kaum, meine Finger zu rühren.

»Gehen wir noch eine Kleinigkeit trinken?« fragte sie.

Ich stimmte zu. Vielleicht ist es Zeit, ganz konkret Rieke zu erwähnen, dachte ich, als wir in ihrem Büro verschnauften und unseren Durst löschten. Mach dich nicht lächerlich, war mein nächster Gedanke, man wird doch wohl mal ein bisschen flirten dürfen. Im übrigen geht es hier um ein Geschäft ...

»Vielleicht sind Sie ja auf den Geschmack gekommen und haben Zeit und Lust, hin und wieder mal ein wenig zu üben«, sagte Ariane, während sie einen Müsliriegel verzehrte. »Dann sind Sie im Frühjahr fit, und wir können gemeinsam den Fläming unsicher machen.«

»Und wenn ich ab jetzt jeden Tag üben würde – ich könnte doch nicht mit Ihnen mithalten. Das Fahrrad ist dann für mich wohl eher wieder das Mittel der Wahl.«

»Ach was! Im übrigen müssen Sie nicht mit mir mithalten – das kann nicht funktionieren –, aber ein Stündchen ruhiges Laufen kriegen Sie dann sicherlich schon hin.«

Kalorienverbrauch, huschte es mir durch den Kopf. »Das klingt gut«, erwiderte ich. »Welches Modell können Sie mir denn als Anfängerin empfehlen?«

Sie wies mit dem Kopf auf die Tasche zu meinen Füßen. »Behalten Sie die einfach. Ich hatte den Eindruck, dass Sie gut damit zurechtgekommen sind, oder was meinen Sie?«

Ich wusste, dass es Inliners der gehobenen Klasse waren, die im Geschäft mindestens zweihundert Euro kosteten. »Aber nein, wirklich, das geht doch nicht ...«

»Warum nicht?« Sie schob sich das letzte Stück Müsliriegel in den Mund. »Wollen Sie wirklich nichts essen? Ich bin nach dem Sport immer fürchterlich hungrig.«

Ich schüttelte den Kopf. »Nein, danke, die kleine Runde, die ich gedreht habe, war wirklich nicht kräftezehrend. Aber um noch mal auf die Inliners zu sprechen ...«

Sie lachte mich an. »Nun stellen Sie sich nicht so an! Schließlich entwickeln Sie ja beim Laufen eine besondere Nähe zu dem Produkt, und das kann nur hilfreich sein, was Ihren Job angeht, oder?«

So konnte man es natürlich auch sehen. Wenige Minuten später brach ich mitsamt der Tasche und einer Schutzausrüstung auf. Ariane hatte noch zu arbeiten, wie sie sagte. Ich bedankte mich bei ihr. Als ich im Auto saß, drehte ich die Musik voll auf.

## 11

Es war Zufall – sofern es Zufälle gibt. Ich war am frühen Abend mit Paula bei ihr zu Hause verabredet. Zuvor hatte ich einen Besprechungstermin mit einem Architekten, der meinen Catering-Service für sein Büro in Anspruch nehmen wollte. Das Gespräch war weniger zeitaufwendig gewesen, als ich angenommen hatte, so dass ich eine gute halbe Stunde vor unserer Verabredung bei Paula eintraf. Sie war noch nicht zu Hause, und da ich keinen Schlüssel zu ihrer Wohnung hatte – wie sollte es auch anders sein? –, wartete ich im Auto und ging meine Notizen noch einmal durch. Der neue Stammkunde hatte meine Laune gleich noch einmal kräftig angehoben, zumal Florian Merz ein sympathischer Mann war, der nicht nur gut aussah und sich zu benehmen wusste, sondern außerdem klug war und Humor besaß – eine bei Männern äußerst selten anzutreffende Kombination. Ich sah grinsend aus dem Seitenfenster und entdeckte Paula, die gerade auf die Haustür zuging. Sie war im Sportdress, trug einen Helm und hatte eine Sporttasche dabei, in der sich vermutlich Skater befanden. Sie hatte es eilig. Ich unterdrückte meinen ersten Impuls, aus dem Wagen zu springen, und blieb sitzen. Vielleicht braucht sie die Sachen, um an ihrem Konzept zu arbeiten, überlegte ich. Doch soweit ich wusste, war dieser Teil der Arbeit längst abgeschlossen und eingereicht. Aber bei dem öden, immer noch winterlichen Wetter skaten? Hatte sie irgendwas erwähnt? Nein, da war ich mir sicher. Und warum hatte sie nichts gesagt? Muss sie alles erwähnen? Nein, aber ... Ich wartete noch zehn Minuten, dann stieg ich aus und klingelte. Paula empfing mich gut gelaunt, frisch geduscht und in salopper Freizeitkleidung. Nirgendwo stand eine Tasche mit Inliners herum. Doch bei Paula stand nie irgend etwas herum. Wir gingen in die Küche, um eine Kleinigkeit zu kochen – selbstverständlich kein üppiges Drei-Gänge-Menü –, und ich erzählte von meiner erfolgreichen Unterredung mit Florian Merz, dem Architekten, gab eine Anekdote aus dem Bistro zum besten und kümmerte mich dann um die Tomaten-Thunfisch-Soße, während Paula die Spaghetti ins kochende Wasser gab. Jetzt, dachte ich, jetzt legt sie gleich los. Sie sah mich fragend von der Seite an.

»Was ist? Zu wenig Nudeln?«

Ich warf einen Blick in den Topf. »Nun, die esse ich ja fast alleine, wenn ich so richtig hungrig bin.«

Sie runzelte die Augenbrauen. »Wirklich?«

»Nein, ich übertreibe natürlich, aber eine Handvoll mehr schadet auch nicht.«

Paula zuckte die Achseln. »Wie du meinst.«

Sie gab ungefähr noch zweiunddreißig Gramm Spaghetti hinzu, und ich deckte den Tisch. Die Soße war mir gut gelungen, selbst Paula langte voller Appetit zu und, wie es schien, ohne schlechtes Gewissen. Sie erzählte immer noch nichts. Es ist ihre Sache. Natürlich, doch ... Sie trainiert heimlich. Warum? Um mich im Herbst mit der Teilnahme am Marathon zu überraschen? Hm ... Ich war nicht so wild auf derartige Events, als dass etwas in der Art eine tolle Überraschung für mich dargestellt hätte. Ich gehörte auch nicht zu den Menschen, die sich stundenlang an die Strecke stellten, um FreundInnen, Bekannten oder wem auch immer aufmunternde Sprüche in der Art von *Wir sind stolz auf dich, Otto!* oder *Nur noch 28 Kilometer – du schaffst es, Manni!* zuzuschreien. Zwei Tage Paris mit ihr – das wäre eine tolle Überraschung – oder auch ein Ausflug nach Venedig, Rom, Nizza, Madrid ...

»Hast du Lust auf Kino?« fragte Paula, als wir gegessen hatten und gemeinsam abräumten. Ordentlich wie sie war, stellte sie die Teller gleich in den Geschirrspüler und wischte den Tisch ab. »Wir könnten uns endlich *Die Klavierspielerin* ansehen.«

Ich hatte Lust auf etwas ganz anderes, aber da ich mit diesem Ansinnen offensichtlich allein dastand, behielt ich es für mich. Sie will also weder groß mit mir reden noch großartig Sex haben. Und Fummeln im Kino war in ihren Augen sicherlich etwas für Teenies, die kein eigenes Zuhause hatten. Ich atmete tief durch. Paula sah mich an. »Na, was ist? Oder bist du zu müde?«

Ich bin schon wieder dabei, meine eigenen Bedürfnisse und Wünsche über Bord zu werfen, fuhr es mir plötzlich durch den Kopf, und irgendwann werde ich sauer, weil ich mich übergangen und missverstanden fühle.

»Ich bin nicht müde«, sagte ich schließlich. »Aber nach Kino ist mir heute so gar nicht. Was macht denn eigentlich dein Großauftrag?«

»Da heißt es jetzt abwarten – magst du einen Espresso?«

Ich nickte. »Ja, gerne. Die lassen sich aber ganz schön Zeit, oder dauert es immer so lange, bis da eine Entscheidung fällt?«

Paula nahm zwei Tassen aus dem Schrank. »Bei einem so umfangreichen Projekt sind diverse Leute an der Entscheidung beteiligt. Da können schon mal ein paar Tage ins Land gehen.«

Wir sahen beide auf die silberne Espressokanne und warteten auf das satte Brodeln. Die große Küchenuhr tickte laut. Dann zischte es endlich zunehmend lauter und schmatzender. Paula schenkte ein, und wir gingen ins Wohnzimmer. Ihre neue Wohnung war wesentlich kleiner, unterschied sich jedoch ansonsten kaum von der alten. Kühl, funktionsgerecht, viel Glas und Metall, kaum warmes Holz. Die Gefahr, es bei ihr behaglich, gar kuschelig zu finden, war relativ gering. Wir setzten uns auf das weiße Sofa, Paula schaltete per Fernbedienung den CD-Spieler an. Jazz. Was ist das eigentlich für ein ausgemachter Blödsinn, dachte ich auf einmal. Warum druckse ich hier herum und warte darauf, dass sie mir etwas erzählt? Ich sah Paula an.

»Sag mal, ich war vorhin ein paar Minuten zu früh dran und habe im Auto gewartet – kann es sein, dass ich dich in Skaterausrüstung habe vorbeihuschen sehen?« fragte ich sie rundheraus.

Sie stellte ihre Tasse ab. »Das kann schon sein.« Sie klopfte ein paarmal mit dem Mittelfinger auf die Tischplatte, dann legte sie die Hände in den Schoß und lehnte sich zurück. »Ich beschäftige mich so intensiv mit diesem Sport, dass ich es einfach mal ausprobieren wollte.«

»Bei dem Wetter? Der Frühling hat sich bei mir jedenfalls noch nicht blicken lassen.«

»Man geht doch auch Schlittschuhlaufen.«

»Stimmt, aber ...«

»Was aber?«

Sie wirkte ungnädig bis unter die Haarwurzeln, und genau das war der entscheidende Punkt, der mich stutzig machte, ansonsten wäre die Auseinandersetzung höchstens ein kleines Geplänkel geblieben und wenige Augenblicke später beendet gewesen.

»Liebe Paula, selbstverständlich steht es dir völlig frei, bei Sturmstärke neun und Schneeregen skaten zu gehen oder beispielsweise auch dein Badmintonspiel zu verfeinern oder zu bowlen oder welche Sportart auch immer stundenlang eifrig zu trainieren ...«

»Tatsächlich? Du bist zu gut zu mir«, gab sie ironisch zurück.

»Nur, meine Güte – warum erzählst du so was eigentlich nicht?« überging ich ihre spitze Bemerkung, aber sie hatte mich selbstverständlich getroffen. »Ist es etwa ein Geheimnis? Oder warum habe ich das merkwürdige Gefühl, dass du dich irgendwie erwischt fühlst?«

»Vielleicht liegt das an deiner Wahrnehmung.«

»Was? Reizender Versuch, den Spieß umzudrehen! Soll ich dir sagen, was ich glaube?« Ich war so empört, dass meine Stimme zu zittern begonnen hatte.

»Nur zu.«

»Ich glaube, dass du zunehmend nur noch dein Ding machst, mehr als zuvor, obwohl ich diesbezüglich eine Steigerung gar nicht mehr für möglich gehalten hätte – das ist das eine. Und zum anderen bist du, glaube ich, vom Fahrrad-Heimtrainer auf die Inliners umgestiegen, um deinen Stoffwechsel wieder auf Touren zu bringen, und das natürlich in aller Heimlichkeit. Was ist mit Abführtabletten – nimmst du die auch wieder?«

Sie starrte mich an. »Du bist auf dem Holzweg.«

»Das glaube ich nicht. Welchen vernünftigen Grund sollte es denn sonst geben, eine an sich völlig harmlose Sache wie sportliche Betätigung gänzlich zu verschweigen?«

»Rieke, ich bitte dich, komm auf den Boden zurück: Ich bin in letzter Zeit ein paarmal geskatet – was gibt es da großartig zu erzählen beziehungsweise zu verschweigen?«

»Eine ganze Menge. Wenn ich plötzlich aus heiterem Himmel etwas Neues anfangen würde – eine Sportart, ein Hobby, was auch immer –, würdest du es als erste erfahren.«

»Das kann ja sein, aber ich bin eben anders.«

Ich schnaubte. »Ja, das ist mir auch schon aufgefallen – aber vor allen Dingen geht es dir um etwas ganz anderes.«

Paula war ein Stück von mir abgerückt. Sie schüttelte den Kopf. »Dass ich immer wieder und in jedem Bereich meines Lebens mit den Auswirkungen meiner Eßstörung zu tun habe, weißt du zur Genüge, und dass ich Sport grundsätzlich behutsam betreiben sollte, um nicht durchs Hintertürchen wieder in die Kalorieneinsparfalle zu tappen, auch, aber mit deinem Verdacht liegst du falsch. Dass ich mitten im Winter mit dem Skaten angefangen habe, liegt schlicht an diesem Auftrag.«

»Den gab es doch schon im letzten Herbst.«

Paula verdrehte die Augen. »Nun reicht es aber langsam. Muss ich mich hier allen Ernstes dafür rechtfertigen, dass ich ...«

Ich winkte ab. Irgendwie fühlte ich mich plötzlich grenzenlos erschöpft. »Schon gut. Die Situation ist absurd. Wahrscheinlich geht es mir um etwas ganz anderes.«

»Den Eindruck habe ich auch«, sagte Paula leise.

Einen Moment blieb es still. Dann rückte sie wieder näher an mich heran und legte mir den Arm um die Schultern. Ich genoss die Berührung. Zugleich bereute ich meinen Ausbruch plötzlich. Wie kam ich dazu, eine hochnotpeinliche Befragung durchzuführen, nur weil ich ein merkwürdiges Gefühl hatte oder Vermutungen hegte, die mich ängstigten? Wo war die Harmonie der Weihnachtstage geblieben? Na ja: die Fast-Harmonie. Paula umschloss mein Gesicht mit beiden Händen und küsste mich. Ich schlang meine Arme um sie.

»Ich will mit dir schlafen«, flüsterte ich.

»Jetzt sofort?«

»Nein, in neununddreißig Minuten und siebzehn Sekunden«, frotzelte ich.

Paula sah auf die Uhr. »Ab jetzt?«

Sie zog mich vom Sofa hoch, und wir gingen ins Schlafzimmer hinüber. Fast wäre es mir gelungen, die Initiative nicht nur zu ergreifen, sondern die Fäden auch in der Hand zu behalten. Wahrscheinlich dachte ich viel zu lange darüber nach, was ihr gefallen, wie ich ihre Leidenschaft entfachen könnte, statt einfach zu handeln. Mit sanftem Druck schob sie meine Hände beiseite, legte sich auf mich und ließ mir keine Chance mehr, die Regie zu übernehmen. Dann eben nicht, selber schuld, dachte ich schließlich und ließ mich verwöhnen, betören, meine Leidenschaft entfachen. Eine etwas einsame Leidenschaft, aber besser als gar keine.

Der Verdacht, dass Paula nicht einfach einen neuen Sport entdeckt hatte und nun fröhlich, locker, leicht ihrem Hobby frönte, hielt sich dennoch beharrlich. Zwei- bis dreimal die Woche schwang sie sich auf ihre Rollen – manchmal in irgendeiner Halle, wenn das Wetter es zuließ, auch draußen – und trainierte. Das hieß also, dass sie ein Ziel hatte, und ich bildete mir ein, dieses Ziel zu kennen. So verfolgte ich ihre körperliche Entwicklung, obwohl ich wusste, dass ich damit weder ihr noch mir einen Gefallen tat, denn ich war nicht einfach nur aufmerksam – ich beobachtete sie mit Argusaugen, immer darauf gefasst, eine deutliche Gewichtsabnahme festzustellen, und ging mir damit selbst auf die Nerven. Von Paula ganz zu schweigen.

»Wäre wirklich besser, du würdest das sein lassen«, empfahl mir auch Georg, mit dem ich einige Wochen später an einem frühlingshaften Sonntag auf der Terrasse seines kleinen Hauses in Teltow saß und mein Herz erleichterte. »Ich an ihrer Stelle würde ganz schön fuchsig werden.«

Es war noch kühl, aber die Sonne schien recht ordentlich, und Georg war der Meinung, dass frische Luft nie schaden konnte, weswegen wir mit unserem Kaffee nach draußen gegangen waren, nachdem er mir einen dicken Pullover herausgesucht hatte.

»Ja, ich weiß«, gab ich kleinlaut zurück. »Andererseits habe ich einfach Angst, etwas zu übersehen, verstehst du? Als die Geschichte vor anderthalb Jahren so richtig losging, habe ich erst sehr spät reagiert und mich eingemischt. Das hätte auch schiefgehen können.«

»Seitdem ist viel passiert, Rieke. Du kannst die Situationen nicht miteinander vergleichen. Wie sieht Paula denn überhaupt aus? Ich habe sie ja länger nicht gesehen – hat sie sich verändert? Gibt es einen Grund zur Sorge? Hat sie abgenommen?« fragte er für seine Verhältnisse fast ausschweifend und zündete sich einen Zigarrenstumpen an, dessen beißender Rauch gnädigerweise sofort weggeweht wurde. Die Idee, draußen zu sitzen, war doch nicht schlecht gewesen.

»Nein, soweit ich das beurteilen kann, nicht. Sie sieht gut aus – schmal natürlich, leicht untergewichtig, wie immer eben. Ich hatte ja gehofft, sie würde noch ein paar Kilo zunehmen oder zumindest die komplette Gewichtszunahme aus dem letzten Jahr halten können, aber ...«

Georg sah mich an. »Führst du Buch über ihr Gewicht?«

Ich wurde rot. »Nein, nur ...«

»Hört sich aber so an. Das solltest du schleunigst sein lassen, was ja nicht heißt, dass du gar nichts mehr mitbekommst. Aber es kann wohl nicht angehen, dass du ihr Problem zu deinem machst oder hinter allem immer gleich Auswüchse ihrer Eßstörung vermutest. Wie willst du denn dann noch eine Hilfe sein?« Er paffte empört. »Die Frau ist vierzig, sie hat einen Therapeuten, sie ist nicht blöd, also kümmere dich lieber um dich selbst.«

Ich war noch röter geworden.

»Such dir doch auch mal ein Hobby.«

»Reizender Tip!« blaffte ich. »Der Satz könnte von meiner Mutter stammen oder von meiner geschätzten Großmutter.« Ich verdrehte die Augen.

»Mag sein, aber der Kern ist doch der, dass du nur noch arbeitest und ansonsten Paula im Visier hast.«

Das saß. Ich musste zweimal schlucken, bis ich den Kloß im Hals herunter hatte.

»Ich kann mir ja auch Skater zulegen«, sagte ich schließlich leise.

»Hat Paula das vorgeschlagen?« Er drückte seinen Stumpen aus und sah mich mit seinen klaren, wasserblauen Augen an.

»Nein«, antwortete ich mit belegter Stimme. »Eben nicht.«

»Willst du noch einen Rat hören?«

Ich nickte langsam.

»Dann mach was anderes.«

»Das habe ich mir fast gedacht«, erwiderte ich. »Glücklicherweise ist Skaten ohnehin nicht mein Ding.«

»Was ist denn dein Ding?«

Ich warf einen langen Blick über Georgs Garten bis zu den brandenburgischen Feldern und Wiesen, die wenige Schritte hinter seinem Grundstück begannen. »Ich bin mehr fürs Gemächliche – wandern, spazierengehen, radeln, das alles mit offenen Sinnen. Schwimmen würde ich gerne mal wieder – Paula kriegen keine zehn Pferde ins Schwimmbad!«

»Dann geh doch alleine schwimmen oder such dir eine andere Begleitung.«

Ich trank meinen Kaffee aus. »Gartenarbeit mag ich auch.«

Georg grinste. »Das werde ich mir merken.«

»Ich bitte darum – wenn ich Zeit habe, packe ich gerne mit an.«

Georg stand auf, nahm meine Hand und zog mich hoch. »Komm mal mit.«

Er führte mich in den Garten und zeigte mir hinter seinem Holzverschlag, in dem er verschiedene Arbeitsgeräte, Töpfe und Saatgut aufbewahrte, das Versteck eines jungen Igels. Der kleine Bursche bildete eine stachlige, von Flöhen umhüpfte Kugel und ließ sich in seinem Schlaf nicht stören. Während Georg erzählte, dass sein Kater Juri unlängst eine nachhaltig wirkende Begegnung mit dem Gartenbewohner gehabt hatte, ließ ich den Wind über mein Gesicht streichen, blinzelte in die Sonne und dachte, dass die Dinge manchmal einfach nur ins rechte Licht gerückt werden mussten. Wie gut, dass es Menschen gab, die wussten, wie das ging, denn ich vergaß es immer wieder.

# 12

Sie musste regelmäßig geübt haben, anders war es nicht zu erklären, dass Paula innerhalb weniger Wochen eine passabel skatende Anfängerin geworden war. Wir hatten uns einen kleinen Streckenabschnitt im Fläming vorgenommen, und Paula lief in ruhigem Tempo neben mir her, als hätte sie nie etwas anderes getan. Ihre Haltung war noch etwas verkrampft, womit sie wertvolle Energie vergeudete, und der seitliche Abdruck wirkte nicht harmonisch, aber das würde sich, sollte sie dabeibleiben, bald geben. Sie hatte lange Beine, ideal bei diesem Sport, und Ehrgeiz – noch ein paar aufgebaute, straffe Muskeln und konsequentes Ausdauertraining, und sie würde gut mit mir mithalten können.

Ich war bester Dinge. Die Geschäfte liefen hervorragend, und die Arbeit ging mir gut von der Hand. Demnächst stand der Hamburg-Marathon auf dem Programm. Totale Funkstille zwischen Svenja und mir. Nach ihrem Anruf Ende des Jahres hatte ich zweimal versucht, sie zu erreichen – ohne Erfolg. Also ließ ich es sein. Vielleicht war es besser so. Für uns beide. Ich war nicht gerade wild auf Alpträume. Und doch ...

»Ich würde Sie gerne heute abend zum Essen einladen«, sagte ich zu Paula, als wir nach gut einer halben Stunde an einem der überdachten Rastplätze stoppten. »Wir könnten nach unserer Tour in die City fahren – Charlottenburg, wenn Sie Lust haben, oder auch Mitte, Hackesche Höfe. Wär das nichts?«

Paula setzte ihre Trinkflasche ab und schien zu überlegen. Mit dem Essen hat sie es nicht so, dachte ich, oder wartet die Freundin? Womöglich noch eine wachsame Freundin.

»Oder sind Sie schon verabredet?« schob ich hinterher und wischte mir den Schweiß von der Stirn. »Was ich ausgesprochen schade fände.«

»Nein ... ähm ... das ist es nicht«, sagte sie zögernd und mit einer winzigen Portion Verlegenheit, die ihr außerordentlich gut zu Gesicht stand. »Ich bin nur gar nicht darauf eingerichtet, hinterher noch wegzugehen. Ich meine ... ich habe nur meine Sportklamotten dabei und nichts zum Umziehen.«

Ich setzte mein unschuldigstes Lächeln auf. »Na, das dürfte kein Problem sein. Wir kommen ja direkt wieder am Büro vorbei. Dort können wir duschen und uns umziehen. Ich habe immer diverse Klamotten zur Auswahl da – irgendwas davon dürfte auch Ihren Geschmack treffen. Wir sind ungefähr gleich groß, und dass Sie ein Leichtgewicht sind, macht ja nichts. Sitzen die Sachen eben leger.« Ich lächelte.

Sie lächelte zurück. »Ein reizendes Angebot, aber ich könnte auch zu mir fahren, und wir treffen uns hinterher.«

»Das ginge natürlich auch. Nur – im Büro müssen wir so oder so vorbeifahren, weil ich noch den Anrufbeantworter abhören und ein paar Unterlagen holen muss.«

»Ach so.«

Sie ist nervös, dachte ich, als wir uns wieder hochrappelten. Ich fasste nach ihrem Arm und half ihr. Es würde mich schon interessieren ... es würde mich sogar sehr interessieren, wie sie ... und ich ... Nein, keine Affären im Job! Da die Entscheidung gefallen war, wog dieses Argument nicht mehr ganz so schwer. Das wusste Paula aber noch nicht. Sie sollte es erst beim Essen erfahren, als Überraschung, als Krönung sozusagen. Meine Hände kribbelten, als wir uns auf den Weg machten, und mir war sehr warm, nicht nur an den Füßen.

Wir liefen noch knapp eine Stunde, bis wir zum Wagen zurückkehrten. Paula war jetzt ziemlich müde. Sie bewegte sich langsam und hatte Mühe, ihre Inliners auszuziehen. Ich öffnete die Heckklappe meines Vans. »Bitte schön – setz dich und mach es dir bequem.«

Sie schluckte das Du, ohne mit der Wimper zu zucken. »Danke, aber ich glaube, es geht auch so.«

»Natürlich, es geht alles, aber warum sollte man es sich unnötig schwer machen?«

Ich trat hinter sie und umfasste ihre Taille. Sie war schmal, sehr schmal. Einen Moment ließ ich meine Hände, wo sie waren, verstärkte sogar den Griff, und die Überlegung, was ich gern tun würde, wenn sie nackt wäre, erzeugte schneller Bilder, als ich mir verbieten konnte. Paula zuckte unmerklich zusammen. Dann drehte sie sich um und schob sich mit dem Hinterteil auf die Ladefläche. Sie warf mir einen kurzen unergründlichen Blick zu und beugte sich anschließend über ihre Inliners. Mir war für einen Moment schwindelig. Hatte ich solche Lust, mir die Finger zu verbrennen? Oder hatte ich solche Lust, dass es egal war, ob ich mir dabei die Finger verbrannte? Um was ging es? Darum, Svenja aus meinen Gedanken zu verbannen, oder um eine tolle Frau? Darum, jemanden zu verführen, egal wen, oder darum, Paula zu erobern? Ich wusste aus scheinbar nebensächlichen Bemerkungen, dass sie eine Freundin hatte. So was hatte mich noch nie gestört, aber es war ein Aspekt, der berücksichtigt werden musste.

Wenige Minuten später fuhren wir nach Berlin zurück. Paula hatte die Augen geschlossen und den Kopf an die Scheibe gelehnt. Sie sah entspannt aus, aber sie war es nicht – dessen war ich mir ganz sicher. Noch sicherer als meiner eigenen Erregung.

»Nun, kommst du mit nach oben?« fragte ich, als wir auf den Parkplatz des Firmengeländes einbogen.

Sie schüttelte den Kopf. Sehr langsam. Sehr zögernd. »Ich fahre zu mir, und wir treffen uns anschließend …«

»Ich hole dich von zu Hause ab«, unterbrach ich sie.

Ich stellte den Motor ab, und wir stiegen aus.

»Aber das ist doch sehr kompliziert. Wir können uns doch auch vor einem Lokal treffen«, meinte sie und nahm ihre Tasche vom Rücksitz.

»Es gibt Dinge, die bedeutend komplizierter sind«, wandte ich rasch ein. »Halb acht bei dir zu Hause?«

»Also gut. Ich warte unten.«

»Wie du willst.«

Ich wartete, bis sie mit ihrem Wagen vom Parkplatz gefahren war, dann eilte ich nach oben, suchte meine Unterlagen zusammen, hörte währenddessen den Anrufbeantworter ab, auf dem nichts Wesentliches hinterlassen worden war, und machte mich ebenfalls auf den Heimweg. Ich war aufgeregt. Ein heißes Bad würde mir guttun und ein Glas Sekt. Nur ein kleines. Kurz darauf lag ich in der Wanne und seifte mich langsam ein. Meine Haut kribbelte und wurde weich und samtig. Ich ließ mir viel Zeit bei der Auswahl meiner Kleidung: Spitzen-BH, Tanga, enger grüner Pullover mit V-Ausschnitt, dazu meine Lederhose, Blazer. Gutes Parfum – nicht schwer, aber sinnlich. Ich räumte Schlaf- und Wohnzimmer auf. Spielzeug? Es konnte nicht schaden, etwas bereitzulegen. Vielleicht konnte ich sie überreden. Vielleicht auch nicht. Vielleicht wollte sie sogar nachdrücklich überredet werden. Vielleicht wusste sie bislang noch gar nicht, dass sie nachdrücklich überredet werden konnte oder wollte. Vielleicht machte ich mir unsinnige Hoffnungen. Offenes Spiel.

Sie stand an der Straße und sah mit ihren hellen Jeans und der cremefarbenen Jacke wirklich knackig aus. Ich unterdrückte den Impuls, darüber zu spekulieren, ob und welche Absichten Paula mit der Auswahl ihrer Kleidung verfolgte, um mich ganz auf den Augenblick zu konzentrieren.

»Asiatisch? Fisch? Franzose? Russisch? Was möchtest du essen?« fragte ich, als sie eingestiegen war und sah sie an. »Ich weiß, du bist meist nicht besonders hungrig, aber glaub mir – wir haben uns eine gute Mahlzeit wirklich verdient.«

Aus irgendeinem Grund amüsierte sie diese Bemerkung – mehr als ich nachvollziehen konnte. Sie lachte, und ich spürte ihre Aufregung, als wäre es meine. Das Essen wird uns beiden vor lauter Nervosität nicht bekommen, dachte ich. Was für ein netter Ausklang – es gelingt mir tatsächlich, sie noch zu einem Abschiedsgläschen bei mir zu überreden, und keine fünf Minuten später wird uns beiden schlecht, und keine traut sich, es zuzugeben. Nun musste ich unvermittelt lachen.

Paula sah mich an. »Habe ich was verpasst?«

»Noch nicht.«

Ich griente, sie schluckte. »Auf Fisch hätte ich Appetit.«

»Gute Idee. Ich kenne einen wunderbaren Franzosen in Mitte, der immer eine große Auswahl an frischem Fisch hat. Was hältst du davon?«

Davon hielt sie eine Menge. Ich bestellte per Handy einen Tisch, und eine halbe Stunde später saßen wir einander gegenüber. Sie wich meinem Blick aus, als ich sie direkt ansah und schien erleichtert, als der Kellner kam, um unsere Bestellung aufzunehmen. Wir entschieden uns für Garnelen, gegrillten Lachs mit Blattspinat und Baguette, dazu Weißwein. Ich nahm mir vor, den Wagen stehenzulassen, falls ich mehr als ein Glas trinken sollte. Als der Wein serviert wurde, hob ich mein Glas. »Lass uns anstoßen.«

Paula schloss kurz die Augen. »Ich muss dir was sagen, Ariane, bevor ich ... Es ist ganz bezaubernd mit dir, aber ich ...«

»Erst muss ich dir etwas sagen«, unterbrach ich sie und lächelte breit. »Die Entscheidung ist gefallen.«

Ihre Augen wurden groß. Sie starrte mich an. »Du meinst *die* Entscheidung?«

»Genau die.«

»Und? Nun mach es doch nicht so spannend!«

»Na, rate doch mal!«

»Ich bin nicht zum Raten hier.«

»Nein, warum dann?«

Sie verdrehte die Augen. Wunderschöne blaue Augen.

»Also gut – die Entscheidung ist gestern gefallen, und ihr habt den Auftrag. Was sagst du nun?«

Sie sah aus, als wäre sie mir am liebsten um den Hals gefallen. Ich hätte ihr das unter vier Augen sagen sollen, dachte ich. Ihre kühle Zurückhaltung löst sich gerade in Wohlgefallen auf, und ich wüsste zu gerne, was in privatem Rahmen dahinter alles zum Vorschein kommen würde.

»Meine Güte, ist das klasse!« rief sie aus und stieß mit mir an. »Mein Chef wird mich ... Ich meine, der wird ziemlich begeistert sein. Und ich bin es sowieso.« Sie atmete tief durch. »Das war aber auch ein hartes Stück Arbeit.«

Ich nickte. »Und es bleibt harte Arbeit, das verspreche ich dir. Ich bin ziemlich anspruchsvoll und immer noch nicht hundertprozentig zufrieden, wie du dir denken kannst.«

»Ach? Da wäre ich jetzt so ohne weiteres gar nicht drauf gekommen«, erklärte sie mit charmantem Lächeln. »Gibt es das überhaupt mal, dass du rundum zufrieden bist?«

Was für eine reizende Steilvorlage! »Möchtest du darauf jetzt eine detaillierte Antwort, oder ist es dir lieber, den geordneten Rückzug anzutreten, was ich ausgesprochen bedauerlich fände?«

Sie hob die Augenbrauen, dann lachte sie. Wenn sie aus sich herausging, konnte sie richtiggehend lebhaft werden. Und diesmal aß sie sogar mit Appetit, fast mit Lust, statt betreten auf ihren Teller zu starren, als wollte man sie bestrafen. Essen konnte sehr entspannen. Sex noch mehr. Ich strich mir über den Nacken.

»Magst du Eis?« fragte ich, nachdem wir außer einigen Gräten nichts auf unseren Tellern zurückgelassen hatten.

»Manchmal schon.«

»Mit Sahne?«

Sie schüttelte den Kopf. »Nein, lieber ohne.«

»Da entgeht dir was.«

»Ich glaube nicht.«

»Ich habe wunderbares Eis zu Hause«, fuhr ich gleich darauf fort, nachdem ich um die Rechnung gebeten und bezahlt hatte.

Ich sah, dass sie mit sich rang. Ich wollte nichts von ihrer Beziehung wissen, gar nichts, und ich wollte, dass sie jetzt alles zurückstellte – so wie ich auch. War das zuviel verlangt? Vielleicht. Vielleicht war das sogar viel zuviel verlangt.

»Wir haben etwas zu feiern«, sagte ich leise, und mir pochte das Herz im Hals. In der Brust, im Bauch, zwischen den Beinen.

Sie erwiderte meinen Blick, bis mir schwindelig wurde. »Da hast du recht.«

## 13

Ich hatte nicht mal ein schlechtes Gewissen, jedenfalls nicht in dem Moment. Es war einfach kein Raum dafür da. Dafür später um so mehr, dessen war ich mir sicher. Ich tauchte ein in ihren Blick, in dem nichts war außer Begehren – heftiges Begehren –, und mein Widerstand, der im Laufe des Tages ohnehin Stück für Stück dahingeschmolzen war und zuletzt nur mehr Schein darstellte, existierte schlicht nicht mehr. Ich wollte diese Begegnung, ich war neugierig, mein Körper – müde von der ungewohnten sportlichen Anstrengung und zugleich hellwach vor nervöser Erregung – vibrierte; mein Kopf, in dem so viele unterschiedliche Gedanken herumgewirbelt waren, fühlte sich plötzlich seltsam taub an; und mein Herz strömte wohlige Wärme aus. Nur ein Mal, dachte ich, als wir im Auto saßen, dann rücke ich alles wieder gerade. Ganz bestimmt.

Ariane bewohnte im ruhigeren Kreuzberg eine schicke Dachgeschosswohnung. Sie hatte eine Vorliebe für dicke Gabbeh-Teppiche in kräftigen Farben und für Kandinsky, von dem verschiedene Drucke in hervorragender Qualität an den Wänden hingen. Im Wohnzimmer gab es auf einem Podest eine Kissenlandschaft nebst Fernseher und Musikanlage. Ariane holte zwei Gläser Wein, aber ich rührte meines nicht an und wollte mich in einen der beiden tiefroten Sessel setzen, die vor einem imposanten Bücherregal standen. Sie schüttelte den Kopf. »Komm, wir holen das Eis.«

Ich folgte ihr in die Küche, die ganz in strahlendem Blau gehalten war und in der es eine Essecke mit hohen Pinienstühlen gab, deren Lehnen mit einem Stoff bespannt waren, in dem sich das Blau des übrigen Raumes wiederfand. Gekocht wurde an einem großen modernen Herd, der in der Mitte des Raumes stand. Ariane holte das Eis aus dem Gefrierschrank. Sie füllte Schokolade, Vanille, Himbeer in eine große Schüssel und sprühte großzügig Sahne darüber.

»Das stellt jetzt eine Portion dar?« fragte ich und sah sie entsetzt an.

Ariane schleckte etwas Sahne von ihrem Finger, entnahm einer Schublade zwei Löffel und blickte mich mit ironischem Lächeln an. »Die ist für uns beide. Das spart Geschirr.«

Sie schürzte die Lippen, als ich darauf nichts sagte, griff nach meiner Hand, und wir gingen wieder ins Wohnzimmer, wo wir uns mitten in der Kissenlandschaft niederließen. Ariane schmunzelte, als sie sah, dass ich leichte Mühe hatte, es mir bequem zu machen.

»Streck dich doch einfach aus. Dafür ist dieser Platz gemacht.«

Sie schob mir ein paar Kissen zu, die ich mir in den Rücken stopfte. Plötzlich war ihr Gesicht vor meinem. Sie küsste mich, bevor ich auch nur daran denken konnte, ihr vielleicht doch auszuweichen, was ohnehin albern gewesen wäre. Ihre Lippen waren warm. Ich erwiderte den Kuss, öffnete leicht den Mund und spürte überrascht, wie sie ihren Kopf wieder zurückzog. Fast im selben Moment schob Ariane mir einen Löffel Eis in den Mund, und ich schmeckte die süße Kälte. Ich zuckte zurück. »He, was machst du da?«

Sie lachte. »Du bist nicht unbedingt das, was man eine hingebungsvolle Genießerin nennt, oder? Was soll das wohl sein?«

Um Gottes willen, dachte ich verwirrt, sie füttert mich mit Eis, mit Sahne, mit fettiger ...

»Heute wirst du genießen«, flüsterte sie in meine Gedanken hinein, und ich tat alles, um sie zu verbannen.

Ich schluckte das süße Eis. Einen Löffel und noch einen. Dann spürte ich ihre Hände an meinem Hals, an den Knöpfen meiner Bluse. Ich streckte die Hände aus, um Ariane, die vor mir kniete, an mich zu ziehen, aber sie wich mir geschickt aus. Ich sah sie an. Sie öffnete langsam die Knöpfe und schob mein weißes Spitzenhemd nach oben. Bevor ich erneut versuchen konnte, sie zu umfassen, hatte sie zwei Finger voll Eis und Sahne auf meinen Brüsten verteilt.

»So schmeckt es noch viel besser, meine Liebe«, sagte sie mit leiser, dunkler Stimme.

Sie begann an meinen Brustwarzen zu saugen, und ich schwankte zwischen zwei Empfindungen: heftigster Erregung und dem ähnlich intensiven Gefühl, keine Kontrolle über die Situation zu haben, nicht bestimmen zu können, wo es langging. Ausgeliefert. Ariane schob die Kissen hinter mir beiseite, bis ich auf dem Rükken lag. Als sie sich auf mich setzen wollte, packte ich ihre Hände.

»Vielleicht sollten wir mal ein bisschen was klarstellen, bevor es hier weitergeht«, sagte ich halblaut, mit zittriger Stimme.

»Ist das nötig?« Sie sah auf meine Hände. »Oder gehört es dazu, und du willst es nur austesten?«

Ich verstand nicht, was sie meinte, nicht in diesem Augenblick. Sie befreite sich mühelos aus meinem Griff, beugte sich über mich und hielt nun ihrerseits meine Handgelenke umklammert. Ich lag auf dem Rücken, hilflos. Für einen Moment schwappte grässliche Angst in mir hoch und drohte mich gänzlich auszufüllen.

»Vielleicht sollten wir das ein anderes Mal konsequent zu Ende spielen«, sagte sie plötzlich leise, beruhigend und biss mir vorsichtig, fast zärtlich in die Schulter, während sie mich langsam wieder losließ. »Wenn du entspannter bist, Paula.«

Ich sah ihr ins Gesicht. Sie hatte meine Furcht gespürt. Echte nackte Furcht. Sie wartete, bis ich wieder ruhiger atmete, dann wanderten ihre Hände nach unten, und sie öffnete meine Hose. Ich griff nach ihrem Reißverschluss. Doch Ariane schüttelte den Kopf. »Das ist mein Spiel.«

»Ach? Und ich habe dabei gar nichts zu melden?«

»In diesem Sinne nicht viel, nein.« Sie lächelte. »Ich bin dran. Ich bin die Bestimmerin.«

»Warum?«

»Darum.«

»Das ist kindisch. Verdammt kindisch.«

»Ganz und gar nicht. Du wirst dich in meine Hände begeben und dich gehen lassen, jetzt, hier und heute. Es ist ein wunderbares Spiel – jede Wette: es wird dir gefallen, erst recht wenn es neu für dich ist.«

Ich lachte – eine Spur zu hoch, zu laut. Unsicher. Verdammt unsicher. Steh auf und geh einfach, schoss es mir durch den Kopf. Sie wird mich ziehen lassen, wenn es das ist, was ich wirklich will, wonach ich mich sehne, was ich brauche, weil ich etwas anderes nicht ertragen könnte. Sie wird keine Sekunde zögern und mich sofort loslassen. Diese seltsame Gewissheit, von der ich nicht wusste, woher sie kam, gab den Ausschlag. Ein Spiel also. Na gut. Mal sehen. Ein Spiel hatte einen Anfang und ein Ende, und es konnte jederzeit unterbrochen werden. Ich hatte schon ewig nicht mehr gespielt; ich hatte noch nicht einmal gewusst, dass ich gern spielte oder zumindest neugierig war. Und ich musste Ariane nicht wiedersehen oder nur hin und wieder geschäftlich. Ich vergab mir nichts. Gar nichts. Jetzt gab es nur diesen Abend, ich war ja sowieso schon mittendrin, und dann Ende, Schluss, aus. Eine Episode, die allmählich verblassen würde.

»Du bist frech«, sagte ich, und mein Atem ging schnell.

»Das bin ich.« Sie nickte. »Du ahnst gar nicht, wie frech, oder etwa doch? Jedenfalls dürftest du mitbekommen haben, dass ich nicht auf Streichelzoo-Sex stehe.«

Ja, das hatte ich mitbekommen. Ariane zog mir die Jeans aus und das Höschen, schob mir die Bluse von den Schultern und streifte mir das Hemd ab. Dann stand sie auf und entledigte sich ihrer Sachen. Sie hatte einen tollen Körper. Muskulös und durchtrainiert. Ich streckte meine Hände aus. Sie schüttelte den Kopf und setzte sich wieder zu mir. Mit beiden Löffeln verteilte sie Eis und Sahne über meinen Bauch, die Brüste, Oberschenkel. Als ich vor Kälte zitterte, leckte sie alles ab. Langsam, genussvoll, bis ich vergaß, dass ich sonst immer voller Angst war, wenn nicht ich die »Bestimmerin« war. Bis ich laut stöhnte. Dann schob sie mir die Beine auseinander und ließ Eis auf die Lippen tropfen. Ich hob den Kopf. »Du machst mich wahnsinnig.«

»Genau das will ich.«

»Bring es bitte zu Ende, jetzt gleich.«

Sie lachte. Dann beugte sie sich über mich und saugte das Eis auf. Ich griff mit beiden Hände in ihren Haarschopf, aber sie war wieder stärker und befreite sich. Ich vibrierte am ganzen Körper, aber sie ließ mich nicht kommen. »Worauf warten wir eigentlich?« fuhr ich sie an, als sie innehielt und sich aufrichtete. An ihrer Nase glänzte es feucht.

»Bis du es nicht mehr aushältst.« Sie amüsierte sich offensichtlich prächtig und erhob sich.

»Verdammt, wo gehst du hin?«

Sie lachte. »Ich hole nur ein kleines Spielzeug.«

Ich hob eine Augenbraue, doch sie ließ sich nicht aufhalten und entschwand. Als sie gleich darauf zurückkam, hatte sie einen königsblauen Dildo in der Hand.

»Warum das denn?« wehrte ich ab und wollte mich aufrichten.

Ariane beachtete meinen Einwand gar nicht, schob mich zurück und setzte sich wieder zu mir. Sie fasste mich scharf ins Auge. »Weißt du, was mein Lieblingsspiel ist?«

»Nein.« Ich sah den Dildo mit gemischten Gefühlen an. »Aber du wirst es mir sicherlich gleich verraten.«

»Ich schnalle mir diese kleine Freundin um und fessele dich mit Seidentüchern an den Handgelenken. Vielleicht auch an den Fußgelenken. Mit roten Seidentüchern. Und dann komme ich zu dir und du kannst dich nicht dagegen wehren oder kaum ...«

Ich sah das Bild vor meinem inneren Auge und blickte Ariane wortlos an. Sie nickte, legte eine Hand auf die Innenseite meines rechten Oberschenkels. Mit zwei Fingern drang sie in mich ein, während sie mich nicht aus den Augen ließ.

»Aber ich will dich nicht überfordern – das machen wir vielleicht ein andermal«, gurrte sie leise und bewegte ihre Finger in mir, nahm noch einen dritten dazu, während ich heftig atmete. Dann schob sie mich auf die Seite, legte sich hinter mich und zog ihre Finger zurück. Einen Moment später spürte ich ihre Brüste an meinem Rücken, eine Hand legte sie auf meinen Bauch, mit der anderen führte sie den Dildo ein. Sie bewegte ihn langsam, betörend langsam. Ich zog die Knie an, und sie schob ihn mir noch tiefer hinein.

»Lass dich gehen«, flüsterte sie an meinem Ohr. »Ich will dich hören, verstehst du? Gefällt es dir? Sag was!«

Ich kann nichts sagen, denn wahrscheinlich werde ich gleich ohnmächtig, dachte ich. Ich krallte meine Fingernägel in ihren Arm, hörte ihr Lachen und dann gar nichts mehr. Dann gab es nur noch meinen Körper, der sich zusammenzog und entspannte und wieder zusammenzog und entspannte, während Ariane mich hielt und Worte flüsterte, die ich nicht verstand. Hitze und Feuchtigkeit, die aus mir herausfloss. Tränen, Schreien. Stille. Irgendwann drehte ich mich zu Ariane um. Sie lag auf dem Rücken und sah mich an. Dann umfasste sie mein Gesicht. Sie öffnete ihre Beine, zog mich auf sich, und ich lag zwischen ihren Schenkeln. Sie war feucht wie von Regen getränktes Moos, und ich lachte, als sie schnell und heftig kam.

Später naschten wir noch ein wenig von dem inzwischen flüssigen Eis und gingen unter die Dusche. Ich konnte mich nicht erinnern, wann ich das letzte Mal gemeinsam mit jemandem duschen gewesen war und wann ich meinen Körper betrachtet hatte, ohne den Bauch einzuziehen. Morgen kann es wieder anders sein, dachte ich, aber in diesem Moment ist es so – entspannt, im

Frieden mit mir selbst. Und ich wusste nicht einmal warum.

Ariane war klar, dass ich nicht bleiben würde. Wir tranken noch einen Cappuccino zusammen, dann bestellte sie mir ein Taxi.

»Danke für die wunderschöne Nacht«, sagte sie zum Abschied.

»Ich danke dir«, entgegnete ich. »Aber ich weiß nicht ...«

Sie legte mir einen Finger auf den Mund. »Das weiß niemand. Schlaf gut und träum was Schönes.«

Ich fuhr mit dem Fahrstuhl nach unten. Als ich auf die Straße trat, begrüßte mich ein sternenklarer Himmel. Ich atmete tief ein. Das Taxi wartete. Nein, niemand wusste, was am nächsten Tag sein würde, aber ich war trotzdem gespannt.

Ich schlief bis mittags. Das war mir seit Jahren nicht mehr passiert, egal, wie spät es am Vorabend geworden war. Ich stieg auf die Waage. Zweihundert Gramm weniger als am Tag zuvor. Ein gutes Gefühl, aber keines, das mich länger beschäftigte. Eine Feststellung, ein Ritual, wie so häufig. Ich wusste, dass ich durch den Muskelaufbau ohnehin bald schwerer werden würde. Der Satz hallte in mir nach. Ich ließ ihn ausklingen, und er hinterließ eine leise Unruhe. Die würde immer wieder in mir hochsteigen. Mein ganzer Körper tat mir auf angenehme Weise weh. Muskelkater von allem möglichen. Ich schloss die Augen, dann sah ich in den Spiegel und dachte an die roten Seidentücher, von denen Ariane erzählt hatte, und daran, wie die Angst in mir hochgeschwappt und gleich darauf wieder abgeebbt war. Woher hatte ich bloß das Vertrauen genommen? Ich schmeckte der Erregung nach. Der Hitze, die ich so noch nie erfahren hatte. Graugrüne Augen, in die ich vollständig eingetaucht war.

Als das Telefon klingelte, wusste ich, dass Rieke dran sein würde. Wir waren verabredet. Ich war froh, ihr nicht sofort in die Augen sehen zu müssen. Ich brauchte noch ein wenig Zeit, um wieder auf dem Boden anzukommen. Und bei ihr.

## 14

Die Anzahl der kleinen Firmen, die ich regelmäßig, meist mehrmals wöchentlich oder von Montag bis Freitag täglich belieferte, war inzwischen erfreulich angewachsen. Das Architekturbüro, das vor einigen Wochen dazugekommen war, hätte zu meinen Lieblingsstammkunden gehören können. Zehn bis zwölf in der Regel hungrige Menschen, die sich gern etwas Gutes gönnten und nicht darauf angewiesen waren, den Cent umzudrehen, empfingen mich meist freudestrahlend und immer erwartungsvoll. Beim Trinkgeld ließen sie sich nicht lumpen. Florian Merz nahm sich stets einige Minuten Zeit, um seiner Zufriedenheit Ausdruck zu verleihen, außerdem plauderte er gern mit mir und ich mit ihm. Oft gesellte sich auch Toni hinzu, seine engste Mitarbeiterin und rechte Hand im Büro – ein lebhafter blonder Lockenkopf, Anfang Vierzig, zierlich, aufmerksame hellblaue Augen –, mit der ich mich häufig über das Muttersein austauschte. Sie hatte einen zwanzigjährigen Sohn, der nicht missraten war, wie sie immer wieder betonte, aber doch häufig hart an dieser Grenze entlangschrammte. Wir fanden uns vom ersten Augenblick an sympathisch und duzten uns ohne Umschweife. Wie gesagt, dieses Unternehmen hätte mein bevorzugter Stammkunde sein können. Dass es nicht so war, lag an der Praktikantin Sibylle, die jemand im Zustand geistiger Umnachtung eingestellt haben musste. Das jedenfalls hatte Toni erwidert, als mir unlängst eine freche Bemerkung entschlüpft war, auf die sie fast freudig reagiert hatte. An der Art, wie Toni anschließend ihren Chef angesehen hatte, vermutete ich, dass Florian dieser Jemand gewesen sein musste. Vielleicht hatte er zumindest anfangs noch etwas anderes im Sinn gehabt, denn Sibylle, Mitte Zwanzig, war durchaus als wohlgeformt zu beschreiben, wusste sich zu kleiden und hatte wunderschönes wallendes Haar in sattem Honigblond, das ihr bis über die Schultern reichte. Ich taufte sie nach unserer dritten Begegnung Sirene, denn allein ihre Stimme war eine Strafe, und ich tat alles, um ihr bei meinem mittäglichen Rundgang nicht zu begegnen. Leider bot auch ein weitläufiges Büro nicht genügend Dekkung, um vollbepackt und dennoch unbemerkt durch den Raum zu eilen. Außerdem war ich immer schon allein am Essensduft zu lokalisieren. Und Sibylles Riechsinn war ebenso ausgeprägt wie ihre Stimme und ihr Mitteilungsbedürfnis, das alles in den Schatten stellte, was ich bislang in dieser Richtung kennengelernt hatte. Und das war beileibe nicht wenig. Meine Freundin Britta war eine begabte Erzählerin mit flinker Zunge, die so manche Stunde mit ihren Anekdoten ausfüllen konnte, ich selbst ordnete mich auch nicht unbedingt bei den stillen Pflänzchen ein, und ein nicht unerheblicher Anteil meiner Kundinnen redete gerne, viel, häufig unaufgefordert und manchmal ohne zu bemerken, dass sie gewisse Grenzen überschritten. Sibylle hingegen hatte keine Ahnung, dass solche Grenzen überhaupt existierten. Warum auch? Alle, die das Pech hatten, ihr mehr als einmal über den Weg zu laufen, waren als Opfer willkommen, und es gab kein Thema, mit dem sie einen nicht zutextete – ob man nun zuhören wollte oder nicht. Die meisten wollten nicht. Viele, mich eingeschlossen, standen einfach nur stumm und hilflos vor ihr, nachdem sie vielleicht anfangs noch versucht hatten, etwas beizusteuern, was dem Monolog eine andere Richtung gab, um dann einen geeigneten Absprung zu finden. Aber das war völlig aussichtslos, denn Sibylle fand immer zielsicher und innerhalb von Nanosekunden zu dem zurück, was ihr am Herzen lag, und daneben verblasste selbstverständlich alles andere, oder besser gesagt: verstummte. Natürlich konnte man einen verblüfften Gesichtsausdruck aufsetzen oder so was wie wissenschaftliches Interesse entwickeln, während sie losquatschte, und zunehmend fieberhaft darauf warten, dass sich irgendeine Redelücke bot, um eiligst zu entfliehen. Die gab es selten, weshalb ich mir angewöhnt hatte, Sibylle einfach mit einem herzlichen »Na, das ist ja ein Ding – jetzt muss ich aber wirklich los« stehenzulassen. Soviel Zeit musste sein.

Inzwischen war ich darüber informiert, dass ihr Großvater beim Sex mit einer Prostituierten einen Herzinfarkt erlitten hatte, an dem er jedoch zum Bedauern seiner Frau nicht verstorben war und seitdem zu Hause die Hölle erfuhr; ich wusste von Sibylles Mitbewohnerin und deren Problemen mit Hämorrhoiden sowie um die besondere Beschaffenheit verschiedener Sorten Toilettenpapier, die gut geeignet waren, die wirklich höllischen Beschwerden abzumildern; ich war selbstverständlich in Sibylles Beziehungsprobleme eingeweiht – sie hatte tatsächlich einen Freund! –, in die Höhen und Tiefen ihres Studiums und wusste, dass sie manchmal unter Sodbrennen litt, insbesondere wenn sie eine große Portion Hackbraten mit rotem Paprikasalat und grünen Gurken gegessen und zuvor oder auch danach mehr als vier Tassen schwarzen Kaffee getrunken sowie Sahnetorte mit Himbeerfüllung zum Nachtisch verzehrt hatte. Tja – mir würde nach einer solchen Prasserei wahrscheinlich einfach nur kotzübel werden. Als ich dann noch erfuhr, dass sie leidenschaftliche Skaterin war, trat ich die Flucht nach vorn an und meldete mich vor meiner Lieferung grundsätzlich über Handy bei Toni, die dann dafür sorgte, dass Sibylle anderweitig beschäftigt war.

»Hätte ich gleich von ihrem sportlichen Hobby gewusst, wäre mir höchstwahrscheinlich ein Großteil ihrer Lebensgeschichte erspart geblieben, denn ich hätte mich sofort vom Acker gemacht«, erzählte ich Toni an einem verregneten Freitagmittag, nachdem ich das Essen ausgeteilt hatte und noch kurz auf einen Kaffee mit ihr zusammensaß.

Ich hatte es mir in einem Sessel vor Tonis Schreibtisch bequem gemacht, während sie mit flinken Fingern großformatige Zeichnungen eintütete. Sie sah mich fragend an. »Bist du ein Sportmuffel?«

»Nein, gar nicht, aber auf Inlineskater bin ich zur Zeit nicht so gut zu sprechen. Meine Freundin hat diesen Sport auch für sich entdeckt, und neben ihrem Job, der sie rund um die Uhr beschäftigt und stressig genug ist, bleibt jetzt kaum noch Zeit.«

»Zeit für was?«

Toni stapelte die Umschläge ordentlich aufeinander. Dann probierte sie die Schokoladentorte, die ich ihr mitgebracht hatte. Ich ging davon aus, dass sie wusste, dass Paula meine Geliebte war, auch wenn ich das nicht ausdrücklich gesagt hatte.

»Für alles mögliche an gemeinsamen Unternehmungen. Am Wochenende ist sie in Hamburg – zum Marathon«, gab ich bereitwillig Auskunft.

»Skatet sie etwa mit?«

»Nein, aber sie will zusehen, Atmosphäre schnuppern. Außerdem hat sie ein berufliches Interesse daran. Paula arbeitet in einer Werbeagentur, und ein potentieller Kunde, der Inliners herstellt, soll mit einem neuen Konzept überzeugt werden. Die Frau, die da das Sagen hat, skatet in Hamburg mit. Unter anderem.«

»Aha, verstehe. Fahr doch mit«, schlug Toni vor.

Im selben Moment klingelte das Telefon, und ich war dankbar für die Unterbrechung. Während Toni den Hörer abnahm und sich meldete, stand ich auf und winkte ihr zu. Sie hielt die Sprechmuschel kurz zu.

»Mach's gut, bis Montag. Schönes Wochenende«, rief sie leise.

Das wünschte ich mir auch. Es gelang mir, das Büro zu verlassen, ohne dabei von Sibylle bemerkt zu werden. Ich fuhr ins Bistro zurück und kümmerte mich bis zum Abend in der Küche um den Kuchen und die Snacks für den nächsten Tag, während meine beiden emsigen Aushilfen Kevin und Steffi alle Hände voll zu tun hatten, die Gäste zu bewirten. Glücklicherweise. Die Umsätze hatten sich erfreulicherweise insgesamt stabilisiert.

Paula kam pünktlich zur *Abendschau*. Sie sah gut aus, hatte sogar etwas Farbe und wirkte entspannt. Das war in den letzten Wochen selten der Fall gewesen. Obwohl der große Druck mit der ersehnten Erteilung des wichtigen Auftrags hätte weichen müssen, wirkte sie kaum einmal ausgeglichen, sondern war oft nervös, abwesend, angespannt, blass und hatte wohl auch wieder ein wenig Gewicht verloren. Manchmal gab sie sich plötzlich ohne nachvollziehbaren Anlass entweder bestens gelaunt oder wir stritten über Kleinigkeiten, versöhnten uns aber immer schnell wieder. Paula war dann zärtlich, aber selten leidenschaftlich.

»Ich könnte mitfahren«, sagte ich mitten in einem Bericht über einen Wohnungsbrand im Wedding und griff in die Schüssel mit den Erdnussflips, die sich bereits beträchtlich geleert hatte. Selbstverständlich hatte nur ich davon gegessen.

Paulas Kopf fuhr herum. »Wie? Wohin?«

»Na morgen, zum Marathon nach Hamburg.«

»Ich denke, du arbeitest bis Mittag – von deinen Aushilfen kann nur Kevin einspringen, und den willst du nicht allein lassen«, erwiderte Paula mit gerunzelter Stirn. »Das war jedenfalls bislang der Stand der Dinge.«

»Das hast du dir aber gut gemerkt.«

»Selbstverständlich.«

»Egal – ich könnte es entsprechend organisieren und mittags mit dem Zug nachkommen. Dann machen wir uns einen schönen Nachmittag in Hamburg. Das ist doch mal was anderes«, schlug ich munter vor und lächelte, obwohl mir längst klar war, dass Paulas Begeisterung sich in Grenzen hielt.

»Um die Zeit bin ich ja schon fast wieder auf dem Heimweg«, wandte sie zögerlich ein. »Ich will noch einige Fotos im Zielbereich machen und ...«

»... von den Inliners natürlich«, mutmaßte ich eilig.

»Genau, und dann ...«

»... treffen wir uns und bummeln durch Hamburg.«

»Das ist jetzt aber sehr spontan.«

Ich fing an zu lachen. »Oh, nicht doch, tatsächlich? Aus deinem Mund klingt das wie ein äußerst schwierig zu behandelndes Krankheitsbild. Was ist denn dagegen einzuwenden?«

»Ich möchte nicht so spät zurückkommen.«

»Möchtest du nicht?« Ich warf zwei Erdnussflips ein. »Was wäre daran so schlimm?« Ich hatte das Gefühl, auf einen kranken Gaul einzureden, und ich fragte mich, wie sinnvoll das war.

Paula blickte zum Fenster hinaus, dann wandte sie sich mir wieder zu.

»Schlimm wäre das natürlich nicht«, stellte sie fest.

»Aber du magst es nicht, wenn deine Pläne über den Haufen geworfen werden, stimmt's?«

»So ähnlich – ja.«

»Und wenn du das einfach mal übst? Ich meine, was kann denn schon passieren? Dass wir müde sind? Dass es regnet und windig ist? Dass wir doch lieber nach Hause möchten? Hamburg befindet sich nicht am Ende der Welt – wir wären nicht vor wirkliche Probleme gestellt, sondern könnten in wenigen Stunden wieder zu Hause sein, oder?«

Sie nickte. »Ja, schon ...« Ein zaghaftes Lächeln. Und einen Augenblick später: »Du hast recht. Lass es uns einfach tun.«

»Landungsbrücken, Alsterspaziergang und so weiter?« hakte ich nach und konnte noch gar nicht so richtig glauben, dass Paula ihrem Herzen wirklich einen Stoß gegeben hatte und sich auf meinen Vorschlag einließ.

»Sofern wir da schon durchkommen und nicht alles noch wegen des Marathons gesperrt ist.«

»Das Wagnis würde ich glatt eingehen.«

Eine Viertelstunde später hatte ich per Internet einen Zug gebucht. Paula würde in aller Herrgottsfrühe mit dem Wagen aufbrechen, und wir wollten uns am späten Mittag am Hauptbahnhof treffen. Ich freute mich wie ein kleines Kind. Als sie wenig später nach Hause fuhr, packte ich einen kleinen Rucksack und sah mir dann zufrieden eine Talkshow an.

Es gab Dinge, die machte man nur einmal. Der spontane Hamburg-Trip gehörte in diese Kategorie. Die halbe Stadt war wegen des Marathons noch gesperrt, genau wie Paula es befürchtet hatte, und für einen Spaziergang am Wasser war es zu kalt und zu windig. Besser gesagt: Paula, die ja schon den halben Tag im Freien zugebracht hatte, war es zu kalt. Außerdem regnete es. Nicht gerade in Strömen, aber es gab immer wieder Schauer. Wir hatten zwar Regenjacken dabei, sogar gefütterte, und einen großen Schirm für zwei, den ich vorsichtshalber mitgenommen hatte, aber Paula konnte sich nicht dafür erwärmen, den Witterungsbedingungen länger zu trotzen. So besuchten wir eine Fotoausstellung in der Hamburger Kunsthalle und besichtigten den Michel, in dem Paula noch mehr zu frieren schien als draußen, bevor wir uns in ein Café setzten und eine Kanne heißen Tee tranken. Ich bestellte dazu ein dickbelegtes Fischbrötchen. Paula gar nichts. Warum auch? Nun, das kannte ich ja schon zur Genüge, und im Grunde wäre das nicht weiter dramatisch gewesen – man hätte sich sogar darüber amüsieren können, dass wir unseren Tee bei Hamburger Nieselwetter zu uns nahmen, wenn ich nicht die ganze Zeit das untrügliche Gefühl gehabt hätte, dass Paula nicht nur müde und durchgefroren war, sondern völlig abgenervt. Dass sie ihre Stimmung zu verbergen suchte, war rücksichtsvoll, gelang ihr aber nicht, weil ich längst gelernt hatte, zwischen den Zeilen zu lesen. Ich kannte ihre typischen Handbewegungen, wenn sie angespannt war, das Zucken in ihrem Mundwinkel, dieses zögerliche Lächeln, das leicht bemüht wirkte und irgendwo unterhalb der Nasenwurzel hängenblieb, die deutlichen Signale körperlicher Zurückhaltung. Als wir schließlich am frühen Abend auf der Autobahn waren und in Richtung Heimat fuhren, wurde sie ruhiger, doch von guter Laune zu sprechen wäre übertrieben gewesen. Drei schweigsame Stunden später setzte sie mich bei mir zu Hause ab, und ich war nicht nur frustriert und ausgelaugt, sondern schlichtweg erleichtert. Ein solches Gefühl hätte mich noch vor kurzem vollkommen überrascht. Ich gab ihr zum Abschied ohne große Worte einen Kuss auf die Wange und ließ mir, kaum in der Wohnung angekommen, sofort ein heißes Bad ein. Ich hatte schon davon gehört, dass es Paare geben sollte, die gemeinsam ein Bad nahmen, aber, meine Güte, es sollte ja auch Paare geben, die sich bei einem Ausflug amüsierten und denen es schnurzegal war, ob es kühl war und regnerisch oder heiß und trocken. Als das Telefon klingelte, kümmerte ich mich nicht darum. Später hörte ich, in meinen flauschigen Bademantel gehüllt und nach Veilchen duftend, den Anrufbeantworter ab: Es war Paula, die es bedauerte, dass unser Trip ein so freudloses Erlebnis gewesen war. Die Wortwahl brachte es auf den Punkt. Ich hätte es kaum besser ausdrücken können – oder doch: es war schlichtweg ein Scheißtag gewesen!

Später rief sie noch einmal an. Ich war gerade im Begriff, den Videorecorder zu starten und es mir mit einem Glas spanischem Rotwein, herzhaftem Schwarzbrot und verschiedenen Käsesorten sowie *Grüne Tomaten* richtig gutgehen zu lassen und die vergangenen Stunden mit einem trägen, gemütlichen Sonntagabendgefühl zu überdecken. Ich rechnete mit Tamara oder meinen Eltern und hatte vor, das Telefonat knapp zu halten. Aber es war tatsächlich noch einmal Paula, und ich war so verblüfft, dass ich beinahe vergessen hätte, wie schlecht ich auf sie zu sprechen war.

»Du bist vorhin nicht ans Telefon gegangen«, sagte sie leise.

Ich trank von meinem Wein. »Nö. Ich lag in der Wanne.«

»Hab ich auch erst mal gemacht.«

Klasse, dachte ich und verzog das Gesicht. Wie schon erwähnt, es sollte ja Paare geben, die ... Ich winkte innerlich ab.

»Es tut mir leid«, sagte Paula einen Augenblick später. »Ich bin wirklich nicht die Frau fürs Spontane, und nach diesem langen Tag hatte ich nur noch den Wunsch, mich ins Warme zu verkriechen.«

Vorzugsweise allein, bemerkte meine innere Kommentatorin treffsicher, aber ich konnte nicht verhehlen, dass Paulas zweiter Anlauf, sich zu entschuldigen, ganz gut bei mir ankam. Sie machte Punkte wett, schneller als mir lieb war. Ich legte die Fernbedienung für den Videorecorder beiseite, angelte mir ein Stück Käse und streckte mich auf dem Sofa aus.

»Ich weiß, das kann man aber auch anders zum Ausdruck bringen oder vielleicht einfach mal ein, zwei Stündchen zurückstellen«, bemerkte ich jedoch noch deutlich frostig. Allzu schnell wollte ich sie dann doch nicht davonkommen lassen. Ich hatte schließlich auch kalte Füße gehabt, und mein Tag war nicht weniger lang und anstrengend gewesen.

»Da gebe ich dir recht.«

Auch das noch! »Na schön – und nun?« fragte ich.

»Ich hoffe, dass wir es das nächste Mal besser hinkriegen – egal, was dann gerade ansteht.«

»Es soll Hoffnungen geben, die sich erfüllen«, erwiderte ich schließlich.

Mir wurde leichter ums Herz, und obwohl ich mir Mühe gab, meine Stimme noch sehr zurückhaltend klingen zu lassen, hörte Paula wahrscheinlich längst, dass ich im Begriff war, ihr zu verzeihen.

»Nächste Woche veranstaltet Georg einen Grillnachmittag«, sagte Paula unvermittelt. »Das steht jedenfalls in meinem Kalender. Gibt es dafür einen besonderen Anlass?«

»O ja, das hätte ich beinahe vergessen«, erwiderte ich, bass erstaunt, dass Paula sich diese Einladung sogar notiert hatte. Dass sie sie gerade jetzt erwähnte, gefiel mir.

»Er will mit ein paar Nachbarn und einer besonders netten und erfreulicherweise alleinstehenden Nachbarin sowie einigen ehemaligen Kollegen und uns den neuen Grill einweihen«, erklärte ich. »Jede Wette – du kannst es kaum erwarten, stimmt's?«

Ich horchte in die Stille hinein, die dieser Provokation folgte. Wenn Paula meinte, auf diese Art Wiedergutmachung leisten zu wollen, so hielt ich die Idee für grandios und konnte sie nur ermuntern. Saftige Nackensteaks mit Folienkartoffeln und Kräuterquark, fettriefende Bratwürstchen sowie vielstimmige Gespräche über die bevorstehende Erdbeersaison, die Krise im Berliner Baugewerbe, Teltower Dorfklatsch, Bundesliga-Ergebnisse und derlei Dinge waren ja so ganz nach ihrem Geschmack. Ich gönnte mir ein breites Grinsen, das sich wundervoll anfühlte. Was doch so ein ruinierter Hamburg-Trip alles bewirken konnte.

»Das Wetter soll ja besser werden – habe ich jedenfalls irgendwo gelesen«, sagte sie schließlich mit kläglicher Stimme, aber mein Mitgefühl hielt sich in Grenzen.

»Das habe ich auch gehört«, stimmte ich ihr eifrig zu. »Aber wenn dir kalt wird, kannst du dich ja am Grill wärmen.«

Erstaunlicherweise lachte sie. »Vielleicht wird es ja ganz lustig.«

»Das ist der beste Satz, den du heute von dir gegeben hast«, erklärte ich selbstgefällig.

»Danke für das Kompliment.«

»Keine Ursache – immer wieder gerne.«

Fünf Minuten später legten wir auf. Ich genoss mein Abendbrot und den Film und freute mich auf das kommende Wochenende.

## 15

Ich träumte drei Nächte von ihr, obwohl ich mir genau das verboten hatte. Träume nie von einer Frau, die gebunden ist, lautete eine meiner Regeln, nach denen ich bislang gut gelebt hatte – schlaf mit ihr, wenn du unbedingt musst, erobere sie, so dass beide gern daran zurückdenken, aber hänge ihr nicht nach, schon gar nicht in deinen Träumen, schon gar nicht, wenn sie geht und diesen Blick hat, diesen wehmütigen Blick, in dem sich schon eine Spur Reue spiegelt. Reue, Angst, schlechtes Gewissen. Aber die Erinnerung an unsere gemeinsame Nacht war zu stark. Und die Sache mit der Reue und der Angst und dem schlechten Gewissen war manchmal nur vorübergehend. Paula hatte etwas entdeckt, da war ich mir ganz sicher. Weniger sicher war ich mir, ob sie es auch weiterverfolgen wollte.

Ich rief sie an. Der geschäftliche Grund war nur vorgeschoben – das wussten wir beide. Ihre Stimme klang wie die Stimme einer Frau, die versuchte, sich in den Griff zu bekommen. Das gab mir Auftrieb.

»Wann skaten wir mal wieder zusammen?« fragte ich sie, nachdem wir kurz einige Termine festgelegt hatten.

»Ich weiß nicht, Ariane. Ich bin mir nicht sicher, ob das eine gute Idee ist«, sagte sie rasch. »Vielleicht sollte jede von uns ihre Runden alleine drehen.«

»Warum?«

»Das weißt du genau.«

»Sag es mir trotzdem.«

»Du weißt, dass ich nicht frei bin«, erklärte sie dann.

»Du warst immerhin so frei, dich verführen zu lassen, oder?« gab ich ohne Umschweife zurück. »Und ich hatte den Eindruck, dass du es sehr genossen hast, mehr als du es für möglich gehalten hättest. Das kannst du kaum abstreiten.«

Sie atmete tief durch, und ich lächelte in mich hinein. »Nein, das kann ich nicht abstreiten, will ich auch gar nicht, aber ...«

»Nun willst du wieder in die Arme deiner Freundin zurückkehren? Und so tun, als wäre nichts gewesen? Ein netter Abend, eine noch nettere Nacht, eine aufregende Nacht sogar, aber das war es dann auch? Kann das sein? Sag es mir. Wenn es so ist, will ich es wissen.«

»Wir hatten eine wunderbare Nacht. Das heißt doch aber noch lange nicht ...« Sie brach ab.

»Lass uns zusammen skaten«, schlug ich noch einmal vor. »Und Ende April gemeinsam zum Hamburg-Marathon fahren. Du kannst ein paar Fotos für die Werbekampagne machen, und wir machen uns einen schönen Tag. Und wenn du nicht willst, fasse ich dich nicht an. Versprochen – Ehrenwort. Was hältst du davon?«

Sie lachte. Und sagte zu.

Zwei Tage später waren wir mit unseren Inliners unterwegs – diesmal auf einem kleinen Rundkurs in der Nähe meiner Firma. Paula war körperlich ganz und gar nicht fit, das war auf den ersten Blick zu erkennen. Sie hatte wahrscheinlich nicht vernünftig gegessen und wenig geschlafen, denn ihre Kondition verdiente kaum den Namen. Ich gab ein langsames Tempo vor, und ich fasste sie nicht an, obwohl alles in mir sich danach sehnte. Nach einer halben Stunde ließ Paula sich auf dem Seitenstreifen ins Gras fallen. Sie war erhitzt und gleichzeitig blass. Ich reichte ihr meine Trinkflasche.

»Hör mal, du Leichtgewicht«, sagte ich. »Wenn du regelmäßig trainierst, musst du vernünftig essen, sonst wird das nichts. Du brauchst eine ausgewogene Ernährung.«

Sie nickte. »Ja, ich weiß. Mit dem Essen ist das bei mir so eine Sache.«

»Das habe ich schon gemerkt. Na komm, man kann alles lernen – Übung macht die Meisterin.« Ich nestelte einen Energieriegel aus meiner Hüfttasche. Als sie abwinkte, runzelte ich die Stirn. »Ich habe keine Lust, dich nach Hause zu schleppen, wenn du hier vor Schwäche zusammenbrichst ...«

Sie nahm den Riegel und aß ihn auf. Mit einem Lächeln in den Augenwinkeln, das mein Herz höher schlagen ließ. Sie stützte die Arme ins Gras und legte den Kopf nach hinten. Mein Mund war so schnell auf ihrem, dass es uns beide verblüffte. Ich öffnete ihre Lippen, und für einen Moment, in dem ich mein Sehnen und Hoffen fast schmerzhaft deutlich spürte, gab sie nach, dann stieß sie mich plötzlich zurück. Mir wurde heiß. Ich packte ihre Arme und drückte sie auf die Erde. Sie keuchte – erst vor Anstrengung, dann vor Erregung. Plötzlich hielt sie inne, sah mir in die Augen und schüttelte den Kopf. Ich ließ sie abrupt los und setzte mich auf.

»Ich habe mich in dich verliebt«, sagte ich nach einem endlos scheinenden Schweigen.

»Es geht nicht. Wir haben eine tolle Nacht gehabt, mehr nicht. Versuch es bitte so zu sehen«, erklärte Paula und stand langsam auf. Sie atmete immer noch angestrengt. »Bevor noch mehr passiert, sollten wir versuchen ...«

Ich sah zu ihr hoch. »Wir sind doch längst mittendrin, merkst du das denn nicht?«

Sie kniff die Lippen zusammen. »Ich bin mit Rieke zusammen, verstehst du das denn nicht? Ich kann nicht einfach so tun, als wäre nichts, als gäbe es sie nicht.«

Ich stand auf. »Soso, du bist also mit Rieke zusammen, und was tust du dann hier mit mir? Und was war das in dieser Nacht? Ein Ausrutscher, nichts als ein Ausrutscher, zu dem ich dich auch noch überredet habe? Erklär es mir, damit ich es verstehe! Das bist du mir schuldig, denke ich.«

»Kein Ausrutscher, nein, wirklich nicht, das kann man so nicht sagen, aber ...«

»... oder besser gefragt: Bist du glücklich mit Rieke? Versteht ihr euch – auch im Bett?«

Das war die falsche Frage, aber es war zu spät. Paula ballte die Hände kurz zu Fäusten, bevor sie mir ins Gesicht sah. »Das geht dich gar nichts an! Nichts, gar nichts!«

Ich lächelte. »Also, das ist wohl nicht so toll. Interessant!« Nun war es ja sowieso egal.

Paula machte zwei Schritte auf mich zu, unsicher wegen der Rollen. Sie blieb stehen, wankte leicht. »Du weißt nichts von uns, rein gar nichts. Es geht nicht um Sex. Ohne Rieke ...« Sie bebte förmlich.

Ich hob die Hände. »Vergiss es. Ich will nicht über Rieke reden, über eure Beziehung und den ganzen Kram. Das ist in der Tat deine Sache oder besser: eure.«

»Richtig, sehr richtig, und nun will ich nach Hause.«

»Wie du meinst.«

Es herrschte eisige Stille im Auto. Oder besser gesagt – hitzige. Am liebsten hätte ich sie geschüttelt. Und mich selbst auch. Was war ich doch für eine Idiotin. Ein Hitzkopf, der sich hinter Zynismus versteckte. Das war wohl auch besser so. Svenja stand unvermittelt vor meinem inneren Auge. Ich biss die Zähne zusammen. Du hast hier nichts verloren, dachte ich.

Am Abend trank ich zwei Gläser Wein zuviel, mindestens, und ich hatte Lust auf eine Zigarette, obwohl ich das Rauchen vor vielen Jahren aufgegeben hatte. Aber ich widerstand. Dieser Lust. Dafür griff ich zum Telefon. Paula ging nicht an den Apparat. Dafür hob Svenja nach dem zweiten Klingeln ab. Eigentlich hatte ich vorgehabt, sofort wieder aufzulegen. Nur einmal kurz ihre Stimme hören, diese sanfte Stimme, und dann die Leitung unterbrechen. Doch ich wartete einen winzigen Moment zu lange, und sie wusste, erkannte an der Stille, vielleicht an meinem Atem, dass ich am anderen Ende war.

»Hallo, Ariane«, sagte sie. »Ich hoffe, es geht dir gut.«

»Es könnte besser gehen«, sagte ich.

»Du hast getrunken«, stellte sie fest. »Lassen dich die alten Geister mal wieder nicht in Ruhe?«

»Die alten Geister? Kann sein.« Ich lachte kurz auf. »Ich habe eine Frau kennengelernt.«

»Oh, möchtest du, dass ich dir gratuliere oder gibt es Probleme?«

Ich seufzte. »Sie ist gebunden.«

»Hm. Ein Abenteuer. Nichts Neues also.«

»Wenn es doch so einfach wäre.«

»Ach du Scheiße«, sagte sie schlicht. »Lass die Finger davon.«

»Sie leben nicht zusammen.«

»Das muss nichts heißen.«

»Ich weiß. Heute, da ...« Ich trank einen Schluck Wein.

»Ist etwas passiert?«

»Nein, es ist nichts passiert.«

»Bist du sicher?«

»Was meinst du denn damit?«

»Nun, du klingst irgendwie ... hm ... schuldbewusst.«

»Schuldbewusst?« Was für ein Wort! Es kostete mich die Beherrschung. »Wie oft soll ich dir noch sagen, dass es Dinge gibt, die nur einmal passieren. Warum sollte ich es wieder tun?« schrie ich fast ins Telefon. »Ich bin einmal so dumm gewesen, so fürchterlich außer Kontrolle – glaubst du, dass das jetzt ständig passiert?«

»Wenn man dich so schreien hört, könnte man das fast befürchten«, gab sie zurück. »Wenn du wütend wirst, wenn du verletzt wirst oder zurückgewiesen, kann viel passieren, sehr viel sogar, das dürfte doch wohl klar sein.«

Ich fing an zu weinen. »Es kommt nicht wieder vor, so glaub mir doch endlich.«

»Das würde ich gerne, aber ich kann es nicht.«

Ich legte auf.

Die Geschichte war ebenso einfach wie tragisch: Ich hatte Svenja geschlagen. Zusammengeschlagen wäre der richtige Ausdruck, da gab es nichts zu beschönigen oder kleinzureden. Es war keine Ohrfeige gewesen in einer hitzigen Debatte oder ein außer Kontrolle geratenes Sexspiel. Nein, letzteres schon gar nicht. Wäre ich in allen Lebenslagen so umsichtig und aufmerksam wie beim Sex, wäre die Sache nie passiert. Wir hatten uns gestritten, und der Streit war eskaliert. Svenja wollte die Beziehung beenden, weil sie genug hatte von meinen Eskapaden, wie sie es nannte. Ich hingegen war der Meinung, dass ich noch eine Chance verdient hatte, weil mir bis dahin nicht klar gewesen war, nicht in diesem Ausmaß, wie sehr es sie verletzte, wenn ich mich auslebte, ausprobierte, vergnügte. Eine Chance, die ich großmäulig von ihr verlangt hatte, als wäre es das Selbstverständlichste von der Welt, statt die letzte Möglichkeit zu ergreifen, die mir noch blieb, nämlich kleine Brötchen zu backen und auf sie zuzugehen, wenigstens diesmal, sanft, reuevoll, einsichtig. Svenja lehnte meine Forderung rundweg ab – mit einem süffisanten Lächeln, das völlig neu für mich war und mich schrecklich in Rage versetzte. Ich tobte vor Wut und merkte zu spät, das ich sie nicht mehr kontrollieren und hinter scharfzüngigen Bemerkungen verbergen konnte. Ein Wort gab das andere, Svenja beschimpfte mich, was auch ungewöhnlich war, und plötzlich stand sie viel zu nah vor mir. So leicht greifbar. Wieder dieses süffisante Lächeln, dazu ein hochgerecktes Kinn – sie wäre froh, sich endlich von mir lösen zu können. In dem Moment sah ich nur noch rot und schlug zu – einmal, zweimal, noch mal und noch mal. Bis sie am Boden lag. Und ich daneben. Sie hatte sich nicht gewehrt, mich anfangs nur angesehen, fast erstaunt, und dann die Hände gehoben, um sich zu schützen. Diesen Blick würde ich wohl nie vergessen.

Das war inzwischen ein Jahr und gut drei Monate her. Kurz vor Weihnachten war es passiert. Und immer noch hörte ich dieses Geräusch, mit dem meine Fäuste in ihrem Gesicht gelandet waren. Später fuhr ich sie zu einer befreundeten Ärztin. Svenja und ich sprachen kein Wort miteinander, und die gemeinsame Therapie, für die wir uns auf Anraten der Ärztin einige Tage darauf entschieden und auf die ich mich nur einließ, um irgend etwas zu tun, zu retten, wiedergutzumachen, währte nur so lange, wie Svenja brauchte, um endgültig einen Schlußstrich zu ziehen. Dann wollte sie mich nicht einmal mehr sehen. Sie hätte Angst vor mir. Das war fast so schlimm wie meine immer wiederkehrende Erinnerung an die Tat. Ich wusste, dass sie unverzeihlich war, und ich hatte mir und ihr nicht nur einmal geschworen, dass so etwas nie wieder passieren würde.

Als ich mein Weinglas leerte, fuhr mir durch den Kopf, dass die Begegnung mit Paula vielleicht eine Art späte Strafe war und zugleich ein Test, wie ich damit zurechtkam, abgewiesen zu werden.

Die Sache war bloß die, dass Paula mich nur halbherzig abwies. Oder redete ich mir das ein? Ich melde mich nicht mehr bei ihr, dachte ich. Bis sie von sich hören lässt, herrscht Funkstille. Das bin ich ihr schuldig. Wenn sie den nächsten Schritt tut – okay. Aber so lange halte ich mich zurück. Der Entschluss tat höllisch weh.

Ich arbeitete rund um die Uhr. Dazwischen legte ich meine Trainingseinheiten. Ich war ungnädig – meine Mitarbeiterinnen und Mitarbeiter bekamen das zu spüren und auch die Freundinnen aus der Skatergruppe, mit der ich manchmal unterwegs war. Gut anderthalb Wochen nach meiner heroischen Entscheidung, Paula nicht zu bedrängen – es war ein früher Freitagabend –, rief mich Maren, meine Sekretärin, auf dem Handy an, als ich in Richtung Berlin unterwegs war und gerade darüber nachdachte, was ich mit diesem Wochenende anfangen sollte.

»Ich weiß, du wolltest nicht mehr gestört werden«, sagte Maren zur Begrüßung.

»Und warum tust du es dann?« fragte ich in scharfem Ton und schaltete einen Gang hoch.

»Weil ich glaube, dass es wichtig ist.«

»Das hoffe ich.«

»Ich sage nur: Paula Maybach.«

»Hm.« Mein Herz machte einen Sprung.

»Ich habe ihr gesagt, dass du unterwegs und nicht erreichbar bist, allerdings dachte ich mir, dass du vielleicht darüber informiert werden möchtest.« Ihre Stimme hatte einen zart triumphierenden Unterton.

Ich grinste. »Wie kommst du bloß darauf?«

»Ach, nur so.« Maren schien auch zu grinsen.

»Wollte sie denn was Bestimmtes?«

»Kann ich nicht sagen. Sie wollte dich sprechen, und ich habe ihr gesagt, dass ich dich davon in Kenntnis setzen würde. Das hat sie dann so hingenommen.«

Maren, du bist ein kluges Mädchen. Ich atmete tief durch. »Danke, hast du klasse geregelt. Erinnere mich das nächste Mal, wenn ich schroff zu dir bin, daran, dass du noch was gut bei mir hast.«

»Das werde ich tun. Kann nicht allzu lange dauern bis dahin. Ein schönes Wochenende.«

Ich verzieh ihr die Spitze und lächelte. »Ja, dir auch.«

Ich beendete das Gespräch und hielt auf dem nächsten Parkplatz. War das der erste Schritt? Oder nur eine geschäftliche Angelegenheit, die wir kurz und bündig klären würden? Das ließ sich feststellen. Meine Hände waren unruhig, als ich Paulas Handy anwählte. Es klingelte zweimal, dann hörte ich ihre Stimme: »Hallo, Ariane.«

»Hallo, Paula. Meine Sekretärin sagte mir, dass du angerufen hast.«

»Das stimmt. Vor wenigen Minuten. Ich dachte, ich erreiche dich noch am Schreibtisch.«

Ich schluckte. »Bist du denn noch im Büro?«

»Ja. Und du? Schon zu Hause?«

»Ich bin auf dem Heimweg.«

Pause. Ich schwitzte.

»Hast du Zeit für einen Kaffee?« fragte Paula schließlich.

Gute Frage, dachte ich, wunderbare Frage, aber ich wollte es doch noch genauer wissen.

»Ja, ich habe Zeit«, antwortete ich. »Ich könnte dich abholen. Brauchen wir irgendwelche Unterlagen, weil es um was Geschäftliches geht?«

Wieder eine Pause. »Eigentlich nicht.«

»Gut, ich brauche ungefähr zwanzig Minuten.«

»Okay, bis gleich.«

Ich gab soviel Gas, dass meine Hinterräder durchdrehten und mahnte mich innerlich zur Ruhe. Vergebens. Ich war etliche Minuten früher da, doch Paula wartete trotzdem bereits vor der Tür ihres Büros und hob die Hand, als sie meinen Wagen erkannte.

Ich hielt an, sie stieg ein.

»Wohin?« fragte ich. »Hast du einen Wunsch, eine Idee?«

Sie sah mich an, lächelte plötzlich. »Ja, aber so zwischen Tür und Angel fällt es mir schwer, darauf zu antworten.«

Ich lächelte zurück. Das klang vielversprechend.

## 16

Es war das erste Mal, dass ich mich auf eine Affäre einließ. Früher hatte ich eine Beziehung grundsätzlich erst beendet, bevor ich die Nähe einer anderen Frau gesucht hatte. Oder ich hatte der Versuchung widerstanden. Diesmal also nicht, und die Katerstimmung, die mich nach jener denkwürdigen Nacht ereilte und tagelang anhielt, war ziemlich heftig. Ich lenkte mich mit Arbeit ab, mit Sport, und ich verlor ein wenig Gewicht, da mein Appetit nicht sehr ausgeprägt war beziehungsweise mein Stoffwechsel so beschleunigt, dass ich auch mal ordentlich zulangen konnte, ohne dass der Zeiger der Waage sich nach oben bewegte. Das berühmte seltsame Glück, das ich empfand, war nicht so stark wie früher und beschäftigte mich auch nicht so intensiv, aber es war unleugbar da – sozusagen ein alter, einst geliebter Freund, in dessen Bann ich nicht mehr völlig geriet. Immerhin hatte ich inzwischen soviel gelernt, dass ich nach zwei Kilo die Bremse zog und meine Ernährung konsequent umstellte. Schließlich wollte ich weiterhin skaten, meine Ausdauer und Schnelligkeit verbessern, und mir war klar, dass ich meine Fähigkeiten beschnitt, wenn ich weiter abnahm. Außerdem: ich wollte dieses Problem nicht – nicht schon wieder! Ich hatte bereits ein anderes, das mir den Schlaf raubte.

Ich versuchte mich auf Rieke zu konzentrieren und stellte erschrocken fest, dass ich ihr alles mögliche übelnahm oder ankreidete und unsere Beziehung misstrauisch nach allen Seiten ausleuchtete, auf der Suche nach dem Haar in der Suppe: Hatte

Rieke eigentlich schon immer derart übertrieben und beim Naseputzen so seltsam den Mund verzogen? Zugleich schlich sich immer wieder Ariane in meine Gedanken. In meine Träume. Heftige Träume, aus denen ich mit roten Wangen und schnellem Puls erwachte. Wieder und wieder durchlebte ich jene aufregende Nacht mit ihr, und während ich auf der einen Seite versuchte, das Ganze als einen einmaligen Ausrutscher zu betrachten und Rieke wieder in den Mittelpunkt meiner Empfindungen zu stellen, spürte ich doch nur zu gut, dass es genau das eben nicht war. Darüber hätten Ariane und ich uns nicht streiten müssen. Sie wusste das ebenso wie ich. Meine Güte – wir waren beide sehr aufgebracht gewesen.

Was verband mich eigentlich mit ihr? Toller Sex, den ich bislang in dieser Art nicht erlebt hatte und der mir verheißungsvoller schien, als ich vor mir selbst zugeben mochte? Sportliches Interesse, Ehrgeiz im Job und eine besondere Nähe? Und wenn das, was Ariane und mich verband, meiner Beziehung mit Rieke gar nicht im Wege stand, weil wir anderes miteinander teilten? Durfte ich dann vielleicht darüber nachdenken, wie ich beides miteinander vereinbaren könnte? Meistens funktionierten solche Beziehungsmodelle nicht, aber wenn man es sehr geschickt anstellte und behutsam die Bedürfnisse jeder einzelnen berücksichtigte ... An diesem Punkt meiner Theorie angelangt, stellte ich mir vor, wie ich versuchte, Rieke meine Überlegungen nahezubringen, wie ich ihr meine Wünsche und Vorstellungen und die Möglichkeiten aller drei Beteiligten unterbreitete, und mir war augenblicklich klar, dass sie völlig entsetzt wäre – egal welche schönen Worte ich auch fände. Dennoch ließ mich die Idee nicht los; wahrscheinlich widerstrebte es mir, über die noch verbleibende Alternative zu meinem Modell nachzudenken, und ich wollte auf jeden Fall mit Ariane darüber sprechen. Als ich mich an einem Freitagabend mit ihr zu einem Kaffee traf und ihr meinen Vorschlag vorsichtig näherzubringen suchte, lachte sie mich an. Immerhin klang es fröhlich.

»Du findest das also amüsant«, sagte ich betreten.

Sie griff über den Tisch und nahm meine Hände. »Sehr amüsant.«

»Warum?«

»Weil es kaum ein Paar beziehungsweise eine Dreierkonstellation gibt, in der man diesen Weg nicht zumindest mal erörtert – gewöhnlich von derjenigen initiiert, die quasi dazwischen steht.«

»Ich habe da nicht allzu viele Erfahrungen.«

»Aber ich.«

Ich sah sie prüfend an, zog meine Hände zurück. »Aha, und was heißt das nun genau?«

»Nun, dass aufregende Zeiten auf uns zukommen werden – so oder so.«

»Wollen wir es lieber lassen?«

Sie schüttelte den Kopf. »Nein.«

Ich atmete aus. Neben dem tiefen Glücksgefühl, das sich in mir breitmachte, tauchte plötzlich die nüchterne Frage auf, ob ich noch ganz bei Trost war. Ich plante hier en detail die Seitensprünge mit meiner Geliebten und hoffte, dass sie sich irgendwie in den Rest meines Lebens einfügen würden, womit ich im wesentlichen mein Leben mit Rieke meinte. Rieke, die noch gar nicht wusste, was sich hinter ihrem Rücken abspielte.

»Kommst du mit nach Hamburg?« fragte Ariane mitten in meine Gedanken hinein.

»Ja«, sagte ich, als gäbe es gar keine andere Möglichkeit.

»Wir fahren ganz früh am Sonntagmorgen los. Du stehst an der Strecke, und später fahren wir zu mir oder zu dir und haben Zeit füreinander. Für alles mögliche.«

»Du wirst müde sein«, wandte ich ein.

»Ich bin selten zu müde.« Sie hob eine Augenbraue.

Ich glaubte ihr aufs Wort.

Eine Stunde später fuhr Ariane mich nach Hause. Die ganze Fahrt lang überlegte ich fieberhaft, wie ich mich vor der Haustür von ihr verabschieden und sie davon überzeugen könnte, dass es besser wäre, wenn sie nicht mehr mit zu mir nach oben käme. Nach zehn Minuten war mir klar, dass ich eher mich selbst von diesem Plan überzeugen musste, was mich außerordentlich verblüffte, war ich doch grundsätzlich wenig einladend gestimmt, was meine Wohnung anbelangte. Ariane redete nicht viel. Ab und zu sah sie mich von der Seite an, und ich konnte mich des Eindrucks nicht erwehren, dass sie wusste, womit ich mich beschäftigte. Schließlich hielt sie vor meinem Haus und legte eine Hand auf meinen Oberschenkel. Sie fühlte sich ungewöhnlich schwer an.

»Möchtest du allein sein?«

»Es wäre wohl besser.«

Sie senkte kurz den Kopf, schüttelte ihn und sah mich dann wieder an. »Tatsächlich? Was ist das jetzt – der Rest deiner moralischen Bedenken? Fühlst du dich dann besser?«

»Ja, vielleicht.«

Sie hob die Hand, strich mir über die Wange, den Mund, am Hals entlang, zurück zum Mund und tastete mit dem Daumen ganz behutsam meine Lippen ab.

»Je weniger ich dich zu irgendwas überrede, desto weniger gebe ich dir die Möglichkeit, dich aus der Verantwortung zu winden«, sagte sie leise, mit dieser besonders dunklen Stimme. »Klug und vernünftig, nicht wahr? Aber wenn ich mir dann auf der anderen Seite vorstelle, was wir alles miteinander tun könnten ... heute, jetzt gleich ...« Sie lachte, als ich schluckte. »Verpasste Möglichkeiten, liebe Paula. Die kommen nie wieder, da kannst du dich drehen und wenden wie du willst.«

Ich biss mir auf die Lippen. Dann zog ich ihren Kopf zu mir. Sie ließ es geschehen. Ich küsste sie, und plötzlich streichelten meine Hände ihren Rücken, als würden sie ein Eigenleben führen, ihren Bauch – ein wundervoll harter Bauch, glitten zu ihren Brüsten. Ich atmete schneller, als ich ihre Brustknospen spürte. Dann wurde mir siedendheiß bewusst, dass wir im Auto saßen.

»Na, was möchtest du alles mit mir machen?« fragte sie, als ich plötzlich innehielt. »Oder willst du, dass ich wieder etwas mit dir mache, die Regie übernehme, während du nur fühlst, was mit dir geschieht?«

Ich schloss die Augen. Wie lange war es noch hin bis zu diesem Marathon? Zwei Wochen? Ich stöhnte leise. Am nächsten Morgen war ich mit Rieke im Bistro verabredet. Wenn ich jetzt ... Sie würde es mir ansehen. Jede Wette. Ich an ihrer Stelle würde das merken. Oder vielleicht doch nicht?

»Was ist?«

»Ich weiß nicht, tausend Sachen – Skrupel, Bedenken, Wünsche – alles durcheinander.«

Ariane überlegte einen Moment, dann zog sie den Schlüssel ab. »Mir fällt gerade ein, dass ich mir dringend einmal deine Skater ansehen muss.«

»Was?«

»Du fährst schon eine ganze Weile mit ihnen, und da gibt es ein paar Sachen, die man regelmäßig prüfen muss.«

»Tatsächlich?«

Ariane öffnete die Tür, stieg aus und ging an den Kofferraum. Kurz darauf stand sie mit einer Werkzeugtasche in der Hand da und lächelte mich an. »Ja, die Lager müssen gereinigt, Schrauben nachgezogen, die Schnürung überprüft werden und so weiter und so fort.«

»Wie interessant«, erwiderte ich. »Ich hatte nach der vollmundigen Werbung eigentlich angenommen, dass die Dinger von eurer Firma kaum gewartet werden müssen.«

Sie schüttelte den Kopf. »Da hast du was falsch verstanden. Nun komm schon.«

Ich zögerte nur kurz, sehr kurz. Zwei Minuten später waren wir oben, und Ariane ließ sich tatsächlich meine Inliners geben. Sie breitete eine alte Zeitung auf dem Boden im Flur aus und begann in aller Gemütsruhe mit der Überprüfung und Säuberung.

Ich sah ihr eine Weile mit offenem Mund zu, dann ging ich in die Küche und holte einen Müllbeutel. Ariane nahm ihn wortlos entgegen, um später die mit Sand und kleinen Steinchen übersäte Zeitung zu entsorgen. Sie arbeitete hochkonzentriert und kümmerte sich um jedes einzelne Schräubchen und Lager. Gut eine Viertelstunde war sie beschäftigt. Schließlich räumte sie alles zusammen, wusch sich die Hände und forderte mich auf, die Inliners anzuziehen.

»Jetzt? Hier in der Wohnung?«

»Ja, klar, ich will nur sehen, wie sie sitzen.« Sie verzog nicht einmal ansatzweise die Miene.

»Na schön, wie du meinst.«

Ich holte einen Hocker aus der Küche, setzte mich und schlüpfte in die Schuhe. Als ich aufstehen wollte, schüttelte Ariane den Kopf. »Bleib nur sitzen.«

Sie kniete sich auf den Boden und schnürte die Schuhe zu. Ihre Hände waren flink. Und strichen plötzlich an meinen Waden entlang. Sie sah hoch zu mir, fing meinen Blick ein, hielt ihn fest. Ich spürte kaum, dass sie immer noch mit den Schnallen und Schnürsenkeln beschäftigt war, aber als ich meinen Fuß ein Stück zur Seite drehen wollte, hing der im wahrsten Sinne des Wortes fest. Ich blickte erstaunt nach unten.

»Oh«, sagte Ariane, die meinen Augen gefolgt war. »Was ist denn da passiert? Da habe ich wohl aus Versehen die Schnürsenkel um die Stuhlbeine gebunden – na, so was aber auch.«

Ich sagte kein Wort. Mir klopfte das Herz bis zum Hals. Ariane stützte sich mit den Händen auf meinen Oberschenkeln ab und kniete sich zwischen mich. Dann öffnete sie den Knopf meiner Jeans. Den Reißverschluss. Ich atmete heftig ein. Sie lächelte. »Die Hose können wir ja jetzt gar nicht ausziehen. Hm. Und nun? Was mache ich jetzt mit dir?«

Ich sagte nichts. Sie stand auf und ging um mich herum. Kniete sich hinter mich. Ihre Arme umschlangen mich, und eine Hand schlüpfte in meine Hose. Ich lehnte den Kopf an ihre Schulter. Ihre Finger bahnten sich einen Weg, und sie taten das alles andere als sanft. Ich bog den Rücken durch und stöhnte laut. Als ich kam, biss sie mir in den Hals. Dann stand sie auf, zog in Windeseile ihre Hose aus und setzte sich auf meinen Schoß.

»Deine Hände sind nicht gefesselt, Süße. Diesmal jedenfalls nicht«, flüsterte sie. »Also mach was mit ihnen.«

Sie war weit geöffnet und nass, und sie bewegte sich schnell. Ihre Zunge schlüpfte in mein Ohr, und ich spürte ihren Schweiß, ihr Herzklopfen, ihren Höhepunkt, bei dem ihre Pobacken ganz hart wurden. Danach blieben wir einen Moment still sitzen, verharrten Wange an Wange. Dann stand Ariane auf, setzte sich auf den Boden und entknotete die Schnüre. Ich glitt zu ihr hinunter, und wir umarmten uns, ohne etwas zu sagen.

»Was hältst du von einem Klavierkonzert in der Philharmonie?« fragte Ariane eine ganze Weile später, als wir in der Küche saßen und gemeinsam einen Salat zubereiteten. »Ich habe Karten geschenkt bekommen – irgendein berühmter Pianist spielt Brahms und Schubert. Hättest du Lust?«

Mal was ganz anderes, dachte ich. Wann war ich das letzte Mal in der Philharmonie?

»Ja, dazu hätte ich Lust«, antwortete ich.

Ariane schob mir ein Stück Tomate in den Mund und lächelte. »Das freut mich.«

Wir aßen Salat und Hähnchenbrust. Ich vergaß, die Kalorien zu zählen, und es war ruhig und friedlich.

Ich dachte, mich trifft der Schlag, als Rieke mir ihre Idee unterbreitete, sich mittags auch in Richtung Hamburg auf den Weg zu machen. Bitte nicht, rief eine Stimme in mir, das darf nicht wahr sein! Wir hatten alles so schön geplant: Morgens in aller Frühe würde Ariane mich abholen, und nach dem Lauf hätten wir noch Zeit füreinander – quasi den Rest des Sonntags – für alles mögliche, wie sie es ausgedrückt hatte. Ich war stinksauer, dass Rieke meine Pläne so durchkreuzte – meine Güte, sie hatte sich bislang noch nie fürs Skaten interessiert –, und zugleich hämmerte mein schlechtes Gewissen an die Tür. Natürlich musste ich mein Treffen mit Ariane abblasen – worüber die so konsterniert war, dass ich am Telefon ihr Zähneknirschen zu hören meinte. Im Grunde hätte ich den Hamburg-Trip gleich komplett absagen können, denn meine Aufgabe als Streckenposten war zwar recht kurzweilig, aber allein darum war es mir ja nicht gegangen. Der Nachmittag mit Rieke war folglich von meiner Übellaunigkeit geprägt, so dass ich ihr fürchterlich unrecht tat und mich im Gegenzug am Abend genötigt sah, die Einladung zu einem Grillnachmittag bei Georg anzunehmen. Dabei kann ich derlei Veranstaltungen nicht ausstehen. Allmählich begann ich zu ahnen, was mir noch alles blühen könnte bei meinem Vorhaben, mein Leben mit zwei Frauen zu organisieren, und warum das in der Regel nicht funktionierte.

## 17

Seit wann interessierte Paula sich für Klavierkonzerte und Straßenfeste? Ich war perplex. Als ich das letzte Mal vorgeschlagen hatte, mal wieder ins Theater zu gehen oder ein Konzert zu besuchen, war sie wenig begeistert gewesen und hatte Termine vorgeschoben. Und nun ging sie in die Philharmonie und nahm sich außerdem Zeit für das schwullesbische Straßenfest, passenderweise genau an dem Tag, an dem meine Mutter Geburtstag hatte. Ich wurde den Eindruck nicht los, dass Paula diese Terminüberschneidung ausgezeichnet ins Konzept passte.

»Seit wann bist du scharf auf das Motzstraßenfest?« fragte ich sie und bemühte mich um einen freundlichen Ton. »Das ist mir neu.«

Paula hatte mich am Sonntagmorgen zu einem langen Spaziergang am Wannsee abgeholt. Es herrschte wunderbar frühsommerliches Wetter, und ich war in Erwartung eines schönen, friedlichen Tages mit meiner Liebsten voller Elan aufgebrochen. In meinem Rucksack befanden sich Kaffee und Kuchen, Obst sowie Baguette mit feinstem Käse und – natürlich – fettarme Salami. Und nun wanderten wir am See entlang, kein Wölkchen trübte den Himmel, aber zwischen uns schien sich schon wieder Sturm anzusagen. Oder zumindest ein Gewitter.

»Tja, ich weiß auch nicht«, entgegnete Paula achselzuckend. »Ein Kollege hat mich darauf aufmerksam gemacht.«

»Und mit dem gehst du nun dahin?« Ich runzelte die Stirn.

»Aus meiner Firma gehen einige auf das Straßenfest. Kunden übrigens auch.«

»Und es muss gerade der Samstag sein?« wandte ich ein und sah sie von der Seite an. »Du könntest auch am Sonntag hingehen – unter Umständen ja sogar mit mir zusammen. Du weißt doch, dass meine Mutter seit Wochen ihre Geburtstagsfeier plant und sich freut, dass die Bude voll wird. Selbstverständlich rechnet sie auch mit deinem Kommen, und jetzt sag nicht, dass du das völlig vergessen hast.«

Paula erwiderte den Blick. »Rieke, ich möchte gerne am Samstag auf das Straßenfest gehen, und ich habe, was den Geburtstag deiner Mutter angeht, noch gar nicht zugesagt, wenn du dich erinnerst.«

»Du sagst solche Geschichten nie fest zu.«

»Wenn man nicht genau weiß, ob es klappt, ist das durchaus vorteilhaft für alle Beteiligten.«

Ich schnaubte kurz. »Meine Güte, klingt das gestelzt! Aber, um bei deiner Wortwahl zu bleiben, das ist vor allen Dingen sehr vorteilhaft, nämlich bequem für dich, und die anderen Beteiligten wissen nie, woran sie mit dir sind.«

Paula blieb stehen. »Rieke, hör auf. Du kennst das doch.

Manchmal habe ich Zeit, manchmal nicht, hin und wieder begleite ich dich gern, dann wieder sträubt sich alles in mir dagegen ...«

»So wie diesmal.« Ich war ebenfalls stehengeblieben und verschränkte die Arme vor der Brust.

»Ja, so wie diesmal«, stimmte Paula mir zu. »Im übrigen darf ich dich daran erinnern, dass es deine Mutter ist und dass du ja selber schon die Augen verdrehst, weil es um eine Familienfeier geht, auf die du auch nicht gerade scharf bist. Ich bitte dich: Warum sollte ich es dann sein?«

»Aber ich gehe trotzdem hin.«

»Ja, na klar – es ist deine Mutter«, wiederholte Paula.

»Ich würde dich umgekehrt doch auch begleiten – und wenn es noch so öde wäre.«

»Aber ich würde das nicht von dir verlangen.«

»Scheiße!« sagte ich plötzlich laut und deutlich und ließ die Arme sinken.

Einige Meter hinter uns waren noch andere Spaziergänger, doch das störte mich nicht. Paula zuckte zusammen. Wir warteten, bis die Leute – ein Pärchen mit zwei Kindern und einem Beagle – uns überholt hatten. Die Frau warf uns einen neugierigen Blick zu. Um ein Haar hätte ich ihr die Zunge herausgestreckt. Sie ging Hand in Hand mit ihrem Mann, einem großgewachsenen, gutaussehenden Typen mit Brille und Vollbart. Wahrscheinlich hatten die beiden eine nette Nacht hinter sich und waren nach einem gemütlichen Frühstück mit den Kleinen in bestem Einvernehmen aufgebrochen. Später würden sie Kaffee trinken, die Kids zum Mittagsschlaf ins Bett bringen und sich dann gemütlich auf dem Sofa aneinanderkuscheln, mit allem, was dazugehörte. Super, gratuliere! Ein Hoch auf das Familienleben. Ich beneidete sie zutiefst.

Paula sah mich finster an, mein Blick war nicht minder düster. »Warum machst du es so kompliziert?«

»Ich mache es kompliziert?« Ich lachte unfroh. »Was ist daran so kompliziert, hin und wieder mit seiner Freundin auf einer Veranstaltung aufzukreuzen, selbst wenn die auf der eigenen Lustskala nicht ganz oben liegt? Du hast für alles Zeit – nur nicht für Dinge, die mit mir zu tun haben, ist dir das noch gar nicht aufgefallen?«

»Ich habe grundsätzlich wenig Zeit. Du übrigens auch«, bemerkte Paula und schüttelte den Kopf. »Was dann noch übrigbleibt, muss eben organisiert werden. Manchmal ist das so wenig, dass ich in der Tat nach meiner ganz persönlichen Lustskala, wie du es nennst, gehe. Und ich lasse mich nicht zur Teilnahme an Festlichkeiten nötigen, das weißt du sehr genau.«

»Ja, ich weiß – zu Georg bist du nur mitgekommen, weil du was gutzumachen hattest, stimmt's? Da langte es sogar noch für ein kleines Intermezzo im Auto. Meine Güte, da kann ich mich ja richtig glücklich schätzen, dass du dich in Hamburg so daneben benommen hast! Hat mir letztlich ein bisschen Sex im Wagen beschert. Und ich dachte schon, du hättest wirklich Lust, aber na ja ... Am besten, ich warte nun immer frohen Herzens darauf, dass du mal wieder Mist baust – die anschließende Wiedergutmachung hat ja durchaus was.«

Paula wurde blass. »Lass uns umkehren.«

»Wie du meinst.«

Wir fuhren schweigend in die Stadt zurück. Ich setzte Paula bei sich zu Hause ab. Bevor sie die Tür zuschlagen konnte, hatte ich meinen Rucksack nach vorn gehievt und öffnete ihn. Paula sah mich abwartend an. »Suchst du was Bestimmtes?«

Ich nickte und angelte die Salami heraus. »Hier – das ist die fettreduzierte von *Du darfst noch nicht mal die Hälfte genießen!*. Hatte ich für dich besorgt und in extradünne Scheiben geschnitten – das ist nichts für mich. Wirklich nicht. Da kann man ja Zeitung durch lesen. Dann lieber gleich die Zeitung verspeisen. Guten Appetit und lass es dir schmecken! Bis dann.«

Paula wirkte durchaus verblüfft, dann warf sie mir einen kurzen, nicht unbedingt herzlichen Abschiedsgruß zu und schlug die Tür zu. Ich fuhr rasant an.

Natürlich bereute ich später meine heftige Reaktion und rief an, um mich zu entschuldigen – allerdings nur für meinen scharfen Ton und die eine oder andere Bemerkung, nicht was meinen Wunsch, Paula möge mich zu der Geburtstagsfeier begleiten, selbst anging –, worauf sie gelassen reagierte und ohne die Geschichte noch einmal besprechen zu wollen. Nun wusste ich nicht erst seit gestern, dass Paula sich ungern in Familienfestivitäten einbinden ließ. Andererseits nahm ich es ihr wirklich übel, dass sie ihre Freizeitaktivitäten beständig ausbaute, ohne mich auch nur einmal zu fragen, ob ich nicht Lust hätte, bei diesem oder jenem mitzumachen. Sie ließ mich und meine Bedürfnisse und meine Vorstellung von Zweisamkeit, völlig außen vor. Wir hätten auch gemeinsam planen und uns den Sonntag für das Straßenfest vormerken können. Es hätte sogar die Möglichkeit bestanden, Samstag nach dem Geburtstag, der aller Wahrscheinlichkeit nach nicht bis in die Nacht gefeiert werden würde, noch einen Abstecher in die Motzstraße zu machen. Tamara, der ich später per Telefon kurz mein Leid klagte, zog genau diese Möglichkeit in Betracht und ging sogar noch einen Schritt weiter:

»Wenn dann bei Omi alle einen im Puschen haben, machst du dich dünne und überraschst Paula noch auf dem Straßenfest. Die wird sicherlich Augen machen.«

»Super Idee«, lobte ich meine Tochter. »Hat nur einen Haken: Da sind sicherlich mehr als sieben Figuren unterwegs, und in dem Gewühl finde ich sie doch niemals.«

»Ach, Mutter, nun mach es doch nicht so kompliziert«, stöhnte Tamara. »Sie hat doch immer ihr Handy dabei. Du rufst sie an, und ihr trefft euch dann vor irgendeinem unverwechselbaren Stand oder an der Hauptbühne oder da, wo es die Riesen-Bratwürste gibt oder was weiß ich. Sie freut sich, du freust dich, ihr küsst euch und habt noch einen tollen Abend.«

»Hm, du scheinst Erfahrung zu haben, was solche Dates angeht«, mutmaßte ich amüsiert. »Aber die Strategie hört sich in der Tat durchdacht an.«

»Na klar, was denkst du denn?«

Ich dachte gar nichts, nahm mir aber vor, mich spontan zu entscheiden, was den Ausklang des Abends anging, und Paula nicht mehr damit zu behelligen. Sie hatte den Kopf ohnehin mal wieder übervoll. Ein neuer Auftrag winkte, und der Skaterhersteller musste ständig betreut werden. Für kein Geld der Welt hätte ich mit ihr tauschen mögen. Und sie wohl auch nicht mit mir.

Es wurde ein langer Tag bei meiner Mutter, die immerhin ihren siebzigsten Geburtstag feierte. Ab mittags herrschte ein ständiges Kommen und Gehen, und ich stand ihr tatkräftig zur Seite, da meine beiden Aushilfen nach dem morgendlichen Ansturm gut allein im Bistro zurechtkamen. Nach einem hektischen Nachmittag mit zig Reden, Trinksprüchen und Liedvorträgen wurde der Besucherstrom am Abend allmählich dünner, und es kristallisierte sich ein harter Kern heraus, der sich tapfer der Ess- und Trinkvorräte annahm und zwischendurch eifrig das Tanzbein schwang. Nachdem ich den Geschirrspüler sicherlich zum zwölften Mal ein- und ausgeräumt, Leergut eingesammelt, Aschenbecher geleert und Tische abgewischt hatte, beschloss ich, den Rückzug anzutreten. Ich war rechtschaffen müde und hatte eigentlich überhaupt keine Lust mehr auf Menschenansammlungen, auf der anderen Seite war die Aussicht, Paula zu sehen und zu überraschen und andere Luft zu atmen, verlockend. So gähnte ich herzhaft, machte mir noch einen starken Kaffee und fuhr frisch gestärkt nach Schöneberg, wo ich in einer Nebenstraße, gut fünf Gehminuten vom Fest entfernt, sogar einen Parkplatz fand.

Je näher ich dem Geschehen kam, desto enger wurde das Gedränge, und schließlich ergoss sich ein zähfließender Menschenstrom durch die Straßen. Musik und Lachen drangen an mein

Ohr, und ein bunt gemischtes, zum Teil aufreizend zurechtgemachtes, aber keineswegs rein schwullesbisches Völkchen war unterwegs. Party, Karneval, Fete. Die flirrende Atmosphäre belebte mich zusehends, und als ich schließlich mitten im Getümmel war, fühlte ich mich hellwach. Neben diversen Imbiss- und Delikatessenbuden gab es Bücher- und Infostände, Sexspielzeug und Kleidung wurden angeboten, auf den Musikbühnen tobten sich Bands aus, und der Alkohol floss in Strömen. Ich genehmigte mir ein Bier und stellte mich etwas abseits, um die vorbeiflanierenden Menschen zu beobachten und zu telefonieren. Ich nestelte mein Handy aus dem Rucksack und wählte Paulas Nummer. Das Freizeichen ertönte. Es klingelte dreimal, dann hörte ich ihre Stimme, aber sie war schwer zu verstehen. Schließlich rief ich laut und vernehmlich, dass ich auf dem Fest sei – in der Nähe eines Bücherstandes direkt an der Motzstraße. Plötzlich war die Verbindung unterbrochen. Ich versuchte es wieder und noch einmal und ein drittes Mal, jedesmal war besetzt. Wahrscheinlich funken gerade fünfhundert Leute gleichzeitig, dachte ich, aber vielleicht hat sie mich ja verstanden und macht sich auf den Weg. Vielleicht auch nicht. Ich schrieb ihr eine SMS. Die müsste ja eigentlich ankommen, schätzte ich. Aber sie kam nicht an oder besser gesagt: Ich erhielt keine Antwort. Tolle Idee, Tamara, dachte ich, allmählich etwas grantig. Irgendwo, unter Umständen sogar ganz in der Nähe, war Paula, und obwohl wir beide wunderbare Handys hatten, konnten wir nicht miteinander sprechen. Es hatte jedoch wenig Sinn, sich darüber aufzuregen, und ich hatte keine Lust, mir den Abend von Widrigkeiten verderben zu lassen, die ich nicht ändern konnte. Also machte ich mich wieder auf den Weg und ließ mich vom Menschenstrom durch die Straßen treiben. Wer weiß – vielleicht traf ich Paula ja durch Zufall oder es gelang ihr, mich zurückzurufen. Einmal entdeckte ich von weitem eine Frau, die Paula ähnlich sah, doch bevor ich sie erreichte, war sie wieder in der Menge verschwunden.

In der nächsten Stunde versuchte ich noch einige Male, Paula anzurufen, aber nun war ihr Handy ausgeschaltet, was ich merkwürdig fand, denn als ich bei ihr zu Hause anrief, schaltete sich dort nur der Anrufbeantworter ein. Sie ist also noch unterwegs, überlegte ich. Und warum ist sie dann nicht über Handy erreichbar? Vielleicht ist sie schon zu Hause und steht unter der Dusche. Ich verwarf die Idee, bei ihr vorbeizufahren, augenblicklich, doch im nächsten Moment erwog ich sie erneut, und als ich schließlich das Fest verließ und zu meinem Auto ging, schüttelte ich mehrfach energisch den Kopf. Kein guter Plan. Eine Viertelstunde später schlug ich den Weg nach Zehlendorf ein. Vor Paulas Tür fand ich keinen Parkplatz. Ich hielt kurz in der zweiten Reihe und sah zu den Fenstern hoch. Bei ihr war kein Licht zu sehen. Sie war also noch unterwegs. Oder schlief. Wohl kaum.

Plötzlich war mir elend. Hundeelend.

Ich schlief wenig in dieser Nacht. Schließlich stand ich um sechs Uhr auf und kümmerte mich um meine Bügelwäsche, während ich ein Hörspiel im Radio anstellte und konzentriert verfolgte. Danach war meine Buchhaltung an der Reihe. Die Zahlen hätten mich freuen können. Gegen halb zehn frühstückte ich, jedoch bei weitem nicht so ausgiebig wie sonst. Anschließend rief ich bei Paula an. Der Anrufbeantworter nahm meine Bitte um ihren Rückruf freundlicherweise entgegen. Auf ihr Handy schickte ich eine Kurzmitteilung mit demselben Inhalt. Mittags klingelte das Telefon. Es war Paula. Wir müssten miteinander reden, sagte sie ohne weitere Erläuterung – ob ich Zeit hätte. Was für eine Frage. Eine halbe Stunde später stand sie vor der Tür. Blass, mit unnatürlich großen Augen. Ich nahm mir fest vor, ruhig zu bleiben und keine Szene zu machen. Vielleicht war ja alles ganz anders. Und vielleicht gab es den Weihnachtsmann ja doch. Wir gingen ins Wohnzimmer. Ich hatte kalte Hände, obwohl es sehr warm war.

»Worüber müssen wir deiner Ansicht nach reden?« fragte ich, nachdem sie im Sessel und ich auf dem Sofa Platz genommen hatte.

Sie legte die Hände ineinander. »Ich muss dir etwas sagen.«

Das war ein scheußlicher Satz, der im Grunde alles vorwegnahm. Und dennoch hatte ich das Gefühl, aus allen Wolken zu fallen, als Paula mich ansah und mir sagte, dass sie eine Geliebte hätte. Schon seit einigen Monaten. In was für Wolkenformationen hatte ich eigentlich gelebt?

»Eine Geliebte«, wiederholte ich wie betäubt.

Eine Frau, mit der sie schlief, mit der sie unterwegs war, wegen der sie mich vernachlässigte und belog. Die wahrscheinlich all das von ihr bekam, wonach ich mich sehnte, wonach ich hungerte, ohne zu merken, dass meine Wünsche bei Paula gar nicht mehr ankamen. Weil sie ihr egal waren.

»Ich zerbreche mir den Kopf, um irgendwie eine gemeinsame Basis für uns zu schaffen, und du betrügst mich?« fragte ich. Meine Stimme bebte leise. »Seit Monaten?«

Ein heftiger Schmerz loderte auf. Nicht schon wieder, dachte ich. Immer bin ich diejenige, die zurückbleibt – das kann doch nicht sein!

»Ich habe es nicht gewollt ...«

»O nein!« brüllte ich los und sprang auf, dass sie zusammenfuhr. »Nicht dieser dämliche, beschissene, millionenfach abgedroschene Satz, den man in jedem Film hört!« Ich lief hektisch vor ihr auf und ab. »Der kommt gleich nach: Es ist nicht so, wie du denkst! Du erinnerst dich? Till Schweiger in *Der bewegte Mann*. Natürlich ist es so, und natürlich hast du es gewollt, sonst wäre es ja nicht passiert! Steh wenigstens dazu! Während ich mich nach dir sehne – in jeder Hinsicht – und kaum etwas von dir habe – auch in jeder Hinsicht –, genießt du dein Liebesleben mit einer anderen?« Ich blieb vor ihr stehen und versuchte, meine Stimme unter Kontrolle zu bekommen. »Und ich habe auch noch ein schlechtes Gewissen, weil ich ungeduldig bin, weil ich mehr Zuwendung fordere, weil ich Angst habe, dich unter Druck zu setzen. Das ist nicht wahr, oder?« Ich ging um sie herum, setzte mich wieder und starrte sie an. »Sag was! Nenn mir einen Grund, einen gut klingenden, vernünftigen, tröstenden, einfach einleuchtenden Grund, mit dem ich leben kann, mit dem ich richtig prima leben kann. Das zumindest bist du mir wohl schuldig.«

Sie nickte langsam. »Ja, ich bin dir einiges schuldig.«

»Ach, ja?« Ich lehnte mich kurz zurück, lächelte ein breites, falsches Lächeln, das mir selbst weh tat. »Schön, dass es dir bewusst ist, nur was habe ich davon? Rieke, die Frau mit dem großen verständnisvollen Herzen – super! Ich fühle mich klasse, einfach obermäßig klasse. Also – nenn mir einen Grund, wenigstens einen. Was mache ich falsch? Was fehlt mir? Die berühmte Frage: Was hat sie, das ich nicht habe?«

»Darum geht es nicht«, entgegnete Paula. Sie knetete immer noch ihre Hände. »Es ist einfach passiert. Ich habe mich verliebt.«

Es tat so weh, dass ich Angst hatte, tief durchzuatmen. »So ist das also. Du hast dich verliebt, aha. Und? Was läuft falsch mit uns, dass du dich in sie verliebst und mich betrügst?«

»Darum geht es nicht. Mit uns ist nichts falsch! Du bist du, fertig. Ariane ist Ariane, Ende.«

»Ariane? Die Frau mit den Inliners?« Mir fielen fast die Augen aus dem Kopf. »Mit der du seit Monaten über den Werbevertrag verhandelst? Gehört das zum Geschäft dazu, dass man ...« Ich winkte ab. »Billige Retourkutsche, vergiss es. Aber sie ist es, ja? Die toughe, sportliche Lady?«

Paula nickte langsam.

»Tja, da kann ich natürlich nicht mithalten, schätze ich. Wie denn auch.« Ich zitterte.

»Es geht doch nicht ums Mithalten«, wandte Paula ein. »Ihr seid völlig unterschiedlich und ...«

»So was wie sie hat dir offensichtlich gefehlt«, unterbrach ich sie. »Sonst wärst du ja kaum seit Monaten mit ihr zusammen und würdest mich nicht links liegenlassen, oder?«

»Ich habe es mir und auch ihr nicht leicht gemacht.«

»Mir kommen gleich die Tränen – soll ich dir einen Preis verleihen, weil du so tapfer widerstanden hast?« höhnte ich. »Für einige Wochen die Standhafte herausgekehrt hast? Soll ich mich gar noch geschmeichelt fühlen? Oder noch besser: ein schlechtes Gewissen haben, weil du dich so lange gequält hast?«

»Rieke, bitte ...«

»Paula, verschon mich mit irgendwelchen idiotischen Floskeln!« herrschte ich sie an. »Sag, wie es war, wie es ist, warum du erst jetzt mit der Sprache herausrückst und wie es weitergehen soll – darauf bin ich ganz besonders neugierig.« Mein Toben hielt den Schmerz im Zaum.

Sie zog die Achseln hoch, atmete tief durch. »Ich hielt es zunächst für einen Ausrutscher. Besser gesagt: Ich wollte es dafür halten, entstanden durch – hm, ja: Faszination.«

»Faszination«, wiederholte ich leise. Na klar – von mir würde sie nie so sprechen. Ich war ja nur die gute alte Rieke. Die Frau mit dem frischen Brot und den leckeren Snacks, auf die sie ohnehin keinen gesteigerten Wert legte, und den manchmal guten und ebenso häufig unangebrachten Ratschlägen. Ariane war wahrscheinlich mit allen Wassern gewaschen, besonders im Bett.

Plötzlich spürte ich, dass mir die Tränen übers Gesicht liefen. Als Paula Anstalten machte, sich zu erheben, hob ich die Hände. »Bleib, wo du bist und komm bloß nicht auf die Idee, mich trösten zu wollen. Das fehlte mir gerade noch.«

Sie ließ sich in ihren Sessel zurücksinken. Ihr Gesicht spiegelte – ja: Verzweiflung, Schmerz. Sie wand sich. Das geschieht dir ganz recht, dachte ich. Schau, was du angerichtet hast! Ich hätte alles für dich getan, ohne lange zu zaudern oder meine eigenen Wünsche in den Vordergrund zu stellen. Vielleicht war ja genau das der springende Punkt. Paula stand erneut auf, und diesmal ließ ich sie gewähren. Sie setzte sich zu mir, nahm mich in die Arme, schaukelte und wiegte mich. Sie begann mich zu küssen – behutsam, zärtlich, hingebungsvoll –, und während ich darüber nachdachte, sie achtkantig hinauszuwerfen, drängte ich mich an sie und ließ die Küsse, die Wärme, die Zuneigung, das Vertraute zwischen uns zu. Minuten später hob ich den Kopf.

»Und?« fragte ich leise schniefend. »Wie geht es jetzt weiter?«

Vielleicht macht sie ja Schluss mit Ariane, durchfuhr es mich plötzlich, vielleicht braucht sie nur etwas Zeit für diesen Schritt, Zeit, die ich ihr gewähren soll. Manchmal ist Faszination schneller vorüber, als man gucken kann. Ich sah sie an. Bitte, dachte ich, mach einen Vorschlag, der mir guttut, uns einander näher bringt, Versöhnung ermöglicht, unsere Liebe, die doch noch gar nicht so alt ist, neu entfacht ...

Paula nahm meine Hände. »Ich habe vorhin schon erwähnt, dass ihr völlig unterschiedlich seid, nicht miteinander zu vergleichen.«

»Ja, und? Was willst du mir damit sagen?« fragte ich.

»Nun, ich genieße das Zusammensein mit dir. Und mit ihr eben auch ...«

Ich schüttelte sofort den Kopf. »Das tust du nicht, Paula. Du redest dir gerade etwas ein.«

»Was meinst du?«

»Du genießt unser Zusammensein nicht. Du wehrst mich ab, du hast kaum Zeit für mich, du entziehst dich seit Monaten, wo du nur kannst. Genießen – das findet woanders statt.«

»Das sehe ich nicht so. Es waren unruhige, verwirrende Monate, aber das kann ja jetzt anders werden«, widersprach Paula fast eifrig. »Die Fakten liegen auf dem Tisch, es gibt keine Heimlichkeiten mehr und keinen Krampf, der dadurch entsteht – vielleicht gelingt es uns beiden, die Situation anzunehmen und für uns etwas Neues daraus zu gewinnen. Hältst du das für undenkbar?«

Ich entzog ihr meine Hände. »Verstehe ich das gerade richtig? Du willst beide Beziehungen fortführen?«

»Ist das für dich ein völlig abwegiger Gedanke?« Paula wirkte etwas verlegen, aber sie meinte ihren Vorschlag durchaus ernst.

»Das kann ich nicht«, erklärte ich unumwunden.

»Eifersüchtig?«

»Natürlich. Außerdem hätte ich ständig das Gefühl, mich bewähren zu müssen, auch wenn sie und ich völlig unterschiedlich sind, wie du sagst. Und ich mag nicht das zugeteilt bekommen, was sozusagen übrig bleibt, nachdem du mit deiner aufregenden Geliebten einen schönen Tag, eine schöne Nacht erlebt hast. Das funktioniert nicht, mit mir nicht. Ich habe andere Vorstellungen von einer Beziehung. Das weißt du. Und das meiste davon passt dir ohnehin nicht.« Ich suchte ihren Blick. »Oder steckt etwas anderes dahinter? Willst du dir den Rückzug offenhalten, falls der große Rausch demnächst doch vorbei sein sollte?«

»Das kann man natürlich nie wissen«, entgegnete Paula. »Aber das ist nicht das Motiv für meinen Vorschlag.«

»Was steckt sonst dahinter?«

»Ich will dich nicht verlieren.«

»Und warum machst du dann so einen Scheiß?«

Wir drehten uns im Kreis. Kurz nach diesem Wortwechsel beendeten wir das Gespräch. Es war später Nachmittag. Ich bat Paula zu gehen. Mir schwirrte der Kopf, und ich wollte allein sein: um zu heulen, zu fluchen, auf irgend etwas einzuhämmern, mich zu betrinken, mein Elend zu ersäufen. Letzteres gelang mir nur ansatzweise, weil ich von meinem Lieblingswein nur noch eine dreiviertel Flasche da hatte und plötzlich so erschöpft war, dass ich mich außerstande sah, nach unten ins Bistro zu gehen und Nachschub zu besorgen. Das Telefon klingelte mehrfach. Ich ging nicht ran. Ich musste mit jemandem reden, aber nicht sofort. In dieser Verfassung sollte mich niemand erleben. Ich konnte mich ja selbst kaum ertragen.

## 18

Sie kam meinem Herzen immer näher – damit hatte ich nicht gerechnet, nicht in dieser Weise, und ich musste dringend zur Ruhe kommen, klären, was ich wollte, und überprüfen, was für mich möglich war. Ihre Vorstellung, zwei Beziehungen leben zu wollen, amüsierte mich wirklich. Das konnte nicht klappen, jedenfalls nicht in dieser Konstellation. Der Gedanke, dass sie mit Rieke schlief, beschäftigte mich kaum, denn ich war mir relativ sicher, dass Paula und ich etwas anderes erlebten, aber konnte Rieke das akzeptieren? Ich wusste im Grunde nichts von ihr, von dieser Beziehung, und ich hatte gesagt, dass es mich nicht interessierte, was die beiden miteinander verband, aber nachdem Paula an dem Abend, als wir auf dem Motzstraßenfest gewesen waren, angekündigt hatte, die Karten schließlich doch auf den Tisch zu legen, wollte ich die Frau wenigstens einmal sehen.

Paula hatte das Bistro erwähnt, und wenige Tage vor meinem Frankreich-Urlaub fuhr ich auf dem Weg zu einer Besprechung dort vorbei. Eine junge Frau bediente mich am Tresen, das konnte sie kaum sein. Einige Minuten später trat eine andere Frau aus dem hinteren Bereich in den Laden. Sie hatte ein wunderschönes Lächeln, ansprechende weibliche Formen und braune, sehr müde Augen. Kummeraugen, dachte ich und musste schlucken. Ihr Blick streifte mich kurz und aufmerksam. Ich aß mein Baguette mit Ziegenkäse und Paprika und trank einen sehr guten grünen Tee. Eine Viertelstunde später machte ich mich wieder auf den Weg. Ich gab ein üppiges Trinkgeld. Lächerliche Geste. So was wie Ablass.

Wenn ich nicht hochkonzentriert mit meinem Job oder mit Sport beschäftigt war, schlich sich Paula in meine Gedanken. Sie hatte richtig Feuer gefangen. Manchmal wachte ich nachts auf, zitternd vor Erregung, weil ich davon geträumt hatte, was ich noch alles mit ihr tun könnte und wie sie immer schärfer wurde, wilder, hemmungsloser und mitging mit meiner Heftigkeit, in der keinerlei Platz war für behutsame Zärtlichkeit. Die wollte keine von uns. Ich dachte zurück an das Straßenfest. Wir hatten vor einer der Musikbühnen gestanden und waren in dem dichten Gedränge so eingekeilt gewesen, dass niemandem aufgefallen war, wo ich meine Hände gehabt hatte. Es hätte auch niemanden gestört, höchstens amüsiert oder sogar interessiert. Ich stand hinter Paula und hatte sie dicht an mich gezogen. Mit einer Hand fuhr ich unter ihr T-Shirt, knetete ihre Brüste, die andere glitt in ihre Hose. Anfangs wehrte sie sich, bis sie merkte, dass sie damit mehr Aufmerksamkeit erregte, als wenn sie das Spiel zuließ. Ich hatte meinen Mund an ihrem Ohr und atmete heftig hinein, während ich gleichzeitig so unauffällig wie wirkungsvoll meine Finger bewegte. Leider beendete die Gruppe ihr Vorspiel, bevor ich meines zu Ende führen konnte. Als die Menschenansammlung sich zu zerstreuen begann, drehte Paula sich mit flammendroten Wangen zu mir um.

»Du bist verrückt!« raunte sie mir zu. »Völlig verrückt.«

Ich lachte. »Mag sein – genieß es doch einfach. Wohin gehen wir jetzt? Hast du vielleicht Hunger? Oder Durst? Oder fahren wir gleich zu mir?«

Paulas Handy klingelte. Sie holte es hervor und runzelte die Stirn. Später klingelte es noch einige Male, bis sie es ausschaltete. Ich konnte mir denken, wer sie zu erreichen versuchte, sagte aber nichts dazu. Wir tranken Prosecco, und ich überredete Paula, eine Kleinigkeit zu essen. Ihr Appetit war im Gegensatz zu meinem wirklich nicht besonders groß. Ich nahm ihre Hand und schlug den Weg zurück zum Auto ein. Sie widersprach nicht, und sie erhob auch keinerlei Einspruch, als ich zu mir nach Hause fuhr. Ich war mir nicht sicher, wie weit ich mit ihr gehen konnte, aber ich hatte große Lust, es auszuprobieren. Ich holte eine Flasche Prosecco aus dem Kühlschrank. Als ich ins Wohnzimmer zurückkam, saß Paula mit hängenden Schultern über ihr Handy gebeugt im Sessel. Ich schloss kurz die Augen. Dann goss ich zwei

Gläser ein und reichte Paula eines. Sie nahm es mit abwesendem Blick.

»Na, was gibt es?« fragte ich und setzte mich in den anderen Sessel. »Schlechte Nachrichten?«

»Wie man es nimmt«, erwiderte Paula. »Rieke war auch auf dem Fest. Sie wollte sich ganz spontan mit mir dort treffen.«

O je, dachte ich. Ich zog die Augenbrauen hoch. »Ich denke, sie war auf dem Geburtstag ihrer Mutter.«

»War sie ja auch, aber sie hat sich entschlossen, im Anschluss daran noch auf dem Straßenfest vorbeizuschauen – um mich zu sehen.«

»Hm. Was willst du tun? Dich bei ihr melden?«

Paula sah mich an. »Das müsste ich eigentlich.«

Ich schlug die Beine übereinander. »Du erwartest jetzt aber keinen heißen Tip von mir, oder?«

»Warum eigentlich nicht?«

Ich prostete ihr zu. »Denk mal darüber nach. Ich bin befangen, meine Liebe, und komplizierte Dreiergeschichten sind wirklich nicht nach meinem Geschmack.«

»Du bist die Dritte im Bunde, wenn ich dich daran erinnern darf.«

Ich nickte nachdenklich. »Das stimmt, aber für Rieke bist nun mal du zuständig. Und die Idee, zwei Beziehungen zu leben oder das zumindest zu versuchen, stammt von dir. Übrigens – fairerweise müsste Rieke ja auch mal darüber informiert werden, oder wie siehst du das?«

Nun hatte ich mich doch geäußert. Ich stellte mein Glas ab. Paula tat es mir gleich.

»Du hast recht«, sagte sie plötzlich. »Ich muss mit ihr reden. So geht das nicht weiter. Überhaupt wird sie den Braten ohnehin längst riechen, spätestens nach diesem Abend.«

Ich lehnte mich zurück und betrachtete Paula. Ihren langen schmalen Hals, das dunkle üppige Haar und den kleinen, aber sinnlichen Mund. Hohe Wangenknochen, blaue Augen. Sie ist schön, dachte ich, und eine Weile später: Ich muss dringend etwas unternehmen, bevor ich mich in meinen Gefühlen verliere und nur noch reagiere, statt agiere. Weg. Ich fahre für ein paar Wochen weg. Urlaub – ganz allein.

»Woran denkst du gerade?« fragte Paula.

Ich lächelte sie an. »Daran, dass ich bald wegfahren werde.«

»Bitte?« Sie schrak auf. »Davon hast du bislang noch gar nichts erzählt.«

»Nein, habe ich nicht«, erwiderte ich. »Ich muss ein bisschen was mit mir klären. Zur Ruhe kommen, herausfinden, was ich will. Ein paar Wochen alleine im Urlaub sind dafür hervorragend geeignet. Nur ich und meine Inliners.«

»Wann hast du das denn beschlossen?«

Die Idee gefiel ihr nicht, überhaupt nicht, und ich entsann mich meines alten Mottos: loslassen und sich rar machen, dann klären sich die Dinge von ganz allein. So oder so.

»Kürzlich«, gab ich knapp zurück.

»Willst du damit irgendwie Druck auf mich ausüben?«

Ich beugte mich vor. »Liebe Paula, was ist das denn jetzt für ein Mist? Habe ich nicht das Recht, mich ein wenig zurückzuziehen? Bring du deine Geschichte mit Rieke in Ordnung, was auch immer das bedeuten mag.«

Sie wurde rot. »Entschuldigung, ich meine ja nur ...«

»Du meinst nur? Na, dann ist ja gut.«

»Und wann fährst du?«

»Anfang, Mitte Juli schätze ich.«

Sie nickte. »Vielleicht sollte ich jetzt besser gehen.« Sie stand auf.

Ich lächelte zu ihr hoch. Wie gerne hätte ich sie jetzt einfach gepackt und ... doch ich spürte, dass meine Entscheidung, mich in diesem Augenblick zurückzuziehen, genau richtig war, auch wenn ich zwischendurch schwankte und im Urlaub im fernen

Frankreich noch viel mehr schwanken und hadern und mich nach ihr verzehren würde.

»Sehen wir uns vorher nicht mehr?« fragte Paula. Sie ließ mich nicht aus den Augen.

»Ich glaube nicht. Ich habe noch sehr viel zu erledigen, bevor ich aufbreche. Aber ich rufe dich an, einverstanden?«

Sie warf sich mit einer heftigen Bewegung ihren Rucksack über die Schulter. »Nein, ich bin nicht einverstanden, aber es ist deine Entscheidung, an der ich wohl kaum rütteln kann.«

»Richtig«, sagte ich, obwohl das nicht ganz der Wahrheit entsprach.

Ich stand auch auf, und beinahe hätte ich sie in meine Arme gezogen. Der Drang war so stark, dass mir schwindelig wurde. Im letzten Moment atmete ich tief durch, nahm mein Glas, lächelte und gab ihr einen kleinen Kuss auf den Mund.

»Eine Frage noch …« Paula drehte sich in der Tür um. »Kann es sein, dass du gerade Schluss machst?«

Ich schürzte die Lippen. »Das kann nicht sein. Ganz und gar nicht.«

»Na, denn … Viel Spaß im Urlaub. Man sieht sich.«

Sie wandte sich rasch um und zog die Tür hinter sich zu.

Ich widerstand dem Bedürfnis, ihr nachzugehen, leerte mein Glas und schenkte mir nach. Dann legte ich eine CD ein – Schubert –, setzte mich auf die Terrasse und heulte. Das hatte ich schon ewig nicht mehr getan. Es gab Menschen, die behaupteten, dass das ausgesprochen reinigend wirkte. Ich war gespannt, ob das bei mir auch funktionierte.

Am nächsten Morgen fuhr ich in aller Herrgottsfrühe und obwohl Sonntag war ins Büro. Ich sah meine Termine durch, verlegte einige nach vorn, andere nach hinten, wälzte Akten, schrieb Anweisungen und packte mir die kommenden Arbeitswochen so dicht zu, dass ich erstens danach problemlos meinen Urlaub antreten konnte und zweitens keine Zeit blieb, Trübsal zu blasen oder meinen Entschluss zu bereuen oder gar auf dumme Gedanken zu kommen. Dann rief ich einen alten Freund in Potsdam an, mit dem ich seit Jahren immer wieder gemeinsam Fortbildungen besuchte. Konrad besaß zusammen mit seinem Lebensgefährten ein kleines Ferienhaus an der französischen Atlantikküste in der Nähe von Bordeaux, und er hatte mir schon oft angeboten, dort mal Urlaub zu machen. Mein Vorhaben war recht spontan, und ausgerechnet im Urlaubsmonat Juli hatte er vielleicht selbst vor hinzufahren, aber fragen kostete schließlich nichts. Außerdem wollte ich so oder so in die Gegend und würde mir notfalls ein Appartement mieten. Aber natürlich war ein privates Haus, das etwas abseits und nicht mitten im Touristengewimmel lag, reizvoller. Und ich hatte Glück. Konrad wollte erst Mitte August Urlaub machen, und ein Pärchen, das bereits dort war und ursprünglich noch bis Ende Juli hatte bleiben wollen, musste wegen Krankheit den Urlaub vorzeitig abbrechen. Das war natürlich traurig, fügte sich aber bestens in meine Pläne. Am Nachmittag war ich mit meinen Inliners unterwegs, abends ging ich ins Milagro essen und anschließend ins Kino. Ich lief wie ein Uhrwerk, und ich wusste, wenn ich mal stehenbliebe, würde ich einiges auszuhalten haben.

## 19

Es war fürchterlich. Rieke sah aus, als hätte man ihr den Boden unter den Füßen weggezogen. Hatte man ja auch – Quatsch, nicht man, sondern ich. Für sie war eine Welt zusammengebrochen, ich quälte mich mit Selbstzweifeln und Ängsten, und Ariane trat schlichtweg die Flucht an. War es das wirklich wert? Und wie sollte es weitergehen? Ich wollte Rieke nicht verlieren und Ariane auch nicht. Ruhe, hier musste erst mal Ruhe einkehren. Die Ruhe vor dem Sturm? Ich konnte mich kaum daran erinnern, wann ich das letzte Mal so aufgewühlt gewesen war. Als Rieke mich ins Krankenhaus gebracht hatte, nach dem Streit mit Kim. Damals, als alles zur Sprache gekommen, als kein Ausweichen mehr möglich gewesen war. Rieke hatte mich gestützt, umsorgt, behütet – der Fels in der Brandung. Jetzt schien ich ihn nicht mehr zu brauchen. Die Brandung hatte sich beruhigt. Oder doch nicht? Was um Himmels willen war passiert, dass ich mich verliebt hatte, dass ich untreu wurde, dass es mir wichtiger war, mit Ariane zusammenzusein und Neues zu entdecken, auszuprobieren, mich auf sie und plötzlich erwachte Sehnsüchte einzulassen, als Riekes nur allzu berechtigte Wünsche zu erfüllen? Und warum ging nicht beides?

Ein paar Tage nach der großen Aussprache fuhr ich abends erneut zu Rieke. Ich umschmeichelte, ich verführte sie, und sie stieß mich nicht zurück. Ich hatte Angst. Um mich, um sie, um uns. Weil ich nicht wusste, was ich wollte, oder weil ich wusste, was ich nicht wollte, oder weil ich sehr genau wusste, was ich wollte? Keine überstürzten Entscheidungen, bat ich sie, bitte kein unüberlegter, spontaner und gefühlsgeladener Rückzug, und sie lächelte traurig. Unüberlegt, spontan und gefühlsgeladen – das sei ja zur Zeit eher meine Sache – ausgerechnet ich: sonst immer kühl, kalkulierend, kontrolliert, distanziert. Nichts von all dem war noch da oder nur noch ansatzweise, was mir kaum weiterhalf. Kein rettender Strohhalm in Sicht. Und Ariane meldete sich nicht. Sie hatte Bescheid gesagt, als sie in den Urlaub startete und später eine kurze Nachricht geschickt, dass sie gut angekommen sei. Das war alles. Es war zu wenig, und es war verwirrend, so zu empfinden. Ich kannte mich bis dahin nicht als eine Frau, die mehr Nähe suchte, als möglich war. Ich war immer diejenige gewesen, die dafür sorgte, dass Abstand gewahrt wurde, worunter insbesondere Rieke zu leiden hatte.

Im Job unterliefen mir Fehler – Anfängerfehler, Flüchtigkeitsfehler, ich vergriff mich im Ton, ich verlegte Unterlagen. Eine solche Situation war mir absolut fremd. Sie ängstigte mich zutiefst. Ich hatte längst schon wieder angefangen, Kalorien zu zählen und Essen abzuwiegen, um zumindest eine Sicherheit zu haben. Wenigstens wusste ich, dass es eine trügerische Sicherheit war, und es gab Bastian, dem ich davon erzählte.

Als Benno mich an einem heißen Sommertag kurz vor Feierabend in sein Büro zitierte, erwartete ich ein Donnerwetter. Er knabberte trotz der Hitze unablässig Schokolade und bot mir herzlich lächelnd davon an. Sein Gesicht glänzte vor Schweiß. Ich winkte ab und nahm vor seinem Schreibtisch in dem kleinen abgewetzten Ledersessel Platz.

»Ich weiß, dass du nicht zufrieden bist«, sagte ich, noch bevor er das Gespräch eröffnen konnte. »Und du hast allen Grund dazu.«

»Ach, habe ich das?« Er lehnte sich in seinem Stuhl bedrohlich weit nach hinten, und das gute Stück ächzte wie immer unter seinem Gewicht. »Was du nicht sagst.« Benno ließ die Hosenträger von seinen Daumen zurückschnellen und richtete sich wieder gerade auf. »Dann lass mal hören.«

»Ich bin im Augenblick ziemlich neben der Spur. Es tut mir leid.«

Er schob sich ein weiteres Stück Schokolade in den Mund und leckte sich genüsslich die Fingerspitzen ab, bevor er mich mit seinen wasserblauen Augen ansah.

»Ich dachte, wir beide nehmen uns mal eine ruhige Minute, und du erzählst mir, wie es bei dir so läuft«, erklärte er dann. »Bist du zufrieden – ich meine: hier, bei uns? Gefällt dir, was du tust, oder hast du Anlass, dich zu ärgern? Heraus mit der Sprache und nimm bitte kein Blatt vor den Mund!«

Ich lächelte. »Es gibt keinen Grund, mich zu ärgern, und ich fühle mich sehr wohl hier.«

»Da bist du wirklich sicher?«

»Natürlich.«

»Nun, ich hatte schon den Eindruck, dass dich der Großauftrag ganz schön geschlaucht hat.« Er zündete sich eine Zigarette an.

Wenn du wüsstest wie sehr, dachte ich, sprach es aber nicht aus.

»Er hat Nerven gekostet, und er kostet immer wieder Nerven, das stimmt, aber es lohnt sich doch, oder?« sagte ich statt dessen.

»Und ob.« Benno grinste wie ein Honigkuchenpferd. »Insofern sehe ich es gelassen, wenn du zwischendurch mal nicht allerbester Laune bist – falls nichts anderes dahintersteckt als Stress. Und gegen den kann man ja was tun.«

Ich sah ihn fragend an.

»Ist dir eigentlich klar, dass du inzwischen über ein Jahr bei uns bist?« Er blies mir seinen Rauch entgegen.

Ich nickte. »Ja, das ist mir letztens auch bewusst geworden.« Es war viel passiert in dieser Zeit.

»Wie wär's denn mal mit einer Runde Urlaub? Ich meine: richtig Urlaub und nicht nur ein paar Tage hier und da«, schob Benno hinterher. »Ich habe den Eindruck, dass du ihn gut gebrauchen kannst. Schließlich ist Ariane Köster wirklich eine harte Nuss!«

Ich hüstelte und wedelte die Rauchwolke vor meinem Gesicht beiseite. »Hm, Urlaub? Da habe ich jetzt gar nicht mit gerechnet. Mein Terminkalender ist außerdem ziemlich voll.«

»Na klar, wie immer, aber ich denke wirklich, dass du eine Auszeit brauchst, Paula«, entgegnete Benno ungerührt. »Noch ein paar Monate in dem Tempo, und du fängst dir irgendwas ein, das dich so richtig umhaut. Und wer will das schon? Also, ich ganz bestimmt nicht.«

Sein fröhlicher Plauderton war auf einmal umgeschlagen in herzliche Anteilnahme, und er sah mich aufmerksam an. »Es ist nicht nur beruflicher Stress, nicht wahr?«

Die Frage kam so unvermutet, dass sie mich voll erwischte. Mir stiegen die Tränen in die Augen, aber ich unterdrückte sie rasch, während ich langsam den Kopf schüttelte.

»Willst du darüber reden?«

»Nein, aber danke für das Angebot«, antwortete ich leise. »Seit einigen Monaten ist alles ein bisschen durcheinander bei mir. Und Durcheinander kann ich eigentlich überhaupt nicht ausstehen.«

»Ich weiß.« Er lachte, dass sich seine Augen zu bindfadendünnen Schlitzen zusammenzogen.

»Wenigstens bin ich selber schuld daran.«

»Na, wenn das kein Anfang ist.« Er beugte sich über den Schreibtisch zu mir vor. »Du musst mit jemandem reden und brauchst einen Tapetenwechsel. Das schafft eine Menge Klarheit.«

»Wenn du nicht mein Chef wärst, würde ich mein Herz glatt dir ausschütten«, sagte ich.

»Hm, das ehrt mich. Ich verstehe aber auch, dass du ein privates Thema nicht mit mir bereden willst. Nur was den Urlaub angeht – den trittst du bitte so schnell wie möglich an. Ich habe so was wie eine Fürsorgepflicht für meine Mitarbeiter.«

»Gib mir ein paar Tage, um Termine abzuarbeiten.«

»Ab nächsten Montag will ich dich hier drei Wochen lang nicht sehen.«

»Drei Wochen? So lange?«

Benno stand auf. »Tja, da kommst du wohl glatt ins Grübeln, was du mit der ganzen freien Zeit anfängst, was? Es gibt Leute, die in dem Fall ausschlafen, gut essen«, er grinste mich an, »Freunde besuchen, in die Ferien fahren, faul am Strand herumliegen. Lauter solche Sachen. Ich schätze, das ist ganz nach deinem Geschmack, oder?«

»Na ja ...«

»Was ist mit deiner Freundin? Kann die nicht auch Urlaub nehmen?«

Ich sah kurz zur Seite. »Würdest du die Frage zurückstellen?«

Er hob die Hände. »Alles klar. Und nun mach dich vom Acker –

ich habe noch ein paar Telefonate zu führen, und vergiss nicht: Ab nächsten Montag schiebst du Freizeit!«

Das kam wie eine Drohung bei mir an. Als ich später zu Hause auf meinem Balkon saß, wurde mir plötzlich bewusst, dass ich abgesehen von meinen Eltern, die ich höchst selten sah, weil wir uns wenig zu sagen hatten, einigen Arbeitskolleginnen und -kollegen, mit denen ich hin und wieder mal einen Kaffee trinken ging, und drei, vier eMail-Kontakten, die mir noch aus der Frankfurter Zeit erhalten geblieben waren, privat außer Ariane nur Rieke und deren Freundes- und Familienkreis kannte – und auf den Kontakt zur Verwandtschaft legte ich alles andere als gesteigerten Wert. Stets hatte ich meine persönliche Zurückgezogenheit wie etwas Kostbares gehegt und gepflegt, sogar emsig verteidigt. Jetzt stieß sie mir mit aller Schärfe auf.

Es war ein Versuch gewesen. Rieke hatte nach anfänglichem Zögern zugestimmt, mit mir ein Wochenende an der Ostsee zu verbringen. Die Luftveränderung würde uns beiden guttun, hatte ich angenommen, aber das war natürlich nicht alles gewesen. Wir suchten beide Halt. Und wir fanden ihn nicht. Statt dessen beschäftigten wir uns unablässig mit zurückliegenden gemeinsamen Erlebnissen, kramten Erinnerungen aus und waren befangen in unseren Ängsten und der deutlichen Gewissheit, dass es wie gewohnt nicht weitergehen konnte. Auf keinen Fall. Als wir am Sonntagabend vor der Rückreise einen langen Strandspaziergang unternahmen, griff Rieke plötzlich nach meiner Hand und hielt sie fest. Die Vertrautheit dieser Geste schmerzte mich zutiefst.

»Du könntest versuchen, sie aufzugeben«, sagte sie leise. »Wäre es nicht einen Versuch wert?«

»Du könntest versuchen, sie zu akzeptieren«, antwortete ich. »Wäre es nicht einen Versuch wert?«

Sie blieb stehen und sah mich an. »Warum willst du mich eigentlich überhaupt noch? Aus Gewohnheit? Was genau ist es?«

»Wärme, Liebe, Geborgenheit.«

Sie fing an zu weinen. »Und das reicht nicht aus?«

Ich legte den Arm um sie, und wir gingen langsam zum Wagen zurück.

Ende der Woche hatte ich einen Termin in Arianes Firma. Maren hatte einige Unterlagen für mich zusammengestellt, die ich mir natürlich auch hätte schicken lassen können, aber ich sagte ihr am Telefon, dass ich ohnehin in der Nähe sei, und sie meinte, dass sie gleich frischen Kaffee kochen würde. Kaum war ich eingetroffen, stellte sie mir auch schon eine Tasse hin und erzählte mir in fröhlichem Plauderton den neuesten Firmenklatsch. Ich lehnte mich zurück und atmete tief durch. Ich konnte mich hervorragend entspannen, wenn mich jemand so unbeschwert über Dinge informierte, die mich kaum interessierten, aber nett anzuhören waren.

»Ariane scheint es gutzugehen«, sagte sie plötzlich nach einer kleinen Gesprächspause und blickte einen Moment angelegentlich auf ihre sorgsam lackierten Fingernägel. Der hellrote Farbton passte hervorragend zu ihren braunen Augen und dem blonden Haar. »Na ja, Frankreich ist ja auch ein wunderschönes Urlaubsland. Waren Sie schon mal dort?«

»Ja, vor einigen Jahren habe ich mal am Mittelmeer Ferien gemacht, und im Norden war ich auch schon«, erwiderte ich. »Und Paris ist natürlich traumhaft.«

»Wem sagen Sie das!« Sie winkte ab. »Ich habe da mal einen tollen Mann kennengelernt, aber lassen wir das ...« Sie lächelte mir zu. »Wissen Sie übrigens, wo genau Ariane ist?«

Der Blick, den sie mir zuwarf, war eine Spur zu wachsam, um die Frage als beiläufig einzustufen.

»Nicht genau, um ehrlich zu sein«, entgegnete ich langsam. Sie hatte es mir nicht gesagt, und ich war zu stolz gewesen nachzufragen. Jetzt allerdings wurde ich hellhörig.

»Ach, Sie könnten die Adresse ja vielleicht benötigen …«

»… um ihr das geänderte Konzept für den neuen Flyer zuzusenden«, schlug ich ihr rasch vor, was absoluter Blödsinn war, wie wir beide wussten, denn Ariane hätte sich, falls es ihr wirklich nötig schien und sie dort nicht über einen PC mit Webanschluss verfügte, in ein Internetcafé setzen können, und die Informationen würden ihr in wenigen Sekunden vorliegen.

Maren nickte eifrig. »Ja, genau. Warten Sie, ich schreibe sie Ihnen auf – für den Fall der Fälle.«

Während sie das tat, überlegte ich einen Moment fieberhaft, wessen Idee die Weitergabe der Adresse wohl war und warum Maren davon ausging, dass Ariane und ich voneinander hören sollten. Andererseits – war das nicht völlig egal? Die Frau hatte ohne Zweifel einen hellwachen Verstand und bekam mehr mit, als ich gedacht hatte. Sie reichte mir ein Kärtchen und lächelte. »Man kann ja nie wissen.«

»Das stimmt. Danke schön.«

»Gerne, aber es bleibt unter uns, okay?«

Aha. Ich nickte. »Na klar, habe ich hier irgendwie zufällig entdeckt, als Sie auf der Toilette waren.«

»Hm, so ähnlich. Sie wird uns kein Wort glauben, aber ich habe noch was gut bei ihr.«

Ich hoffentlich auch, dachte ich und verabschiedete mich mit festem Händedruck.

Am Abend setzte ich mich an meinen Schreibtisch und begann einen Brief zu schreiben. Auf feinstem Papier mit Wasserzeichen. Ganz altmodisch mit Füller. Nach fünf Versuchen legte ich Stift und Block beiseite und starrte zum Fenster hinaus. Was sollte ich ihr schreiben? Dass ich sie vermisste? Dass ich versuchte, mein Gefühlschaos zu sortieren? Dass ich Rieke aufs Tiefste verletzt hatte? Dass ich Angst verspürte und mich danach sehnte, mit ihr zu schlafen? O ja, das trotz allem. Aber war das Liebe? Sexuelle

Anziehung, Faszination, Harmonie in einigen Lebensbereichen?

Das Zulassen von Veränderungen, die vorher undenkbar schienen. Das war es. Ich legte den Kopf auf die Tischplatte und genoss das kühle Holz an meiner Wange. Mit Ariane zusammen konnte ich Neues zulassen.

## 20

Ich wusste nicht, wann ich das letzte Mal so gelitten hatte. Es spielte auch keine Rolle. Paula ging es nicht viel besser, und sie versuchte, einen Weg für uns zu finden, reichte mir immer wieder die Hand. Aber das genügte mir nicht, weil ich wusste, spürte, dass sie Ariane nicht aufgeben wollte. Wir verbrachten Zeit miteinander, doch wir waren beide meist mehr mit der verwirrenden und schmerzenden Situation beschäftigt als wirklich mit uns. Ich schlief mit ihr – besser gesagt: sie mit mir. Eintauchen in Erinnerungen, die offensichtlich längst der Vergangenheit angehörten. Der Versuch, sie neu zu beleben, hinterließ einen süßlich-schalen Nachgeschmack.

Schließlich bekam ich mein persönliches Unglück soweit in den Griff, dass ich an eine Verabredung mit Britta denken konnte. Ich sagte ihr, dass sie ohne Auto kommen sollte, da ich vorhätte, mich mit ihr gemeinsam gepflegt zu betrinken. Das klinge vielversprechend, freute sie sich. Da ahnte sie noch nicht, worum es ging. Aber als sie schließlich vor mir stand, stutzte sie, und das breite, erwartungsvolle Lächeln verflüchtigte sich im Handumdrehen. Ich hatte den Tisch in der Sitzecke im Wohnzimmer mit allerlei kleinen Leckereien gedeckt, wusste ich doch, was Brittas Herz höher schlagen ließ, doch sie schenkte ihnen bemerkenswert wenig Beachtung.

»Meine Güte, du siehst echt ... ja, wie soll ich es ausdrücken, ohne gänzlich uncharmant zu wirken? Sagen wir: schlimm aus.

Ist was passiert?« fragte sie und setzte sich aufs Sofa, ohne mich aus den Augen zu lassen. »Familienkrach? Das Bistro pleite? Deine Tochter schwanger?«

»Portugiesischer Rotwein?« hielt ich dagegen. »Oder lieber einen feurigen Spanier? Einen Italiener habe ich auch.«

»Hm – mach den Portugiesen auf«, sagte Britta und nahm sich, ohne hinzuschauen, zielsicher ein Stück Ciabatta und etwas Käse. »Oder noch schlimmer?«

»Noch schlimmer«, nickte ich, öffnete den Wein und schenkte uns beiden großzügig ein. Dann füllte ich ein Schälchen mit Tomatensalat und Schafskäse, bevor ich ihr gegenüber Platz nahm.

Britta legte ihr Brot beiseite. »Scheiße. Hört sich nicht gerade vielversprechend an. Paula?«

»Genau. Paula.«

Sie schluckte. »Krach? Großer Krach?«

»Hm, ja – noch schlimmer.«

»Ihr trennt euch?«

»Weiß ich noch nicht. Kann sein. Sie hat eine Geliebte. Seit Monaten.«

Britta öffnete den Mund und schloss ihn wieder. »Du spinnst jetzt, oder?«

»Schön wär's, aber nein, es ist wahr. Sie hat es mir gebeichtet. Am Tag nach dem siebzigsten Geburtstag meiner Mutter.«

Britta starrte mich an. »Meine Güte. Scheiße.«

»Du sagst es.«

Britta atmete laut aus. »Das haut mich ehrlich gesagt um, und ich bin, wie du weißt, einiges gewöhnt. Dabei hatte ich angenommen, dass Frauenbeziehungen gerade in der Hinsicht stabiler sind.«

»Warum sollten sie?«

»Ach, ich weiß auch nicht. Wunschdenken vielleicht.« Sie winkte ab. »Aber ich verstehe es trotzdem nicht. Ausgerechnet Paula, die immer nur ihren Job im Kopf hat – eine Geliebte? Kennst du sie?«

»Eine Geschäftspartnerin sozusagen. Die Frau mit den Inliners. Seitdem skatet Paula ja auch wie ein Wilde.«

»Vielleicht fördert Skaten ja die erotischen Empfindungen«, mutmaßte Britta und hob sofort beschwichtigend die Hände. »Tut mir leid, ich flachse hier herum, und dabei gehst du gerade auf dem Zahnfleisch ...«

»Muss dir nicht leid tun«, wandte ich rasch ein. »Lass ruhig deine Sprüche ab. Darum habe ich dich ja eingeladen.«

»Ach so.«

»Genau – und was die erotischen Empfindungen angeht, die vielleicht durchs Skaten gefördert worden sind: wäre klasse gewesen, wenn ich davon auch was abbekommen hätte.«

Britta nickte düster. »Ich verstehe, was du meinst. Ich verstehe es sogar sehr gut. Erotisch sind irgendwie immer nur die anderen. Tolles Gefühl.«

Wir stießen miteinander an. Der Wein war köstlich, der Käse auch, und der Schinken duftete wie Urlaub in Italien. Es hätte uns richtig gutgehen können.

»Fast wie Ferien in Kalabrien, was?« fragte Britta.

»Ja, fast.«

»Wie geht es denn jetzt weiter?« Sie sah mich an. »Paula hat also eine Geliebte, sie skaten miteinander, sie tun es miteinander, ihr hattet mächtig Zoff, und nun?«

»Das ist die alles entscheidende Frage«, nickte ich.

Ich merkte, dass es mir allmählich besser ging. Der Wein stieg mir angenehm zu Kopf, was ich genoss, obwohl ich schätzte, dass ich mich am nächsten Tag wahrscheinlich anders fühlen würde; Britta hatte ihr lockeres Mundwerk in Gang gesetzt, meines kam auch langsam in Schwung, und so betrachteten wir die Dinge schon bald weitaus unverkrampfter, was nicht verkehrt sein musste.

»Und? Was steht zur Auswahl?« fragte Britta. »Du skatest ab sofort auch? Oder du duellierst dich mit der Flitzerin? Du trittst beide in den Hintern und suchst dir zur Abwechslung einen lustigen Italiener oder Portugiesen oder sonst was in der Preisklasse?«

»Muss ich mal drüber nachdenken. Zur Zeit jedenfalls sind wir beide ziemlich in der Schwebe und wissen nicht, wie es weitergehen soll oder ob es überhaupt noch einen Weg gibt und wenn ja, wie der aussehen könnte.«

»Könntest du ihr verzeihen?«

Ich zog eine Augenbraue hoch. »Liebste Britta, darum geht es nicht. Natürlich könnte ich ihr verzeihen. Doch es geht nicht um einen einmaligen oder auch zwanzigmaligen Seitensprung, für den sie mich händeringend um Vergebung bittet, um dann tränenüberströmt und voller Erleichterung in meine Arme zu sinken. Paula will Ariane gar nicht aufgeben.«

Britta blieb schon wieder der Mund offenstehen. »Was? Nicht im Ernst, oder?«

»Wenn ich es dir sage. Sie ist förmlich hingerissen von ihr.«

»Und von dir nicht?«

»Auch, aber auf ganz andere Art.«

»Verstehe.«

»Wirklich?« Ich schenkte uns Wein nach und widmete mich dem mit frischen Kräutern und einer Knolle Knoblauch angemachten Quark. Brittas Mann würde mich hassen. Ich zuckte die Achseln. Auch das würde ich überleben.

»Na, offensichtlich ergänzt ihr euch hervorragend in dem, was für Paula wichtig ist«, erklärte Britta und stippte einen Kräcker in den Quark. »Das kann man ihr nicht übelnehmen.«

»Natürlich nicht«, gab ich in ironischem Ton zurück. »Ich werd's mir ins Kopfkissen sticken: die Bauernweisheit zur guten Nacht.«

Britta verdrehte die Augen. »Nun versteh mich doch nicht absichtlich falsch! Es ist ja eine Sache, was Paula möchte, und eine unter Umständen ganz andere Sache, was du möchtest. Aber es soll Menschen geben, die mehrere Beziehungen nebeneinander leben. Zumindest zeitweise.«

»Verstehe ich das gerade richtig – willst du andeuten, dass ich das Spiel mitmachen soll? Und das aus deinem Munde!«

»Nein – du sollst gar nichts«, widersprach mir Britta. »Außer herauskriegen, was für dich wichtig ist. Wenn es für dich wichtig ist, ihr ganz schnell den Laufpass zu geben, weil du die Situation unerträglich findest: dann los. Wenn du meinst, dass du lieber noch ein wenig abwarten solltest, bis sich vielleicht dieses oder jenes klärt, kann ich dir das nur empfehlen. Denn«, sie hob einen Zeigefinger, »manchmal sind solche Geschichten dann doch recht schnell wieder beendet. Überstürze also nichts, und vergiss nicht: Ich spreche aus Erfahrung. Mein Männe hat schließlich auch schon so einige Dinger gedreht, die mich nicht unbedingt glücklich gemacht haben.« Britta hielt einen Moment inne. »Höchstens eine Erfahrung reicher, wie es so schön heißt.«

»Klasse, das sind natürlich genau die Erfahrungen, nach denen es mich Tag und Nacht dürstet«, gab ich zurück. »Um ehrlich zu sein: Ich könnte gut darauf verzichten, und so habe ich mir mein Beziehungsleben auch nicht vorgestellt. Und selbstverständlich hätte ich mir nicht träumen lassen, dass meine Beziehung mit Paula nun auf diese Art den Bach runtergeht. Dass es mal kriselt – gut, das ist eben so. Dass man vielleicht mal anderweitig flirtet oder sich sogar verguckt – klar. Aber das war es dann bitteschön auch.«

Britta trank einen großen Schluck. »Wer wünscht sich das nicht so? Allerdings ist das bei den meisten eine schöne Illusion. Man lebt sich auseinander, langweilt sich, sucht sein Glück woanders, die Hormone spielen verrückt und so weiter.«

»Wahrscheinlich hast du recht. Leider.«

»Sag mal – was ich dich immer schon mal fragen wollte ...« Sie brach ab und sah mich unschlüssig an.

»Ja? Was denn?«

»Na ja, also«, sie kratzte sich im Nacken und setzte fast so etwas wie ein verlegenes Gesicht auf, »ich will dir nicht zu nahe treten.«

»Nein?« hakte ich ungeduldig nach. »Na gut, das habe ich jetzt kapiert, obwohl dir genau das in den letzten fünfundzwanzig Jahren kaum je gelungen ist – also: Was in Gottes Namen möchtest du mich fragen?«

»Na gut – auf deine Verantwortung.«

»Ja, auf meine Verantwortung«, stimmte ich ihr zu und verdrehte die Augen. »Komm in die Hufe, sonst sind wir gleich betrunken und du weißt nicht mehr, was du sagen wolltest.«

»Das ist wohl wahr! Also: Vielleicht bist du ja, was deine lesbische Lebensweise angeht, gar nicht festgelegt. Schließlich hast du doch auch früher nette Zeiten mit Männern gehabt, wenn ich mich recht entsinne.«

»Hin und wieder – ja, doch – aber ...«

»Aber was? Sag jetzt nicht, dass die Typen letztlich alle ziemlich daneben waren und du mit Paula die Erfüllung schlechthin gefunden hast. Das sieht ja zur Zeit eher nicht danach aus.«

»Nö«, stimmte ich ihr zu. »Wohl kaum. Doch das bedeutet ja nicht automatisch, dass es die Frauen nun doch nicht sind und ich unbedingt nach dem nächsten Typen Ausschau halten sollte.«

»Nein, ganz so meine ich das nicht ... Schließlich haben andere Mütter auch schöne Töchter. Allerdings ... einen Versuch wäre es durchaus wert, findest du nicht?«

Ich sah Britta an. »Im Moment versuche ich gar nichts, außer diese fürchterliche Enttäuschung irgendwie auszuhalten, zu verkraften, für mich erklärbar zu machen und irgendwann mit neuem Mut nach vorne zu blicken. Vielleicht sieht es in einigen Wochen schon ganz anders aus – Paula kommt reumütig zu mir zurück, Ariane beendet die Affäre oder was auch immer –, und wir versuchen unser Glück erneut. Vielleicht passiert aber auch etwas anderes, zum Beispiel, dass ich die Nase endgültig voll habe. Ich weiß es nicht. Es lässt sich nicht vorhersagen.«

Britta nickte. »Das ist alles eine ziemliche Scheiße«, resümierte sie die Essenz meiner derzeitigen Situation.

Anschließend leerten wir die zweite Flasche Wein, und spät in der Nacht machte Britta sich im Taxi auf den Heimweg. Wir waren beide betrunken, und ich war ihr zutiefst dankbar für diesen Abend.

Georg reagierte weder entsetzt noch perplex. Das tat er ja ohnehin selten. Ich war mit ihm zur Gartenarbeit verabredet, und nachdem wir zwei Stunden Rasen gemäht, Sträucher beschnitten, Unkraut gejätet, Kompost verteilt hatten, genossen wir auf der schattigen Veranda eisgekühlten Zitronentee und Obstkuchen mit Sahne. Ich skizzierte in aller Kürze, was geschehen war, und er wischte sich einen Klecks Sahne aus dem Bart.

»Ihr macht Geschichten«, sagte er dann.

»Ihr ist gut«, gab ich zurück.

»Natürlich ihr«, erwiderte er und zündete sich einen Zigarrenstumpen an, obwohl ich noch mit meinem Kuchen beschäftigt war. »Das veranstaltet doch keine alleine.«

Ich sah ihn scharf an. »Willst du damit sagen, dass ich Paula in die Arme einer Geliebten gedrängt habe?«

»Du weißt ganz genau, dass ich das nicht sagen will.«

»Ich hatte eigentlich gehofft, dass du mich trösten würdest«, sagte ich einen Moment später verschnupft.

Georg lächelte. »Du kannst das auch als Trost auffassen.«

Ich verzog das Gesicht. »Ach, nee – Paula sucht ihr Glück bei einer anderen, weil ich ihr nicht genüge, weil ich offenbar nicht die Richtige für sie bin, und das soll mich trösten? Georg, du warst auch schon mal feinfühliger.«

»Vielleicht wird umgekehrt ein Schuh draus«, entgegnete er gleichmütig und warf einen zufriedenen Blick über seinen Garten, während er die Beine ausstreckte. Er hob interessiert den Kopf, als ein Vogel über uns hinwegflog.

»Kannst du das bitte mal erläutern?« fragte ich, zunehmend unruhig werdend. »Das erschließt sich nämlich nicht auf Anhieb.

Da musst du schon ein wenig nachhelfen, wenn es nicht zuviel verlangt ist.«

»Ist nicht zuviel verlangt.« Er sah mich von der Seite an. »Ganz einfach, Rieke, was ich meine, ist folgendes: Nicht du bist die Falsche für Paula, sondern Paula ist die Falsche für dich. Hast du darüber schon mal nachgedacht?«

Ich lachte kurz, fast amüsiert auf und hätte mir beinahe auf die Schenkel geklopft. Ach, Georg, dachte ich bei mir.

»Hinreißende Erklärung. Wie kommst du denn darauf?« fragte ich.

Georg setzte sich auf und zog die Beine unter den Stuhl. »Wann warst du das letzte Mal rundum zufrieden, was dich und Paula angeht, eure Beziehung? Wann hast du dich zum letzten Mal gefreut und dich vollkommen wohl gefühlt? Und wie oft sind Sachen schiefgelaufen, zumindest deiner Ansicht nach? Wie viele Kompromisse musstest du gerade in den vergangenen Monaten eingehen, wie oft musstest du dich zurücknehmen, obwohl du das gar nicht so richtig eingesehen hast?«

Ich schwieg.

»Wie wünschst du dir eine Partnerin?« fuhr er fort, als ich keine Anstalten machte zu antworten. »Was sollte sie mitbringen oder mit dir teilen, ohne dass du darum kämpfen musst? Im Klartext: Passt Paula wirklich zu dir und deinen Wünschen? Seid ihr ein harmonisches Paar, das man sich auch in zwanzig Jahren noch gut zusammen vorstellen kann?«

Der Kloß in meinem Hals wurde immer größer. Ich räusperte mich.

»Und warum ist dann nicht mir eine andere über den Weg gelaufen?« entgegnete ich.

»Ist sie ja vielleicht schon – und du hast sie bloß noch nicht bemerkt.«

»Wie bitte?«

Georg schlug ein Bein über das andere. »Ja, warum denn nicht?

Du siehst nicht nach rechts und nicht nach links, weil du ganz auf Paula konzentriert bist, weil du dir alles von ihr erhoffst, was für dich eine glückliche Beziehung ausmacht – ob sie das erfüllen kann oder nicht. Du würdest gar nicht mitbekommen, wenn dich jemand anders interessierte. Es würde nichts passieren oder nur ganz wenig. Im Gegensatz zu Paula – ihr ist jemand anderes begegnet, und sie hat es gemerkt. Vielleicht ist es gut so. Ihr seid sehr unterschiedlich, in vielem, nicht wahr?«

Ich hatte meinen Blick gesenkt.

»Du kannst dich ruhig bei mir ausheulen. Tut mächtig weh, so was. Aber es hört wieder auf, ob du es jetzt glaubst oder nicht.«

Ich konnte es in diesem Moment nicht glauben, aber wahrscheinlich hatte er wirklich recht.

Kurz darauf räumten wir den Tisch ab, und ich schwang mich auf mein Fahrrad. Georg stand winkend am Gartenzaun.

Georgs Ansicht beschäftigte mich natürlich, und ich wusste, dass an seinen Argumenten etwas dran war, aber wenn ich einen Wunsch frei gehabt hätte, hätte ich dennoch gewollt, dass sie zu mir zurückkehrte – nicht unbedingt reumütig, aber doch frei von Ariane und von dem Streben erfüllt, nun ganz und gar unsere Beziehung zu leben, dabei auch meine Bedürfnisse zu erfüllen und unsere Zweisamkeit nicht noch einmal zu gefährden. Wie sich das anhörte! Die perfekte Illusion. Lächerlich. Kitschig.

Es war nicht so. Es würde nie so sein. Paula war Paula. Ich war ich. Wir waren uns nach zwanzig Jahren zufällig wiederbegegnet, und die Faszination, die sie damals auf mich ausgeübt hatte, war erneut erwacht. Sie hatte sich bei mir geborgen gefühlt, geliebt, angenommen, und wir hatten einiges gemeinsam ausgestanden, doch sie war noch nie eine Frau gewesen, die sich durch eine Beziehung definierte und sie an die erste Stelle setzte. Fairerweise musste ich zugeben, dass sie mich hierüber zu keinem Zeitpunkt im unklaren gelassen hatte. Paula ging in ihrem Job auf; Paula war eine Meisterin des Rückzugs und sie brauchte die Gewissheit, allein sein zu können, wann immer ihr danach zumute war, was häufig vorkam; Paula wollte auf keinen Fall automatisch eingebunden werden; und sie konnte beschauliche Zweisamkeit nur selten genießen. Familie, Zusammenleben, Zukunftsplanung – all das kam für sie nicht in Frage, und wir hatten uns oft genug darüber gestritten, denn ich hielt all das für erstrebenswert, für wichtig und schön, letztlich für Beweise echter, wahrer Liebe und für ein Bollwerk im Leben, auf das ich immer wieder verzichtet hatte, weil ich Paula nicht verprellen wollte mit Forderungen, die ihr unangenehm waren und die sie nicht erfüllen konnte.

Besser gesagt: Ich hatte all das für wichtig gehalten. Inzwischen fühlte ich mich ausgelaugt, ohne Perspektive, erfüllt von Selbstmitleid und Mutlosigkeit. Ich blieb allein zurück und mit mir das starke Gefühl, versagt zu haben. Gewogen und für zu leicht befunden. Daran änderten auch ein paar Tage Urlaub in Dänemark nichts, die mir Tamara und meine Aushilfen spontan ermöglichten. Als ich nach Berlin zurückkehrte, nahm ich meinen gewohnten Alltag wieder auf und fühlte mich zum ersten Mal überhaupt einfach nur: alt. Und noch bevor dieser Jahrhundertsommer seinen Zenit erreichte, beendete ich an einem strahlendschönen Sonntag meine Beziehung mit Paula.

## 21

Ich stand vor einer kleinen Villa im Landhausstil mit dunklen Fensterläden. Ein kleiner Garten bot unter großen Bäumen Schatten und Ruhe. Es gab eine Wiese, einen Brunnen und einen Kräutergarten. Nach dem ersten kleinen Rundgang, bei dem ich das Grundstück und die Garage inspiziert hatte, schloss ich die Tür auf und setzte meine Erkundungstour im Haus fort. Es gab zwei angenehm kühle Wohnräume und zwei Schlafzimmer, eine großzügig geschnittene Wohnküche, die einen Zugang zur überdachten Terrasse hatte, sowie einen Hauswirtschaftsraum. Ich war hochzufrieden. Alle Räume waren gefliest und lediglich mit dem Nötigsten eingerichtet. Die Möbel waren aus Holz und wirkten auf Hochglanz poliert. In einem der Wohnzimmer gab es einen Fernseher und eine Musikanlage. Die Küche war bestens ausgestattet. Es roch nach frischen Kräutern und Putzmittel. Konrad hatte mir gesagt, dass ein siebzigjähriger knorriger Franzose namens Pierre sich um Haus und Garten kümmerte – von ihm hatte ich den Schlüssel erhalten – und auch für Reparaturen zuständig war. Der Alte würde kommen und gehen, wie es ihm beliebte, und ich möge mich nicht daran stören. Falls doch, würde das wiederum Pierre nicht stören. Wenn etwas fehlte oder ich Hilfe benötigte – er würde zur Stelle sein und nahezu wortlos seiner Aufgabe nachkommen.

Es war eine lange Fahrt gewesen, und sie hatte sich gelohnt. Arcachon lag südlich von Bordeaux an der französischen Atlantikküste und lockte wegen seines großen flachen Sees viele Surfer an. Konrads Haus befand sich jedoch abseits der Hotelanlagen und touristischen Attraktionen in einer ruhigen Nebenstraße, in der überwiegend Einheimische wohnten, die vom Fremdenverkehr lebten.

Ich packte meine Sachen aus, stellte mich unter die Dusche und ging dann einkaufen. Baguette, Fisch, Käse, Rotwein, Tomaten. Eis. Ich liebe Eis. Vorzugsweise große Portionen. Während die Sonne allmählich ihre Kraft verlor, bereitete ich mein Abendessen zu und kam zur Ruhe. Ein wenig jedenfalls. Die plötzliche Einsamkeit war ebenso wohltuend wie ungewohnt. Vor einigen Jahren war ich mal mit Svenja am Mittelmeer gewesen, fiel mir ein, als ich auf der Terrasse saß und mich hungrig über das Essen hermachte. Es war ein schöner Urlaub gewesen. Bis auf einen heftigen Streit. Ich hatte in der Diskothek mit einer anderen Frau geflirtet. Unverschämt geflirtet, wie so häufig.

»Hast du es denn so verdammt nötig, dich immer wieder zu beweisen?« hatte Svenja mich später gefragt, als wir zu Hause waren und eine erbitterte Diskussion begonnen hatten.

Ja, merkwürdig. Immer wieder. Ohne Rücksicht auf Verluste. Wie würde Paula auf so was reagieren? Sie würde es nicht akzeptieren, da war ich mir ziemlich sicher, mehr noch: Sie würde es mir bestimmt nicht durchgehen lassen. Sie war keine Frau, die sich beiseiteschieben ließ, damit ich mich anderweitig vergnügen konnte und mir anschließend eine Szene machte, um im nächsten Augenblick wieder zur Tagesordnung überzugehen. Ganz bestimmt nicht. Wahrscheinlich nicht, korrigierte ich meine Einschätzung. So gut kannten wir uns nicht. Noch nicht? Wünschte ich sie mir so? Hatte ich mir Svenja so gewünscht – direkter, energischer, eigenständiger agierend? Schwierige Fragen für den ersten Urlaubsabend.

Die Nächte am Atlantik konnten empfindlich kalt werden. Ich zog mir einen Pullover und eine lange Hose an und entzündete ein Windlicht. Irgendwo in der Nachbarschaft wurde gegrillt. Ich hörte Lachen, Kinderstimmen, das Geräusch von anfahrenden Motorrollern, Musik. Als ich vor Müdigkeit kaum noch die Augen offen halten konnte, ging ich ins Bett und schlief schneller ein, als ich zu hoffen gewagt hatte. Keine wirren Träume, keine Geister, die mit düsteren Fratzen durch meinen Schlaf glitten.

Der Atlantik war nichts für ängstliche oder ungeübte Schwimmerinnen und Schwimmer. Der Wellengang war stets hoch und unberechenbar, und die Strömungen konnten selbst unerschrockenen und trainierten Menschen gefährlich werden. Ich liebte es, mich immer wieder mitten in die Brecher zu stürzen, unterzutauchen, in der weißschäumenden Gischt hochzukommen, mich mit kraftvollen Armbewegungen durchzukämpfen und dann später erschöpft in der Sonne zu liegen, die Hitze in jeder Pore zu spüren, das Salz zu schmecken, das Herzklopfen an allen Stellen meines Körpers. Ich war jeden Tag am Meer – gleich frühmorgens und oft noch einmal am Nachmittag oder am frühen Abend. Zwischendurch hielt ich Siesta, las, saß im Garten. Döste vor mich hin. Grübelte. Versuchte abzuschalten. Träumte von ihr. Nach einigen Tagen unternahm ich einen Ausflug, erkundete eine Skaterstrecke, auf der ich mich austoben konnte. Abends hörte ich Musik, ging Eis essen. Große Eisbecher mit Früchten und Sahne. Hin und wieder, wenn ich zu faul war zum Kochen, setzte ich mich in eines der zahlreichen Restaurants und genoss ein ausgefallenes Menü.

Am Ende der ersten Woche besuchte ich abends eine Diskothek, von der Konrad mir erzählt hatte, dass es dort viele Lesben und Schwule gab. Ich tanzte bis in die frühen Morgenstunden – erst als ich völlig erschöpft und schweißüberströmt war, ging ich heim. Es gab mindestens zwei Frauen, die ich in dieser Nacht hätte verführen können. Aber ich tat es nicht. Am nächsten Tag schlief ich bis zum Mittag. Als ich aus der Dusche kam, klopfte es an der Tür. Pierre, dachte ich, wie rücksichtsvoll, dass er sich bemerkbar macht. Ich schlüpfte in kurze Hosen und ein T-Shirt. Dann öffnete ich die Tür. Das »Bonjour« blieb mir im Hals stecken. Ich spürte, wie mir Wassertropfen aus den Haaren in den Nacken perlten und von dort die Wirbelsäule entlangliefen. Die Sonne brachte ihr Haar zum Glänzen, und sie lächelte zugleich abwartend und voller Freude.

»Darf ich hereinkommen?« fragte Paula.

Dann lagen wir uns in den Armen und küssten uns, bis wir keine Luft mehr bekamen. Paula zog mir mit fahrigen Händen mein Shirt aus, was ich einfach geschehen ließ, glitt an mir herab und presste ihr heißes Gesicht gegen meine noch vom Duschen kühle Haut. Ihre Zunge schlüpfte in meinen Bauchnabel und dann tiefer. Immer tiefer, emsiger, schneller. Ich stolperte einige Schritte rückwärts, bis ich vom Esstisch gestoppt wurde und mich an der Kante festhielt. Paula kniete auf dem Boden. Sie öffnete meine Schenkel, und ich vergaß, dass ich es eigentlich nicht mochte, wenn nicht ich die Verführerin war. Ich vergaß noch viel mehr, während meine Hände sich in ihr Haar krallten.

Später entdeckten wir, dass die Haustür die ganze Zeit offengestanden hatte. Pierre, dachte ich amüsiert, aber ich sagte nichts. Ich sah Paula an, streichelte ihr Gesicht, konnte es immer noch kaum glauben. Ich fühlte mich zart und weich und eigentümlich fremd in meiner Haut. Aber es war ein angenehmes Gefühl. Wir gingen in die Küche und kochten. Omelette mit Schinken und Salat. Dazu starken Kaffee. Jede erzählte ein wenig, aber nichts Wichtiges. Immer wieder schauten wir uns an. Zum Nachtisch fütterte ich Paula mit Melone. Sie öffnete erst nach einigem Zögern den Mund.

»Sie schmeckt ganz hervorragend und ist von ausgesuchter Qualität«, sagte ich leise. »Du kannst sie ruhig von mir annehmen.«

Sie sah mich seltsam lange und nachdenklich an. »Das ist es nicht.«

»Was ist es dann?«

»Ich habe Angst, dick zu werden. Dick zu sein. Darum bin ich beim Essen immer sehr zurückhaltend. Seit vielen, vielen Jahren.« Sie sah kurz zur Seite, bevor sie wieder meinen Blick suchte. »Ich leide an einer Eßstörung – an Magersucht, um genau zu sein.« Sie schien selbst erstaunt über ihre offenen Worte.

»Schön, dass du mir das sagst«, erwiderte ich.

»Ich bin seit geraumer Zeit in Behandlung, und es geht mir vergleichsweise gut«, fuhr sie einen Moment später fort. »Vor knapp zwei Jahren hatte ich einen schweren Zusammenbruch. Seitdem geht es aufwärts.«

Ich nickte. »Ich habe schon gemerkt, dass du nicht gerne und genussvoll isst und ziemlich schmal bist, aber ich konnte natürlich nicht ahnen, dass es so schlimm war. Wie soll ich mich verhalten?«

»So wie bisher. Verführe mich – in jeder Hinsicht!« Sie lächelte ihr bezauberndes Lächeln, und mir wurden die Knie weich.

»Und du?« fragte sie kurz darauf. »Gibt es bei dir auch dunkle Flecken, Geheimnisse, alte Geschichten, die sonst unter Verschluss bleiben?«

Mein Lächeln verschwand. Vielleicht wollte Paula nur von sich selbst ablenken und schnell das Thema wechseln, oder die Frage war scherzhaft gemeint. Ich könnte mit einem lockeren Spruch darauf antworten. Aber das gelang mir nicht. Sie nahm meine Hände, als sie sah, dass sie einen wunden Punkt getroffen hatte, ohne es zu ahnen. »Tut mir leid, ich dachte mir nichts dabei, und ich wollte dir nicht zu nahe treten ...«

»Schon gut. Du musst dich nicht entschuldigen.« Ich schwieg kurz. »Heute ist ein besonderer Tag, und schließlich kannst du nicht wissen, dass mein dunkler Fleck sehr dunkel ist.«

»Du musst es mir nicht erzählen.«

»Ich weiß. Es ist auch verdammt schwer.«

»Vielleicht findet sich ein anderer Zeitpunkt, der geeigneter ist.«

Wenn es danach ginge ..., dachte ich. Es findet sich immer ein anderer Zeitpunkt. Ich hatte noch nie darüber gesprochen. Plötzlich stiegen mir die Tränen in die Augen. Jetzt oder nie, das wusste ich auf einmal mit allergrößter Gewissheit.

»Ich habe etwas Schlimmes angerichtet. Etwas wirklich Schlimmes«, sagte ich.

Sie nickte langsam.

»Ich habe meine letzte Freundin ... Svenja, meine Geliebte ... geschlagen ... Zusammengeschlagen, um genau zu sein. Das ist im kommenden Winter zwei Jahre her, und es gibt nichts, was ich mehr bereue als das.«

Paula hielt kurz die Luft an. Damit hatte sie garantiert nicht gerechnet. Natürlich nicht. Wer rechnet schon mit so was? Eine Frau, die ihre Geliebte zusammenschlägt, ist mehr als ungewöhnlich. Zumindest hörte man selten davon.

»Was ist passiert?« fragte sie dann.

Ich hob kurz die Hände. »Ein fürchterlicher Streit und ein mächtiger Wutanfall, bei dem ich die Kontrolle verlor. Ich habe rot gesehen, buchstäblich – was natürlich keine Entschuldigung sein soll – ich beschreibe einfach nur das, was passiert ist. Es verfolgt mich immer wieder bis in meine Träume hinein. Svenja natürlich auch, keine Frage. Meine Schuldgefühle kann ich dir kaum beschreiben.«

»Hast du etwas unternommen, um das Ganze irgendwie zu verarbeiten?«

»Wir waren kurz gemeinsam in einer Paartherapie. Dann hat Svenja sich von mir getrennt. Verständlicherweise.«

Ich glaube es nicht, dachte ich auf einmal, und ein Gefühl der Unwirklichkeit ergriff mich von einer Sekunde auf die andere, hüllte mich ein. Paula fährt mir bis hierher nach, es ist ein herrlicher Sommertag, wir haben uns geliebt, und nun sitzen wir gemeinsam in der Küche, und ich erzähle ihr, dass ich Svenja geschlagen habe. Was soll das bedeuten?

Paula war aufgestanden und nahm mich in die Arme. Dann setzte sie sich mit ihrem Stuhl direkt vor mich, und wir legten unsere Hände ineinander.

»Vielleicht solltest du das noch mal für dich allein in Angriff nehmen – therapeutisch zum Beispiel. So was kann einen ewig verfolgen, schätze ich«, sagte sie sachlich.

Ich atmete tief durch. Und gleich noch einmal. »Ja, da hast du wohl recht. Sag mal«, ich malte mit dem Zeigefinger in ihrem Handteller, »jetzt, wo du das weißt – meine allergrößte Befürchtung ist ... Hast du ...?«

Sie schüttelte sofort den Kopf. »Nein, ich habe keine Angst vor dir. Ich weiß, dass du ziemlich wütend werden kannst, aber das ängstigt mich nicht. Ich kann natürlich nicht wirklich beurteilen, was damals in dir vorgegangen ist, aber meiner spontanen Einschätzung nach vermute ich, dass du diese Grenze nicht noch einmal überschreiten würdest, weder bei mir noch bei jemand anderem. Wahrscheinlich hattest du einen sehr heilsamen Schock und wirst es nie wieder tun.«

Ich hielt ihren Blick fest. »Und was ist, wenn ich dir sehr nahe komme? In einer gänzlich anderen Situation, meine ich.«

Sie schürzte die Lippen. »Was genau meinst du?«

»Wenn wir beide erregt sind, sehr erregt, und ich die Regie übernommen habe und mir nicht wieder abnehmen lassen will. Wenn wir ein bisschen spielen oder auch ein bisschen mehr, mit allem möglichen, was dazugehören kann. Hättest du dann nicht vielleicht doch die Befürchtung, ich könnte die Kontrolle verlieren?«

»Nein, das ist etwas anderes. Etwas ganz anderes«, antwortete sie ohne zu zögern und sehr bestimmt.

Genau das hatte ich von ihr hören wollen. Unbedingt. Ich sah, dass sie rot geworden war, und nickte. »Ja, das ist es. Feste Regeln und Vertrauen. In diesem Zusammenhang ist mir noch nie eine Situation entglitten. Es hat sich auch noch nie jemand beschwert.«

»Das glaube ich dir aufs Wort.«

»Wir werden es ausprobieren. Bald, wenn du dich ausgeruht hast. Und wenn du Lust hast.«

Sie lehnte ihren Kopf an meinen. »Hast du noch ein Stückchen Melone für mich?«

Ich lachte.

Paula schlief zwei Stunden. Dann gingen wir an den Strand und tobten ausgelassen wie die Kinder in den Wellen. Ich rieb sie mit Sonnenöl ein, und sie schnurrte wie eine Katze, während ich ein Gefühl genoss, das nach purem Glück schmeckte.

»Wieviel Zeit hast du eigentlich?« fragte ich sie, als wir auf unseren Handtüchern lagen und die Sonne auf uns herunterbrannte.

»Ein paar Tage ...«

Ich sah sie von der Seite an. »Tatsächlich? Ein wenig genauer geht es wohl nicht? Wäre ganz hilfreich, wenn du es zahlenmäßig konkretisieren könntest.«

Sie lachte kurz auf. »Eine Woche, zehn Tage vielleicht, natürlich nur, wenn es dir recht ist. Das kann ich ja nicht wissen. Schließlich bist du weggefahren, allein weggefahren, und es könnte ja sein ...«

»Dass ich drei- bis zwölfmal mit dir schlafe – eher zwölfmal, glaube ich – und dich dann wieder wegschicke, weil ich das Haus lieber für mich allein haben will?«

»Na ja ... Ganz von der Hand weisen lässt sich das nach den letzten Tagen in Berlin nicht, oder?«

»Ich denke, dass wir sicherlich das eine oder andere miteinander zu besprechen haben, doch erst mal freue ich mich riesig, dass du da bist. Merkt man das etwa nicht?«

Paula lächelte. »Es ist zu spüren, durchaus.«

»Apropos«, ich sah sie erstaunt an, »bevor ich es vor lauter Aufregung wieder vergesse: Wie bist du eigentlich an diese Adresse gekommen?«

»Reiner Zufall.«

»Na klar – was auch sonst?« erwiderte ich. »Geht es vielleicht etwas genauer?«

Sie schüttelte nachdrücklich den Kopf. »Merkwürdig, das ist mir glatt entfallen. Die lange Reise und die stürmische Ankunft haben mich wohl etwas aus dem Tritt gebracht. Komisch, nicht wahr?«

Ich biss ihr in die Schulter. Zart, aber durchaus spürbar. »Du hast es vergessen, ah ja. Dann muss ich deinem Gedächtnis wohl etwas auf die Sprünge helfen, wie? Ich wüsste da die eine oder andere Maßnahme.«

Sie atmete etwas schneller, und ihre Augen blitzten auf. Mir wurde noch heißer, als mir ohnehin schon war. Ich schob eine Hand unter ihren Bauch, mit der anderen fasste ich in ihren Nakken und knetete ihn. »Wollen wir nicht mal langsam zurückgehen? Ich glaube, du bekommst gleich einen Sonnenbrand.«

»Das soll ziemlich gefährlich sein.«

Ich nickte eifrig. »Und wie.«

Wir packten unsere Siebensachen zusammen und traten eilig den Rückweg an.

## 22

Ich machte mir die Entscheidung nicht leicht. Ariane in den Urlaub nachzufahren konnte ein großer Fehler sein. Sie hatte sich bewusst dafür entschieden, allein zu sein, was ich sehr gut nachvollziehen konnte, und plötzlich mit mir konfrontiert zu werden könnte eine Entwicklung zur Folge haben, die ich nicht abzuschätzen vermochte. Was für eine Entwicklung? Was wäre mir denn am liebsten? Wie würde ich an ihrer Stelle reagieren? Es war nach wie vor alles in der Schwebe. Hatte ich lediglich Angst, Ariane könnte im fernen Frankreich einsam vor sich hin grübelnd doch auf die Idee kommen, dass eine Trennung von mir die beste Lösung darstellte? Was genau würde dann passieren? Rieke würde sich freuen, Hoffnung schöpfen, Pläne schmieden, ich wäre am Boden zerstört, und sobald ich mich gefangen hätte, würden wir versuchen, unsere Beziehung wieder auf die Reihe zu bekommen. Aha. Und dann? Lebten wir glücklich bis ans Ende unserer Tage?

Ich begann, ungeachtet meiner verworrenen Gedanken, meine Sachen zu packen. Anschließend brachte ich den Wagen für einen Check in die Werkstatt, besorgte ein wenig Reiseproviant und sah mir die Route auf der Karte an. Rieke rief an, als ich gerade meinen Wecker auf halb vier gestellt hatte.

»Wie sieht es aus bei dir – hast du vielleicht Zeit für einen Spaziergang, jetzt, wo es allmählich etwas kühler wird?« fragte sie freundlich. »Wir könnten irgendwo raus ans Wasser fahren, wenn du Lust hast.«

»Ich fürchte nein«, sagte ich und biss mir auf die Unterlippe.

»Ach, du bist schon verabredet?«

Es war natürlich möglich, dass ich mir ihren leicht vorwurfsvollen Ton nur einbildete, dennoch meinte ich aus ihrer Frage den unausgesprochenen Nebensatz herauszuhören, dass ich doch schließlich Urlaub hätte und mir Zeit für sie beziehungsweise für uns und unsere Probleme nehmen könnte. Und wenn nicht, dann bitte eine genaue Begründung, warum und wieso und was ich jetzt anderes vorhätte. Ich schloss die Augen. Meine Güte, was wird das denn jetzt?

»So kann man es auch ausdrücken«, erwiderte ich. »Ich habe mich spontan entschlossen, nicht meinen ganzen Urlaub in Berlin zu verbringen, sondern eine Weile wegzufahren.«

Sie wird entsetzt sein, dachte ich. Sie wird zutiefst enttäuscht sein. Verletzt bis ins Mark. Sie kennt kaum noch andere Gefühle. Und schuld bin ich. Ich allein, denn ich bin diejenige, die sie glücklich machen könnte. Glücklich machen müsste nach allem, was sie für mich getan hat. Und immer noch tut. Ich bin ihr Glück und ihr Unglück. Das kann nicht gut sein. Für keine von uns.

»Ich staune Bauklötze – du steckst ja wirklich voller Überraschungen«, sagte sie. »Mal eben so wegfahren, das hatten wir noch nicht. Wohin soll die Reise denn gehen?«

»Nach Frankreich.«

Eine Weile blieb es still.

»Du gibst uns keine Chance mehr, nicht die geringste«, sagte sie dann mit dumpfer Stimme.

»Weil ich ein paar Tage alleine wegfahre?«

»Du weißt genau, was ich meine.«

»Und du erinnerst dich doch sicherlich noch an unseren Trip an die Ostsee, oder?« entgegnete ich. »Wir beide zusammen –

das klappt im Moment einfach nicht. Das ist auch nur allzu verständlich. Wir brauchen ...«

»Abstand?« schlug sie vor. »Abstand – das war immer das Zauberwort, stimmt's? Dir war es immer zu wenig, mir zuviel. Ich habe ständig Rücksicht genommen, zurückgesteckt, du hast dich trotzdem beschwert über eine Nähe, die gar keine war. Nicht für mich.«

»Rieke – wohin soll das jetzt führen?«

»Ach ... lassen wir das am besten. Du hast recht, es führt ja doch zu nichts. Hättest du dich eigentlich von dir aus bei mir gemeldet, um mir Bescheid zu sagen, dass du wegfährst oder hätte ich es per Ansichtskarte erfahren? Irgendwann in den nächsten Tagen? Mit herzlichen Grüßen und so weiter?«

»Ich hätte mich gemeldet, Rieke«, sagte ich leise. »Bitte hör auf damit! Ich möchte im Frieden ...«

»... auf die Reise gehen – selbstverständlich. Nur keine unguten Gefühle mitschleppen, stimmt es?«

»Du wirst es nicht glauben – ja, das stimmt. Ich fände es schön, relativ unbeschwert zu verreisen.«

Sie schwieg.

»Bist du noch dran?«

»Ja – bin ich. Pass auf dich auf und erhol dich. Ich wünsche dir friedliche und unbeschwerte Tage«, sagte sie und legte auf.

Damit war der Rest an grüblerischem Zweifel beseitigt, ob ich ihr fairerweise davon erzählen müsste, dass ich Ariane besuchen wollte, oder ob ich – auch fairerweise – genau das nicht tun sollte. Hätte sie nachgefragt, wäre ich gefordert gewesen: mit Ehrlichkeit oder einem Ausweichmanöver, einer Lüge. Ich wusste nicht, wie ich reagiert hätte, und ich war heilfroh, dass mir dieses Dilemma erspart geblieben war.

Es wurde gerade hell, als ich aufbrach. Rotviolettes Morgenlicht. Sommermorgenlicht. Die Stadt war noch ruhig, die Autobahn fast leer. Ich war aufgeregt. Es war Jahre her, dass ich so verreist war: ganz allein im Wagen, nur mit dem nötigsten Gepäck und vor mir viele einsame Kilometer. Ich hatte eine große Thermoskanne Kaffee dabei, Obst, ein paar Müsliriegel, Vollkornkekse, Wasser, Trinkjoghurt. Magerstufe, versteht sich. Ich wusste nicht, wie ich empfangen werden würde, aber ich nahm mir vor, die Reise in jedem Fall zu genießen.

Als ich anderthalb Tage später vor Arianes Tür stand, hatte ich weiche Knie vor lauter Vorfreude, Aufregung, Erschöpfung und vor Angst, ihr näher zu treten, als sie es wollte, und zu spüren, wie sie mich ablehnte. Doch ihre Verblüffung, die ungefilterte Freude, mit der sie mich begrüßte, das Verlangen, das uns beide gleich im ersten Augenblick überwältigte, machte alles sehr einfach. Am Anfang jedenfalls. Ich gierte nach ihr und sie nach mir. Wir liebten uns auf der Stelle, und später erzählte ich ihr von meiner Magersucht, was mich fast so sehr erstaunte wie mein Entschluss, sie im Urlaub zu überraschen, und sie offenbarte mir, dass sie ihre Geliebte geschlagen hatte. Ich erschrak heftiger, als ich ihr zeigen wollte, und zugleich wurde mir klar, dass dieses Geständnis ein intimeres Geschenk war als jedes noch so aufregende sexuelle Spiel. Und wir spielten einige. Ich ließ mich auf Dinge ein, an die ich früher noch nicht einmal im Traum gedacht hätte – vielleicht weil es etwas mit meinem Körper, mit meinem Begehren zu tun hatte – und weder dem einen noch dem anderen hatte ich Raum zugebilligt. Zubilligen können.

Nach unserem ersten Ausflug an den Strand kehrten wir erhitzt ins Haus zurück. Wir waren beide erregt. Kaum war die Tür ins Schloss gefallen, drängte Ariane mich an die Wand und küsste mich. Sie zwängte ihr Knie zwischen meine Beine und hielt meine Hände fest. Mit einem Griff, der an der Schwelle zum Schmerz stand. Ich atmete schnell, spürte ihren Atem in meinem Gesicht, meinem Haar, an den Ohren, am Hals. Plötzlich ließ sie mich los.

»Hast du Durst?« fragte sie und ging mit aufreizend wiegenden Hüften in Richtung Küche, als wären wir gerade erst zur Tür hereingekommen.

»Hm, ja, schon ...«

Ariane holte zwei Gläser und eine Flasche Wasser. Wir setzten uns an den Esstisch und tranken mit langen Schlucken, ohne einander aus den Augen zu lassen. Der Schweiß auf meiner Haut kühlte allmählich ab. Ihr direkter abwartender Blick verwirrte mich. Als wir beide ausgetrunken hatten, stand sie auf und hielt mir ihre Hand hin. Ich ergriff sie, sie zog mich hoch, und wir gingen ins Schlafzimmer.

»Setz dich aufs Bett«, sagte sie und wandte sich zu ihrem Kleiderschrank um. Im Abwenden warf sie mir einen kurzen Blick zu, der mich zum Widerspruch reizte.

»Warum?« fragte ich.

»Weil ich es sage – darum«, erwiderte sie, während sie im Schrank etwas suchte und schließlich offenbar fündig wurde.

»Ist das ein hinreichender Grund?«

»O ja.« Sie drehte sich zu mir um und legte sich mehrere rote Seidenschals um den Hals, während sie langsam auf mich zukam. Mein Herzschlag beschleunigte sich. »Oder bist du etwa anderer Meinung?« Sie lächelte. »Das wäre schade.« Sie blieb direkt vor mir stehen. »Also, hör auf zu reden, geh und setz dich aufs Bett.«

Ich lächelte zurück. »Und wenn ich nicht will?«

»Du willst ganz bestimmt. Ich weiß es. Ich gehe jede Wette ein, dass du es unbedingt willst.«

»Wie kannst du dir so sicher sein?« wehrte ich ab. »Sag mir lieber, was du mit den Schals vorhast.«

Ariane nahm das eine Ende der Seidenschals in die Hand und fuhr damit an meinen Armen und an meinem Gesicht entlang, ohne mich aus den Augen zu lassen. Der kühle Stoff war zärtlich zu meiner Haut, betörte sie. Zugleich elektrisierte mich die Berührung.

»Ich möchte sehen, ob sie zu dir passen. Ob sie sich anschmiegen und der Farbton gut gewählt ist. Ob sie lang genug sind. All das und noch einiges mehr. Also hör jetzt auf zu fragen und setz dich aufs Bett«, antwortete sie.

Ich schüttelte den Kopf. »Das kannst du doch auch hier an Ort und Stelle ausprobieren.«

»Eben nicht.«

»Wieso nicht?«

»Das verstehst du, wenn du dich aufs Bett setzt.«

Einen Moment schwankte ich wirklich. Sollte ich ihrer Aufforderung folgen oder ihr widersprechen oder die Situation gar beenden? Ich hatte keine Kontrolle über das, was geschah, und das war mir unheimlich. Und zugleich erregend bis in die Haarspitzen. Ariane war diejenige, die immer einen Schritt voraus war, die ihn sogar festlegte. Ohne mich zu fragen. Und von mir forderte, dass ich das Wagnis einging. Sie spielte mit den Fingerspitzen in meinen Handflächen, dann griff sie nach den Schals und schlang einen um jedes Handgelenk. Ich sah ihr zu, spürte den Stoff, hörte das zarte Rascheln – nur das und unser beider Atem. Plötzlich packte sie mit beiden Händen meine Taille und zog mich in Richtung Bett. Ich war sofort wieder hellwach, atmete scharf ein und wehrte mich gegen den festen Griff, aber Ariane lachte – sie war bedeutend stärker als ich – und gab mir einen Schubs, dass ich der Länge nach aufs Bett fiel. Bevor ich mich aufrichten konnte, lag sie halb auf mir und hielt meine ausgestreckten Arme über meinem Kopf fest. Ich versuchte, mich ihr entgegenzustemmen, aber es hatte keinen Sinn, egal wieviel Kraft ich aufwendete. Sie beugte sich über mich. Ihr Mund war halb geöffnet. Ich sah ihre weißen Zähne.

»Ich werde dich fesseln«, flüsterte sie. »Erst die Hände, dann die Füße. Verstehst du? Und ahnst du, was ich dann alles mit dir anstellen kann und anstellen werde? Du entkommst mir nicht, meine Liebe. Besser, du versuchst es erst gar nicht.«

Ich versuchte immer noch, sie abzuwehren, während sie mit der Zunge in mein Ohr fuhr, an meinem Hals entlang, hinunter zum Brustansatz.

»Wenn du etwas wirklich nicht willst, sagst du nicht nein, sondern stop«, erklärte sie mit unverändert lasziver Stimme, betonte aber jedes Wort sehr deutlich. »Hast du das verstanden?«

Ich nickte.

»Sag es!«

»Ich habe es verstanden.«

»Dann wiederhole es!«

»Stop ist stop, nein hat keine verneinende Bedeutung.«

»Kluges Mädchen! Ich denke aber, dass ich deinen Geschmack treffen werde.«

Sie hob den Kopf und sah mich an, dann richtete sie sich auf, griff die Schalenden und schlang sie schnell um die Bettpfosten. Einen Moment später saß sie auf meinen Oberschenkeln. Ihre Finger umkreisten meine Brüste, erst mit den Kuppen, dann mit den Nägeln. Durch den T-Shirt-Stoff hindurch zeichneten sich meine härter werdenden Knospen ab. Ariane schob das T-Shirt nach oben und streifte es mir über den Kopf in den Nacken. Sie stand auf und zog sich aus. Anschließend ließ sie die Rolläden herunter und stellte sie auf ein angenehmes Dämmerlicht ein. Dann glitt sie zurück aufs Bett, streifte mir die kurze Jeans und mein Höschen ab. Aus dem Nachttisch nahm sie ein Fläschchen Öl, gab etwas davon in ihre Hände und verteilte es auf meinem Bauch, den Brüsten und Oberarmen. Mit festem Druck. Sie setzte sich zwischen meine Schenkel, wandte sich meinem rechten Bein zu und massierte die Wade, den Fuß, jeden einzelnen Zeh. Die Anspannung wich langsam von mir. Ich genoss den Duft des Öls, in dem eine feine Note Zitrone mitschwang, das dämmrige Halblicht, mein Herzklopfen, das gleichmäßig ruhig wurde. Ariane nahm einen weiteren Schal, schlang ihn um meine rechte Fessel und band ihn am unteren Bettpfosten fest, bevor sie sich dem linken Bein zuwandte und gleichermaßen damit verfuhr. Als sie fertig war, goss sie sich erneut Öl in die Hände und massierte es in meine Oberschenkel ein – an den Innenseiten verweilte sie besonders lange. Plötzlich ging sie auf die Knie und sah mich an, griff hinter sich, sah mich erneut an und zeigte mir noch einen Schal, den sie mir über den Kopf legte. Über die Augen. Mein Herz fiel sofort wieder in einen schnelleren Rhythmus. Ich warf den Kopf hin und her.

»Nein«, sagte ich. »Das tust du nicht. Auf keinen Fall!«

Sie lachte. »Und ob ich das tue. Darauf freue ich mich schon die ganze Zeit. Also halt gefälligst still.«

Das tat ich nicht, aber sie verknotete den Schal trotzdem hinter meinem Kopf und zog ihn mir über die Augen. Dunkelheit. Als befände ich mich in einer Höhle. In einer wohlriechenden warmen Höhle. Als die erste Abwehr verklungen war, fühlte ich mich ganz und gar in meinen Körper ein, in die Schenkel, die Brustspitzen, die Ariane berührte, streichelte, massierte, küsste, an denen sie saugte und knabberte. In meinen Schoß, den sie mit Öl beträufelte, die Lippen, in die sie biss. Die Berührung jeder einzelnen Stelle schwang nach wie ein Ton, der langsam und gemächlich verhallte. Sehr langsam. Plötzlich spürte ich keine Berührung mehr – dann hörte ich das Bett knarzen. Ich merkte, dass Ariane aufgestanden war.

»Wohin gehst du? Was machst du?« Eine winzige Spur von Panik schwang in meiner Stimme mit, das vernahm ich deutlich.

»Ich habe etwas vergessen, etwas Wichtiges, Nützliches, Hübsches, und muss noch mal kurz an den Kleiderschrank«, sagte sie, und ich hörte, dass sie die Schranktür öffnete.

Ich wandte den Kopf in ihre Richtung, versuchte, sie durch den Stoff hindurch zu erspähen – vergeblich. »Was hast du vergessen?«

»Das wirst du gleich spüren.«

Ich spannte Arme und Beine an. Erregung durchflutete meinen

Körper in einer großen Woge. Ich ahnte, was sie tun würde, ich stellte es mir vor, weil ich es nicht sehen konnte, und das machte mich wild. Sehr wild. Wenige Momente später spürte ich sie. Sie legte sich auf mich. Ihre Hände umfassten meine Hüften. Ihr Schoß lag für Momente auf meinem. Dann drang sie ein in mich. Sehr heftig, kraftvoll, nahe der Schmerzgrenze. Sehr nahe. Noch näher. Direkt auf ihr. Ich atmete tief ein. Etwas füllte mich aus, während Ariane sich bewegte, mich bewegte. Mein Stöhnen mischte sich mit dem Schmatzen des Öls auf unseren Körpern, mit dem Beben in Arianes Stimme, die mich, uns anfeuerte mit Worten, die ich nur hörte, ohne ihre Bedeutung zu erfassen. Sie glitt noch tiefer in mich, heftiger, schneller. Ich hörte mich schreien, laut schreien, kurz danach sie, und als ich glaubte, es sei vorbei, weil sie mich losband, kniete sie plötzlich hinter mir, zog mich auf ihren Schoß und war wieder in mir.

»Ich kann nicht mehr«, flüsterte ich, während ihre Hände meine Hüften umfassten und mich auf und ab bewegten.

»Das bezweifle ich. All das kann man auch die ganze Nacht tun. Mindestens. Wir müssen ein wenig üben.«

Sie biss mir in die Schulter, in den Nacken, steigerte den Rhythmus, verzögerte ihn wieder, wartete auf mich, bis wir bebend gemeinsam kamen. Später lagen wir nebeneinander, sie zog mir die Binde von den Augen und küsste mich mit großer Zartheit. Wir ruhten uns aus, ohne zu sprechen, standen dann auf, um zu duschen. Ich war todmüde und hellwach zugleich und so hungrig wie schon lange nicht mehr. Wir grillten Fisch auf der Veranda, aßen dazu Folienkartoffeln und Salat und zum Nachtisch Eis. Irgendwie war alles gut, richtig, im Einklang. Als könnte es gar nicht anders sein.

Einige Tage taten wir nichts anderes als genießen. Sonne, Meer, die Liebe, Erotik in so vielen Facetten, wie ich sie nicht für möglich gehalten hätte. Ich genoss sogar das Essen und meinen ungewohnt herzhaften Appetit. Wir skateten, schwammen, machten einen Ausflug nach Bordeaux, wurden langsam braun. Meinetwegen hätte all das noch eine ganze Weile so schön und unbeschwert weitergehen können, doch an einem gewittrigen Spätnachmittag war es vorbei mit diesem wunderbar schwebenden, flirrenden Zustand. Ariane servierte uns beiden im Wohnzimmer Milchkaffee mit Croissants. Einen Moment schien sie dem letzten Donnern nachzulauschen, dann trank sie einen Schluck und sah mich an. »Wie geht es eigentlich weiter?« Und dass sie damit nicht das Wetter meinte, war klar.

Es gibt Fragen, die können einen in Null Komma nichts vom Himmel auf die Erde zurückholen – diese gehört dazu. Ich hatte noch gar keine Lust, mich schon wieder mit Problemen zu beschäftigen, aber Ariane hielt das offenbar für nötig.

»Du meinst, wenn dieser Urlaub vorbei ist?« entgegnete ich.

»Genau das meine ich. Ein paar Tage haben wir ja noch, aber ...« Sie runzelte die Stirn. »Ich habe keine Lust auf die große Ernüchterung im Alltag.«

»Die große Ernüchterung?«

»Ja, wenn wir beide wieder arbeiten müssen, und wenn das alte Problem uns beschäftigt und alles überlagert, was jetzt gerade zwischen uns entsteht«, sagte sie.

»Das alte Problem ist wohl Rieke?« fragte ich nach, obwohl mir natürlich klar war, was sie meinte.

»Ja. Wie wird es weitergehen? Weiß sie eigentlich, dass du hier bei mir bist – dass wir gemeinsam Urlaub machen?«

Ich schüttelte den Kopf. »Als ich wegfuhr, hat sie nicht gefragt, und ich ...«

Ariane hob eine Augenbraue. »Und da wolltest du sie schonen?«

»Ich habe es mir nicht leichtgemacht«, sagte ich ein wenig ungehalten und schob meine Tasse beiseite. Der Satz kam mir bekannt vor. Ich hatte ihn in letzter Zeit schon einmal gesagt.

Mindestens einmal. Und er wurde durch Wiederholung nicht unbedingt besser.

»Na, da bin ich ja beruhigt.« Sie lächelte. »Und was soll das bedeuten? Ich meine – auf die nächste Zeit bezogen? Wir machen da weiter, wo wir vor einigen Wochen in Berlin aufgehört haben? Soweit ich mich erinnere, war das ganz schön aufreibend.«

»Hör mal, Ariane ...«

»Ich will es nur wissen«, unterbrach sie mich. »Genauer gesagt: Ich will wissen, was du dir vorstellst – ob du dir überhaupt etwas vorstellst. Ob du zum Beispiel immer noch der Idee anhängst, zwei Beziehungen führen zu können, und wenn ja, auf welcher Basis? Was sagen die anderen beiden Beteiligten dazu?«

»Das sind eine Menge Fragen auf einmal.«

»Mag sein, aber sie gehören alle hierher.«

Ich streckte die Beine unter dem Tisch aus und zog sie wieder an. »Du forderst also eine Entscheidung von mir?«

Sie lächelte, griff über den Tisch und nahm meine Hand.

»Das habe ich nicht gesagt«, erklärte sie.

»Im Grunde schon.«

Sie schüttelte den Kopf. »Paula, du weißt sehr genau, dass etwas passieren muss. Was auch immer. Und ich möchte, dass du dir Gedanken darüber machst und eine Entscheidung, welche auch immer, nicht nur indirekt provozierst, sozusagen von hinten herum in die Wege leitest, sondern die Verantwortung dafür übernimmst. Das ist für uns drei wichtig. Im Moment habe ich den Eindruck, dass du lediglich darauf wartest, dass Rieke oder ich dich vor vollendete Tatsachen stellen. Das ist ein bisschen bequem. Das ist sogar feige.«

Es war mir unangenehm, wie sie die Situation analysierte, doch sie hatte natürlich recht. Einerseits.

»Was genau willst du eigentlich, Paula?«

Ich sah sie an.

»Vom Leben, von der Liebe, von dir? Was willst du von einer

Beziehung? Was nicht? Wie sehen deine Träume aus? Hast du überhaupt welche? Und wenn ja – möchtest du sie leben? Und bist du bereit, etwas dafür zu tun?«

Ich schob den Stuhl zurück, stand auf und trat ans Fenster. Draußen grollte immer noch das Gewitter. Wie passend.

»Du machst es mir nicht leicht«, sagte ich schließlich und verdrehte die Augen. Schon wieder dieser Satz.

»Darum geht es nicht, aber das muss ich dir nicht erzählen, oder?«

Ich wandte mich zu ihr um. »Und was ist mit dir? Was willst du eigentlich? Wenn wir schon dabei sind, die wichtigen Fragen zu stellen.« Ich konnte ja mal versuchen, den Spieß umzudrehen.

»Meinst du konkret?«

»Ja, ganz konkret.«

Sie stand auf und trat zu mir. »Ich will nicht an deinem schlechten Gewissen mittragen müssen. Das ist das eine.«

»Und was ist das andere?«

Ariane umfasste mit beiden Händen mein Gesicht. Sie sah mich an und antwortete nicht.

## 23

Ich war völlig geschockt – so gut sah sie aus. Viel hätte nicht gefehlt, und ich wäre sofort in Tränen ausgebrochen und nicht erst später. Sie war braungebrannt, wodurch ihre blauen Augen noch blauer wirkten, und strahlte eine Lebendigkeit aus, die sie bis dahin nur selten gezeigt hatte. Vielleicht sogar nie. Sie ist zwei Wochen allein unterwegs gewesen, und es geht ihr einfach blendend, dachte ich bitter. Vielleicht hätte sie das schon viel früher tun sollen. Und vielleicht hätte ich das schon viel früher begreifen sollen. Was mir nicht bekam oder mir keinen Spaß machte, brachte ihr Gewinn. Unsere Bedürfnisse waren in der Tat nicht harmonisch aufeinander abgestimmt. Da konnte man sich höchstens noch fragen, wie wir die letzten beiden Jahre überhaupt miteinander ausgekommen waren.

»Du siehst umwerfend aus«, sagte ich zur Begrüßung und bemühte mich, meine Stimme freundlich klingen zu lassen.

»Danke, ich fühle mich auch gut.«

Sie zog mich in ihre Arme, gab mir einen Kuss. Auf die Wange. Dann streifte sie meinen Mund, und die Sehnsucht überfiel mich so stark, dass ich mich Paula auf der Stelle hätte hingeben mögen. Aber ich tat es natürlich nicht. Vielleicht war ich nicht mutig genug. Oder ich war zu klug.

»Hast du dich schon wieder an die Berliner Luft gewöhnt?« fragte ich im Plauderton, um Zeit zu gewinnen und mich an ihre Gegenwart zu gewöhnen. An ihr Lächeln, ihren Geruch.

»Ach, das geht ja immer sehr schnell.«

Paula war zwei Tage zuvor aus Frankreich zurückgekehrt und hatte sich gleich am nächsten Morgen gemeldet, um sich mit mir zu verabreden. Seitdem lief ich wie ein aufgescheuchtes Huhn durch die Gegend und wusste nicht, was ich empfinden sollte: Vorfreude? Beklemmung? Hoffnung? Angst? Sehnsucht? Niedergeschlagenheit? Wir gingen in die Küche. Wie oft hatten wir hier gesessen im Verlauf der letzten zwei Jahre. Hatten geredet, Kaffee oder Tee getrunken, gegessen. Sie hatte immer wenig gegessen – fettarm, kalorienreduziert – dieses ganze elende Thema, durch das wir uns letztlich erst richtig nahegekommen waren. Nun nahm sie sich von dem Streuselkuchen, den ich gebacken hatte, nach kurzem Zögern ein mittelgroßes Stück. Immerhin. Wessen Verdienst war das? Und warum stellte ich solche verrückten Fragen?

»Und? Wie war es?« fragte ich. »Erzähl.«

»Sehr heiß – wie überall in diesem Sommer – aber schön«, antwortete sie und lächelte. Es war ihr professionelles Lächeln, das wie eine abwehrende Geste auf mich wirkte. Wohl auch wirken sollte.

»Und wo genau warst du?« Ich goss uns Kaffee ein, nahm mir Sahne und sah sie an.

»In Arcachon, südlich von Bordeaux am Atlantik.«

»Ach? Und wie bist du gerade darauf gekommen? Warst du schon mal in der Gegend?«

Sie legte ihre Gabel beiseite, nachdem sie den Kuchen gekostet hatte, und schob den Teller ein wenig von sich.

»Schmeckt es dir etwa nicht?« fragte ich.

»Doch, doch ... schon ... natürlich ...« Sie atmete durch. »Rieke?«

Meine Nackenhaare stellten sich auf. Ganz leicht nur, aber ich spürte es deutlich. Es kribbelte unangenehm. »Ja?«

»Ich war nicht alleine dort«, sagte sie knapp.

Das war's, dachte ich. Der Gedanke stand groß und glasklar vor mir – ohne Wenn und Aber und kaschierendes Beiwerk. Ich hatte von Menschen gehört, die in solchen Situationen mit Tellern und Tassen und Stühlen und Fernsehern um sich warfen, die schrien und schlugen und traten: wutschnaubend, empört, verzweifelt heulend. Oder von Menschen, die eiskalt reagierten, drohten, ihren Schmerz hinter Zynismus verbargen. Ich sah nur diesen kurzen Gedanken – das war's! – und spürte, wie die Traurigkeit, Deprimiertheit, Verletztheit, die mich seit Monaten begleiteten, mein Herz ausfüllten. Ja, Wut war auch dabei, aber sie war nicht beherrschend. Es war ja alles längst klar – da kam nichts aus heiterem Himmel, aber auch gar nichts.

»Ach so«, erwiderte ich nach einer längeren Pause. »Natürlich, das hätte ich mir eigentlich denken können.«

»Ich wollte es dir nicht vorher sagen, weil ...«

»Na, jetzt bin ich aber mal gespannt«, sagte ich mit ironischem Unterton. Er half gegen den Schmerz. Ein bisschen wenigstens.

»Du hast nicht nachgefragt, und ich dachte, es ist besser, wenn ich den Mund halte.«

»Sag nicht, dass du aus Rücksicht so gehandelt hast«, entgegnete ich. »Aus Rücksicht mir gegenüber, meine ich. Du siehst mich fassungslos und zutiefst gerührt. Das kann ich ja nie wiedergutmachen!«

Sie schob den Teller noch weiter von sich. »Rieke – hältst du es wirklich für nötig, in dieser Weise ...«

»... und ob ich das für nötig halte, liebe Paula!« fuhr ich sie mit vorgerecktem Kinn an. »Natürlich wäre es dir lieber, wenn ich jetzt zurückhaltend und verständnisvoll – o mein Gott, wie ich dieses Wort inzwischen hasse – reagieren würde, damit du nicht allzu schwer an der Last deiner Entscheidung zu tragen hast! Aber den Gefallen tue ich dir ganz bestimmt nicht! Nicht heute, nicht morgen und auch nächste Woche nicht. Das ginge nämlich auf meine Kosten, und zwar ganz und gar.« Ich stand auf und ging zur Spüle hinüber. Einen Moment stützte ich die Hände auf, dann drehte ich mich wieder zu Paula um und sah sie an. »Ich gehe sogar noch einen Schritt weiter. Dir gelingt es wirklich, mir das Herz zu brechen – ich weiß gar nicht, das wievielte Mal es mittlerweile ist –, doch bevor es noch weitere Bruchstellen bekommt, beende ich unsere Beziehung. Jetzt, hier, sofort und gleich. Dabei habe ich das dumme Gefühl, dass du genau darauf hingearbeitet hast, um diesen Schritt nicht selbst machen zu müssen.«

Sie war weiß wie die Wand geworden – für einen winzigen Augenblick erschrak ich und wäre am liebsten zu ihr gegangen, hätte sie in die Arme genommen und an mich gedrückt, dann verflog dieser Impuls genauso schnell, wie er gekommen war. Wahrscheinlich wurde ich seit Monaten immer wieder weiß wie die Wand. Hatte sie sich je darum geschert und ernsthaft erwogen, Ariane aufzugeben – um meinetwegen? Um einer Beziehung willen, die auch mich erfüllte und mir Freude machte. Ja, na klar, sie hatte versucht, alle drei unter einen großen Hut zu bekommen, um für sich von beiden Seiten das Beste herauszupicken, aber ich hatte mich darunter nicht besonders wohl gefühlt, um es milde auszudrücken. Ganz im Gegenteil.

»Ist das dein Ernst?« fragte sie schließlich leise, doch das Zittern in ihrer Stimme war trotzdem zu hören.

»Das ist mein völliger Ernst«, antwortete ich eilig. »Ich hätte das schon viel früher tun sollen, statt meine Zeit mit sinnlosem Hoffen und Bangen zu verbringen, um schließlich da zu landen, wo ich jetzt stehe.«

»Und was heißt das genau?«

»Du willst immer alles sehr genau wissen, stimmt's? Na gut, das heißt schlicht und einfach, dass jetzt Sendepause ist.«

»Und dann?«

»Und dann? Und dann?« wiederholte ich heftig. »Herrje, Paula – ich habe keine Ahnung, was dann sein wird!«

Ich ging zum Küchentisch zurück, blieb vor ihm stehen, stützte mich an der Kante ab und sah sie an. Fast hätte ich mit der Faust auf den Tisch gehauen, aber ich unterdrückte das Bedürfnis mit aller Macht.

»Es bleibt im ungewissen«, fuhr ich fort. »Wie so vieles im Leben ungewiss bleibt. Das ist wohl auch besser so. Nur eines steht fest: Unsere Liebesbeziehung ist beendet. Ich will nicht mehr. Du tust mir nicht gut, du tust mir überhaupt nicht gut. Und weißt du was? – Ich habe die Nase voll davon, zu versuchen, mein Leben auf dich einzustellen und dabei hintanzustellen, was mir guttut, was ich brauche, um wenigstens zufrieden zu sein und mich einigermaßen wohl zu fühlen. Ich habe die Nase sogar gestrichen voll. Hast du das verstanden?«

Sie stand auf. »Ja, das habe ich verstanden. Und du hast recht. Du hast verdammt recht. Es tut mir leid. Es tut mir unendlich leid.«

Sie fing an zu weinen, drehte sich um und verließ ohne ein weiteres Wort die Küche. So einfach war das also – und so unendlich schwer. Ich sah ihr nach, hörte mein tiefes, mühsames Atmen, das Klappen der Haustür, die Stille. Und mein Herz war eine große pochende Wunde.

Arbeit war etwas Wunderbares. Viel Arbeit war noch besser. Man konnte sich auf sie verlassen, sie lief nicht weg, wurde nach festen oder zumindest klar definierten, nicht fortwährend zu hinterfragenden Regeln erledigt und sorgte dafür, dass man abends hundemüde ins Bett fiel. Das Erreichen gesteckter Ziele erzeugte Zufriedenheit, sogar eine Spur Optimismus. Ich arbeitete wie ein Pferd. Rund um die Uhr, engagiert und aufmerksam, ideenreich und zielgerichtet. Selbstvergessen. Das war am allerbesten. Und das Bistro dankte es mir. Die Umsätze wurden immer besser, und an manchen Tagen brummte mir schon am frühen Nachmittag der Schädel, weil der Ansturm der Gäste wieder einmal gar kein Ende nehmen wollte. Die Kasse klingelte wie in den besten Jahren, wozu natürlich auch der Catering-Service beitrug, der das Bistro über das direkte Einzugsgebiet hinaus bekannter gemacht hatte.

Die Ursache meines kräftezehrenden übereifrigen Einsatzes war natürlich mein Bestreben, nicht ins Nachdenken und Grübeln zu geraten und meinen Schmerz zu vergessen, bis er ein halbwegs erträgliches Maß erreicht hatte. Nebenbei nahm ich sogar ein paar Pfund ab – die Paula von ganz früher hätte mir sicherlich eifrig auf die Schulter geklopft. Dennoch gelang der Zitronenkuchen außerordentlich gut, schmeckten die Aufläufe besonders pikant, waren meine Quarkspeisen sahnig und köstlich wie selten und duftete das Brot noch drei Straßen weiter. Na, wenigstens etwas, dachte ich manchmal. Pech in der Liebe, Glück im Job oder so ähnlich. Konnte ja nicht alles schiefgehen. Wäre auch verdammt ungerecht.

Meine Tochter, Britta und auch Georg kümmerten sich in rührender Weise um mich; selbst Kerstin, die vierte im Bunde der alten Schulfreundinnen, mit der ich mich in den letzten Jahren jedoch immer weniger verbunden gefühlt hatte, meldete sich regelmäßig. Alle versuchten, mich zumindest zeitweise aus meinem Arbeitswahn zu holen und für Entspannung und Ablenkung zu sorgen, was allerdings nicht wirklich funktionierte. Irgendwann, als ich sicher war, vom Selbstmitleid nicht mehr rettungslos überschwemmt zu werden, hob ich den Kopf, um festzustellen, dass der Sommer sich längst verabschiedet hatte und der Herbst vor der Tür stand. Zeit der dicken Pullover und Kräutertees, Einkuscheln auf dem Sofa, Kekse, Kakao. Morgennebel. Ein gutes Buch. Ich verlangsamte mein Tempo. Beim Blick in den Spiegel sah ich, dass die letzten Monate deutliche Spuren hinterlassen hatten. Fältchen waren tiefer geworden und durften sich nun Falten nennen. Ein melancholischer Zug um den Mund hatte eine bittere Note bekommen. Das gefiel mir nicht. Es erinnerte mich an meine Mutter und daran, dass ich nicht das Leben führte, das ich mir vorstellte, ja das mich glücklich und zufrieden gemacht hätte. Jedenfalls war ich dieser Meinung. Wenn es um Liebe und Beziehungen ging, hatte ich nicht nur einmal mit der Wahl meiner Partner und nun auch Partnerin falsch gelegen. Für Paula hätte ich mein ganzes Leben umgekrempelt. Ich hatte sie umsorgt und mich um sie gekümmert, soweit sie es zuließ, Rücksicht genommen und ihr Kraft gegeben, und kaum war sie wieder halbwegs fit gewesen, hatte sie sich aus dem Staub gemacht. Mit einer schönen agilen Frau, die auf flinken Rollen durchs Leben preschte und offenbar etwas außerordentlich Mitreißendes hatte. Ich warf meinem Spiegelbild einen verächtlichen Blick zu. Der bittere Zug vertiefte sich. Na und – was soll's? Wen kümmerte das schon? Vielleicht sollte ich mir auch eine schöne, agile, mitreißende Frau suchen, mit der ich mir die Zeit vertreiben konnte. Welche Zeit? Und warum eine Frau? Vielleicht war Brittas Hinweis gar nicht der schlechteste gewesen – vielleicht sollte ich mich nicht von vornherein auf die unter Umständen ja irrige Annahme festlegen, nach Paula könnten mich nur noch Frauen begeistern. Allein der Plural wirkte schon merkwürdig deplaziert. Es war Paula gewesen, die mich betört hatte, und nicht die Tatsache, dass sie eine Frau war. Oder? Mit Bestimmtheit konnte ich das nicht sagen.

Aber mit Bestimmtheit konnte ich, genau genommen, grundsätzlich nur noch wenig sagen.

An einem frostigen Abend, den ich zum größten Teil mit meiner Buchhaltung verbracht hatte, griff ich zum Telefon, um Paula anzurufen. Wir hatten seit der Trennung nur einmal miteinander gesprochen, und ich hatte danach beschlossen, den Kontakt zunächst ganz einzustellen und mich erst wieder zu melden, wenn ich sicher war, dadurch nicht vollkommen aus dem Tritt zu geraten. Ich war mir natürlich bewusst, dass ich mit meiner Prognose falsch liegen konnte, denn auch wenn ich fast so etwas wie Gelassenheit verspürte, konnte diese innerhalb einer Sekunde verflogen sein – nämlich wenn ich Paulas Stimme hörte. Als sie sich meldete, atmete ich tief ein. Immerhin, die Gelassenheit blieb, auch wenn mein Herzschlag sich beschleunigte.

»Hallo, Paula«, sagte ich mit fester Stimme. »Hier spricht Rieke. Ich hoffe, ich störe dich nicht.«

Wenn mich nicht alles täuschte, hatte ich sie bei unserem ersten Telefonat, nachdem Paula von Frankfurt wieder nach Berlin gezogen war, mit genau diesen Worten begrüßt. Ich schluckte. Ein nettes Déjà-vu.

»Hallo, Rieke!« sagte sie. »Nein, nein, du störst nicht. Überhaupt nicht. Wie geht es dir?«

Das klang erfreut und für Paulas Verhältnisse nach einer richtiggehend enthusiastischen Begrüßung.

»Insgesamt recht gut«, erwiderte ich. »Es gibt viel Arbeit im Bistro, und es zahlt sich aus.«

»Das freut mich«, gab sie zurück. »Es ist ja noch nicht allzu lange her, da ging das Geschäft ziemlich schleppend.«

Es sind so einige Dinge noch nicht allzu lange her, dachte ich, schob den Gedanken aber beiseite. Entweder redete ich mit ihr oder ich ließ es sein. So einfach war das.

»Und selber?« fragte ich. »Wie läuft's bei dir?«

»Ich habe auch viel zu tun – wie immer. Aber ich gebe mir Mühe, dass der Job mich nicht auffrisst«, erzählte sie munter. »Das kann auf Dauer nicht gut sein.«

Ich horchte auf. Oh, auch das änderte sich also. Die Frau musste wirklich etwas Besonderes sein. Meine Gelassenheit bekam spürbare Risse.

»Verstehe.«

Wir schwiegen einen Moment. Dann fragte sie freundlicherweise nach meinen Eltern, nach Tamara, Britta und Georg, sogar nach Kerstin, und ich plauderte so locker, wie es mir möglich war: über das Studium meiner Tochter, die Gicht meiner Mutter und ihre beständigen Klagen über das Leben, über skurrile Stammgäste, Georgs Flirt mit seiner Nachbarin, seinen Kater Juri, der nur Blödsinn im Kopf hatte, bis mir der Stoff ausging und ich auch gar keine Lust mehr hatte, nur von mir zu erzählen und diesen ganzen Alltäglichkeiten so viel Raum zu geben. Immerhin waren sie bestens geeignet, keine längere Pause zwischen uns entstehen zu lassen.

»Und?« fragte ich schließlich. »Geht es dir gut?«

»Ja«, sagte sie.

Einfach nur ja. Deutlich, klar, direkt. Mit dieser wunderbaren Stimme, die mich so aufwühlte. Immer noch. Ich stellte mir vor, wie sie den Hörer hielt und zum Fenster hinaussah oder auf dem Sofa ausgestreckt war, ein Lächeln in den Mundwinkeln, oder wie sie mit nachdenklichem Blick durch das Zimmer wanderte. Meine Sehnsucht erwachte aus ihrem Halbschlaf. Der Schmerz auch.

»Schön. Das freut mich für dich«, sagte ich mit deutlich zittriger Stimme.

Es war eine Lüge – wir hörten es beide. Gelassenheit? – Was war das? Ich murmelte rasch einen kurzen Abschiedsgruß und legte auf. Ich war noch längst nicht darüber hinweg. Bis es soweit war, würde noch viel Zeit vergehen müssen.

# 24

Ich fuhr meinen besten Marathon. Leichtfüßig, schnell und bis Kilometer dreißig ohne die geringsten Konditionsprobleme. Danach wurde es mühsam, das hohe Tempo zu halten, aber in keinem Moment wirklich schwierig. Die Zielzeit war hervorragend, und ich schwebte tagelang wie auf Wolken. Immerhin war ich knapp vierzig Jahre alt und hatte etliche der ganz jungen und ebenso gut trainierten Frauen hinter mir gelassen. Überhaupt – es ging mir hervorragend. Die Dinge liefen, wie sie laufen sollten, im Job, im Sport und auch privat. Paula hatte eine Weile gebraucht, bis sie die Trennung von Rieke verkraftet hatte, aber seitdem erlebten wir so etwas wie Flitterwochen – nahezu eine Fortsetzung der Tage in Frankreich, mit dem Unterschied, dass wir beide »nebenbei« auch noch arbeiteten und uns nicht so häufig sehen konnten, wie es uns lieb gewesen wäre. Ein gutes Gefühl. Sehnsucht. Herzklopfen. Manchmal war ich unersättlich. Sie auch.

Svenja rief an einem kühlen Oktobertag an, als ich gerade mit vollen Taschen vom Einkaufen kam. Ich beeilte mich, ans Telefon zu kommen, da ich Paulas Anruf erwartete.

»Du bist ja ganz außer Atem«, sagte Svenja statt einer Begrüßung. »Stör ich?«

Sie klang heiter, und sie klang, als hätten wir vor höchstens drei, vier Tagen miteinander gesprochen. Ich stutzte einen Moment. Seit damals hatte es kein Gespräch mehr gegeben, in dem Svenja auch nur ansatzweise aufgeräumt und locker geklungen hatte. Und mit der Heiterkeit hatte es bei uns auch nicht zum besten gestanden.

»Hallo, Svenja«, erwiderte ich verblüfft und ließ meinen Rucksack zu Boden gleiten. »Nein, du störst nicht. Ich bin gerade erst nach Hause gekommen und habe mich beeilt, ans Telefon zu kommen, bevor sich der Anrufbeantworter einschaltet, das ist alles.«

»Du erwartest also einen Anruf«, stellte sie fest.

»Das stimmt.« Ich lachte.

»Und ich schätze mal, dass du nicht unbedingt mit mir gerechnet hast«, mutmaßte sie.

»Auch darin muss ich dir recht geben. Du kennst mich immer noch gut.«

»Dazu gehört allerdings nicht viel. Sollen wir lieber ein andermal telefonieren, damit die Leitung frei wird für ... ich nehme an, eine charmante Frau?«

Ich kam aus dem Staunen nicht mehr heraus. »Nein, das ist nicht nötig«, gab ich zurück. »Sag mal – kann es sein, dass es dir sehr gut geht? Du klingst jedenfalls ausgesprochen entspannt.«

»Ja, es geht mir ganz gut«, antwortete sie. »Unser letztes Telefonat liegt ja doch schon eine Weile zurück – ein halbes Jahr, wenn ich mich richtig entsinne. Kann das sein?«

Ich stimmte ihr zu. »Ja, gut möglich.«

»Können wir uns sehen? Hast du Lust, dich mit mir zu treffen?«

Die Frage kam schnell, ohne Vorwarnung, und einen Moment glaubte ich mich verhört zu haben. Seit unserer endgültigen Trennung vor mehr als anderthalb Jahren hatten wir lediglich telefoniert, und die meisten Gespräche waren schwierig gewesen. Kaum auszuhalten. Voller Emotionen, Verletzungen, Schuldgefühle. Nie hatte sie mich sehen wollen. Und jetzt doch? Warum? War schlichtweg genügend Zeit vergangen? Das wäre wundervoll.

»Du sagst ja gar nichts«, fuhr sie fort. »Soll ich die Frage wiederholen?«

»Nein, vielen Dank, soweit reicht mein Gedächtnis noch, aber ich bin ziemlich perplex«, sagte ich. »Du wolltest mich nie wieder sehen. Was hat sich geändert, dass du diesen Entschluss revidierst?«

»Tja, wie gesagt – es ist eine Menge Zeit vergangen. Vielleicht möchte ich einfach sehen, ob es funktioniert, ob ich es hinbekomme. Verstehst du, was ich meine?«

»Erklär es lieber genauer«, bat ich sie und merkte, dass ich unruhig wurde.

»Nun, ich will herausfinden, ob ich dich sehen und die alte Geschichte im Hintergrund lassen kann – um mit dir zu reden, einen Kaffee zu trinken oder etwas zu essen, eine Stunde zusammenzusitzen«, erklärte sie bereitwillig und erstaunlich lässig. »Ganz harmlose Sachen, die man mit einer Ex-Freundin unternehmen kann.«

»Ein therapeutisches Treffen also?«

»Ja, so könnte man es auch ausdrücken. Du klingst, als gefiele dir der Gedanke nicht.«

»Es gibt schönere Anlässe, sich wiederzusehen«, gab ich zu. »Und besonders freudig stimmt mich die Idee nicht, dass du nur mal testen willst, ob du mich ertragen kannst.«

Sie seufzte. »Tut mir leid. Mehr können wir beide zur Zeit nicht erwarten. Ich bin nur ehrlich.«

Das war sie, und ich stellte bei näherem Überlegen fest, dass ich ihr diesen Wunsch kaum abschlagen konnte. Abgesehen davon, dass ich sie in der Tat einfach nur gern sehen würde, hatte sie ein Recht darauf, meine Gegenwart zu erproben und ein Treffen genau unter dieses Motto zu stellen. Je deutlicher sie es aussprach, um so besser. Und wer weiß, vielleicht gab es ja eine Chance, dass die alte Wunde sich schloss, verheilte – ein bisschen zumindest. Das wäre für sie wichtig und für mich letztlich auch.

»Ich weiß«, nahm ich den Faden wieder auf. »Und es ist gut, dass du es bist. Schlag einen Termin vor.«

»Hast du morgen abend Zeit?«

Ich fischte meinen Kalender aus der Tasche und schlug ihn auf. »Ja, aber erst nach dem Training.«

»Oh, ich denke, der Marathon ist vorbei?«

»Ein wenig Auslaufen muss schon sein. Außerdem probiere ich gerade neue Lager aus. Aber gegen acht Uhr hätte ich Zeit.«

»Gehen wir in *Die Zwölf Apostel* in der Friedrichstraße?« schlug sie vor. »Ich bestelle sicherheitshalber einen Tisch.«

»Gute Idee, da war ich schon länger nicht mehr.«

»Ein Grund mehr. Dann freue ich mich auf morgen.«

»Ja, ich mich auch, bis dann – einen schönen Abend noch.«

Wir legten auf. Ich blieb noch eine Weile sitzen und ließ das Gespräch noch einmal Revue passieren. Hundertprozentig wohl war mir nicht bei der Sache. Als Paula später am Abend anrief, erzählte ich ihr nichts davon.

Das Restaurant war voll. Und ich war nervös, als ich es fast auf die Minute pünktlich betrat und nach Svenja Ausschau hielt. Sie saß an einem Fenstertisch und erhob sich langsam. Ich setzte ein freundliches Lächeln auf und ging forsch auf sie zu. Sie hatte sich ohne Zweifel verändert: Die roten Haare waren kürzer geschnitten und schmeichelten ihrem Gesicht. Sie trug schwarze Jeans und einen roten Blazer, der den Farbton ihres Haares wiedergab. Feine Linien unter den Augen. Sie sah mich abwartend an. Keine Scheu, ein wenig Verlegenheit. Neugierde. Und natürlich auch Anspannung. Ich nahm kurz ihre Hände in meine, und wir blieben voreinander stehen wie zwei kleine Mädchen, die im Begriff waren, sich mit ausgestreckten Armen festzuhalten und im Kreis zu drehen. Keine Umarmung, das war klar. Ich schwitzte. Ich war diejenige, die Angst hatte. Geschieht mir ganz recht, dachte ich.

»Schön, dass du da bist«, sagte sie schlicht. »Setzen wir uns? Ich habe bereits eine Karaffe Wasser für uns beide bestellt.«

Das hatte sie früher auch immer getan, wenn wir in einem Restaurant verabredet gewesen waren und sie als erste eingetroffen war.

»Gut siehst du aus«, sagte sie, als wir unsere Plätze eingenommen hatten. »Braun gebrannt, erholt – trotz Marathon. Warst du im Urlaub?«

Ich nickte. »Ja, ich war einige Wochen in Frankreich an der Atlantikküste. Hat mir sehr gut getan.« Ich lächelte.

»Allein?« Sie lächelte auch.

»Zum Teil«, erwiderte ich.

»Hast du mal wieder eine Eroberung gemacht? Sollte mich nicht wundern.«

Eine Kellnerin trat an den Tisch, und wir bestellten beide eine Salatvorspeise und Pizza mit Meeresfrüchten. Dazu einen kräftigen Rotwein.

»Du hast immer noch einen gesegneten Appetit«, sagte Svenja. »Auf alles mögliche, nehme ich an.«

Ich erwiderte ihren Blick und wurde allmählich ruhiger. Sie war schlichtweg neugierig, wie ich jetzt lebte, ob es eine Freundin gab oder mehrere, ob ich mich geändert hatte oder nicht. Ich zog eine Augenbraue hoch. »Auf alles mögliche, ja, da gebe ich dir einfach mal recht.«

»Dachte ich es mir doch.« Sie hob das Glas, und wir stießen an.

»Wie läuft es in deinem Job?« fragte ich rasch, um das Thema zu wechseln. »Bist du immer noch zweite Chefbuchhalterin oder bereits auf dem Weg zur ersten?«

Svenja hatte, als wir uns trennten, einen gutbezahlten Posten in einer großen Steuerberatungskanzlei gehabt. Sie war gut in ihrem Job und wollte auf der Karriereleiter noch ein ganzes Stück nach oben klettern. Sie nickte. »Seit zwei Monaten bin ich die Nummer eins. Das ist ein gutes Gefühl. Darüber hinaus habe ich den Eindruck, am richtigen Platz zu sein.«

»Ich gratuliere! Dann gibt es ja richtig was zu feiern.«

Die Vorspeise wurde serviert, und während wir mit Appetit zulangten, erzählte Svenja von einigen Umstrukturierungen in ihrer Firma und ihrem erweiterten Aufgabenbereich. Ich entspannte mich zusehends und wurde richtiggehend locker, als die Pizzen kamen und genau unseren Erwartungen entsprachen.

»Kannst du dich noch an unser letztes Gespräch erinnern?« fragte sie mich, als sie die Hälfte ihrer Pizza verspeist hatte und sich wohlig über den Magen strich.

Ich überlegte einen Moment. »Nicht an die Einzelheiten – nein. Warum fragst du?«

»Du hattest getrunken und warst ganz schön fertig. Natürlich wegen einer Frau«, erklärte sie bereitwillig.

»Was du dir so alles merkst«, gab ich erstaunt zurück. Und vor allen Dingen, warum? fügte ich in Gedanken hinzu.

»Nun, ich habe ein gutes Gedächtnis, hatte ich schon immer, wenn du dich erinnerst ...« Sie lachte, und es klang etwas bemüht. »Ist ja auch egal. Jedenfalls hattest du das heulende Elend, weil es um eine Frau ging, die in festen Händen war. Das stört dich ja normalerweise nicht, aber da steckte wohl mehr dahinter, wenn ich es richtig interpretiert habe.« Sie warf mir einen schnellen Blick zu. »Was ist aus der Geschichte geworden? Hast du dir die Finger verbrannt und dich längst anderweitig getröstet?«

Ich legte mein Besteck hin. »Weswegen interessiert dich das?« entgegnete ich zögernd.

Sie zuckte die Achseln. »Ich bin neugierig, das weißt du doch, und in deinem Fall bin ich natürlich besonders erpicht darauf zu erfahren, was los ist. Erzähl mir nicht, du könntest das nicht nachvollziehen.«

»Nicht so richtig, nein.«

»Mich interessiert ganz einfach, wie es nach unserer Beziehung bei dir weitergegangen ist«, erklärte sie in weiterhin ruhigem, freundlichem Ton. »Wie du lebst, was du machst, wen du liebst. Ob sich etwas verändert und so.«

Ich atmete tief ein. War es das wirklich? Sollte ich diesen Punkt hinterfragen? Wollte ich das überhaupt?

»Schließlich waren wir mal ein Paar, und wenn die Sache damals nicht passiert wäre ...« Sie hob kurz die Hände. »Wer weiß, vielleicht wären wir ja noch zusammen.«

Das bezweifelte ich, hielt es aber für diplomatischer, meine Meinung für mich zu behalten und ihr nicht zu widersprechen. In welchen Situationen verhielt ich mich eigentlich diplomatisch, statt meinen Standpunkt klar und deutlich zu vertreten? Wenn es um Svenja ging und mein schlechtes Gewissen die Oberhand gewann.

Es sei denn, sie erwischte mich direkt an meinem wundesten Punkt. Da konnte es passieren, dass ich wütend und laut wurde. Und mich dann selbst hasste.

»Nun guck nicht so kritisch!« sagte sie und berührte mich kurz mit der Hand. »Wir hatten auch schöne Zeiten, vergiss das nicht. Wenn ich es schon nicht tue, hast du doch auch keinen Anlass dazu.«

»Die hatten wir ohne Zweifel.«

»Na, siehst du. Und, was ist nun – gibt es eine Freundin an deiner Seite? Eine Dame deines Herzens?«

Ich lachte auf. Ein leicht gezwungenes Lachen. »Ja, die gibt es.«

»Eine oder zwei oder ...?«

»Eine. Eine feste Freundin«, antwortete ich. »Es ist die Frau, die ich in jenem Telefonat erwähnt habe.«

»Ach, wirklich? Eben die, die in festen Händen war?«

»Ja, die.«

»Das ist ja ein Ding. Zähle ich da eins und eins richtig zusammen? Sie hat sich also deinetwegen von ihrer Freundin getrennt?« Svenja machte große Augen und nickte anerkennend. »Das sind ja ganz neue Töne.«

»Ich weiß nicht, ob man es so ausdrücken sollte ... nein, wohl eher nicht. Wenn eine Beziehung auseinandergeht, hat das meist mehrere Ursachen«, gab ich in sachlichem Ton zu bedenken.

»Selbstverständlich.« Sie lächelte ironisch. »Wollen wir übrigens noch einen Wein trinken?« Sie hielt nach der Kellnerin Ausschau. »Oder musst du fahren?« Sie sah mich an.

»Nein, muss ich nicht.«

Ein Glas Wein später hatte ich Svenja von Paula und mir erzählt. Nicht ausführlich und in allen Einzelheiten, aber so, dass sie sich ein Bild machen konnte. Ich hatte den Eindruck, dass es ihr gefiel, über meine neueste Eroberung, wie sie es nannte, zu reden. Das ungute Gefühl, das mich anfangs bei diesem Thema beschlichen hatte, verflog mit jedem weiteren Schluck, besser gesagt: Der Wein dämpfte es auf angenehme Art und Weise. Das änderte auch der Espresso nicht, den ich zwischendurch bestellte. Vielleicht wollte Svenja einfach nur bestätigt bekommen, dass ich immer noch die abenteuerlustige, untreue und egoistische Frau von damals war, sagte ich mir, und dass es wirklich keinen Grund gab, mir eine Träne nachzuweinen. Sie wollte sich rundum bestätigt fühlen in ihrer Entscheidung.

»Und du?« fragte ich sie ungefähr anderthalb Stunden nach dem Beginn unseres gemeinsamen Abends. »Wie sieht es bei dir aus? Neue Liebe, neues Glück? Ich finde, dass wir nun lange genug über mich geredet haben. Jetzt bist du dran.«

Sie drehte ihr Glas zwischen den Händen. »Es gab eine kurze Beziehung in diesem Sommer.«

»Aha. Na bitte.«

»Es konnte nicht gutgehen, obwohl wir anfangs ziemlich verliebt waren.« Sie sah mich an. »Wie das eben so ist am Anfang. Bis man mehr mitbekommt von der anderen. Wenn die rosaroten Wolken verflogen sind und der Alltag einen wieder hat.«

Ich schluckte und seufzte innerlich auf. »Was ist passiert?«

Mittlerweile spürte ich eine schwere weinselige Müdigkeit in mir aufsteigen und hatte Mühe, mich zu konzentrieren.

»Sie erinnerte mich sehr an dich.«

Bitte nicht, dachte ich. Haben wir uns deshalb heute abend getroffen? Ich sagte nichts, sah sie nur an. Mit sehr viel größeren Augen als noch zehn Sekunden zuvor. Sie registrierte es genau.

»Sie ist sehr lebhaft und dominant ...«

Ich verschränkte die Arme vor der Brust und runzelte die Stirn. »Was willst du damit sagen?«

»Na, was wohl?«

Die Stimmung kippte. Es ist ein Fehler gewesen, mich mit ihr zu treffen, dachte ich. Sie ist immer noch nicht soweit, und ich bin es auch nicht. Wir sollten einander weiterhin meiden. Diese Erkenntnis hatte der Testlauf gebracht. Vielleicht hatte Svenja von vornherein geahnt, wie er ausgehen würde. Ich sah sie an, ohne auf ihre Frage einzugehen.

»Ich hatte mich tatsächlich in eine Frau verliebt, die mich an dich erinnerte«, fuhr sie fort. »Ganz plötzlich fiel mir auf, dass sie das Haar so ähnlich trug wie du, dass sie sich genauso bewegte, ihre Kopfhaltung, ihre Gestik und so weiter. Viele Kleinigkeiten, die Befangenheit, Irritation in mir aufkommen ließen. Zurückhaltung erzeugten. Da halfen weder Vernunft noch ihre gefühlsmäßige Anteilnahme, als ich ihr von dir, von uns erzählt hatte. Ich wurde misstrauisch. Mal mehr, mal weniger. Die Basis war nicht mehr da. Ich zog mich zurück.« Svenja strich sich eine Haarsträhne aus der Stirn. Ihre Wangen waren gerötet. »Das war's. Und nun kann ich noch nicht einmal sagen, was mich mehr erschüttert: die Tatsache, dass ich mich wieder in einen Ariane-Typ verliebt hatte oder aber das dumpfe Gefühl, dass die alte Geschichte mich niemals loslassen wird, während du längst dabei bist, dir ein unbeschwertes, schönes Leben mit einer tollen Partnerin aufzubauen. Verstehst du?«

Ja, ich verstand, was in ihr vorging. Sie fühlte sich vom Leben völlig ungerecht behandelt. Ich hatte ihr etwas Schlimmes angetan, worunter sie immer noch litt, während ich eine neue Beziehung eingegangen war und es mir offensichtlich blendend ging. Das durfte nicht sein. Ich müsste eigentlich dafür büßen. Dass ich es gerade jetzt wieder tat, zählte nicht.

Ich spürte, wie mir übel wurde.

»Lass uns den Abend beenden«, sagte ich leise. »Es hat keinen Sinn, darüber zu diskutieren. Ich kann nicht ungeschehen machen, was passiert ist. Ganz sicher wäre es mir das Allerliebste.« Wie oft ich das schon gesagt und gedacht hatte.

»Das glaube ich gern.«

Ich winkte der Kellnerin. Wir bezahlten die Rechnung und verließen das Restaurant.

»Hast du nie darüber nachgedacht, dass du nicht einfach da

weitermachen kannst, wo du aufgehört hast?« fragte sie, als wir draußen standen und ich nach einer Möglichkeit suchte, mich schnellstens zu verabschieden.

»Svenja – irgendwie muss ich doch mit meinem Leben weitermachen.«

»Irgendwie ist gut. Du hoffst doch bloß, dass die Erinnerung bald verblasst – dass du alles im Griff hast, das Leben genießen kannst mit einer tollen Frau oder auch zwei und dass nie wieder eine Situation entsteht, die dir über den Kopf wachsen könnte«, erwiderte sie heftig. »Das ist alles. Du hast nicht wirklich an dir gearbeitet oder bist auch nur bereit dazu.«

»Und du?« entgegnete ich. »Was tust du? Du hast eine Therapie gemacht oder bist immer noch dabei, lässt aber keine Gelegenheit aus, mir das Geschehene unter die Nase zu reiben. Ob das wohl zu einer Klärung beiträgt? Ich wage es zu bezweifeln.« Es war das erste Mal, dass ich mich bei diesem Thema in solcher Weise zur Wehr setzte, und sie zuckte zurück. »Darüber hinaus bist du einfach nur stinkig, dass ich eine neue Beziehung habe und du nicht ... Du gönnst sie mir nicht, das ist alles. Gib es wenigstens zu!«

Sie sah mich an. »Ja, du hast es nicht verdient, der Meinung bin ich. Und die andere Frau hat was Besseres verdient.«

»Was hältst du davon, die andere Frau das selbst entscheiden zu lassen?«

»Dafür müsste sie dann aber auch ein wenig mehr von dir wissen, Ariane.«

Wir standen einen Moment stumm voreinander. Sie gab mir die Schuld für alles, was bei ihr schiefging, und alle Gegenargumente prallten einfach nur an ihr ab, schon allein deswegen, weil sie von mir kamen. Mein Herz klopfte stürmisch und schmerzhaft.

»Es hat keinen Sinn, dass wir uns sehen«, sagte ich leise. »Wir tun einander doch nur weh.«

»Zumindest das müsstest du klaglos aushalten.«

»Mach's gut, Svenja. Wir haben es wenigstens versucht.«

Ich drehte mich um und ließ sie stehen.

## 25

Benno hatte mein Gehalt erhöht. Außerdem bekam ich einen neuen Rechner. Benno war mir so dankbar, dass ich einen seiner schwierigsten Kunden, ein Reiseunternehmen mit dem Schwerpunkt Studienfahrten, der grundsätzlich nur unter großen Mühen zufriedenzustellen war, handzahm bekommen und eine Vertragsverlängerung erreicht hatte, dass er sich unbedingt erkenntlich zeigen wollte. Ich freute mich über den Erfolg und die Anerkennung.

Im letzten Quartal des Jahres ging es noch mal so richtig rund. Die Kunden wollten ihre Weihnachtswerbung plazieren, und ich kam selten vor acht Uhr abends aus dem Büro. Allerdings hatte ich mir abgewöhnt, Arbeit mit nach Hause zu nehmen und nutzte meine Freizeit, um mich zu erholen und völlig abzuschalten. Ariane hatte ähnlich viel zu tun, aber wenn wir uns sahen, fiel die Müdigkeit in der Regel sofort von uns ab. Ich hatte so oft das Bedürfnis, mit ihr zusammenzusein, dass es mir selbst unheimlich wurde. Mein Wunsch, mich zurückzuziehen, allein zu sein, mir meinen Freiraum zu sichern, war selten zuvor so klein gewesen. So verschwindend klein. Distanzgefechte? Kaum. Fast gar nicht. Rieke wäre umgefallen, wenn sie gewusst hätte, dass Ariane und ich regelmäßig entweder bei ihr oder mir übernachteten und so manches Wochenende rund um die Uhr zusammen verbrachten. Warum eigentlich? Was war anders? Es konnte nicht nur die Erotik sein, die dieses Nähebedürfnis hervorrief – außerdem konnte man ja auch noch anschließend nach Hause fahren. Das hatte ich früher meistens so praktiziert. Vielleicht war es ganz einfach: Ich hatte nie das Gefühl, dass Ariane mich zum Bleiben drängte oder mich zumindest gern gedrängt hätte, aber aus Rücksicht oder um mich nicht zu verprellen, schwieg, oder dass sie meine Nähe einforderte, um unsere Bindung zu stärken. Bindung. Ariane und ich waren miteinander verbunden. Auf allerschönste und aufregendste Weise. Der einzige Wermutstropfen war die Tatsache, dass mein erfülltes und abwechslungsreiches Liebesleben auch bedeutete, dass Rieke nun keines mehr hatte und unter unserer Trennung litt. Ich wünschte ihr sehr, dass ihr die richtige Partnerin über den Weg lief, aber mehr konnte ich diesbezüglich nicht tun. Außerdem war mein Wunsch nicht ganz uneigennützig, wie mir durchaus bewusst war: Ich hätte aufatmen können.

An einem Freitagabend, als ich gerade meinen Schreibtisch aufgeräumt hatte und das Büro verlassen wollte, erhielt ich einen merkwürdigen Anruf. Ich nahm ab und meldete mich wie gewohnt, aber in der Leitung herrschte Stille. Die Stille, bei der man das Gefühl hat, jemand säße schweigend und lauernd am anderen Ende, um sich über die Verwirrung oder den Ärger des anderen zu freuen. Ich legte kopfschüttelnd auf, nachdem ich zweimal nachgefragt hatte. Keine Minute später klingelte es wieder. Ich überlegte kurz, entschloss mich dann jedoch, erneut an den Apparat zu gehen. Es konnte auch ein anderer Anrufer sein, oder es hatte doch eine Störung vorgelegen, die nun behoben war.

»Guten Tag, hier spricht Paula Maybach von der Werbeagentur Dettmann. Was kann ich für Sie tun?« meldete ich mich höflich und in selbstbewusstem Ton.

»Tja, das weiß ich noch nicht«, sagte eine weibliche, sehr angenehme Stimme. »Vielleicht kann ich ja etwas für Sie tun.«

Ich runzelte die Stirn. Ein Verkaufsgespräch? Um die Zeit?

»Worum geht es denn?« fragte ich sachlich. »Und dürfte ich bitte Ihren Namen erfahren.«

»Der tut nichts zur Sache.«

»Dann lege ich auf«, erwiderte ich und fragte mich, warum

ich meine Ankündigung nicht unmittelbar umsetzte. Irgendeine Spinnerin würde nun, da ich deutlich zögerte, versuchen, mir etwas aufzuschwatzen. Normalerweise reagierte ich bei solchen Geschichten schneller und wortgewandter, aber ich hatte eine anstrengende Woche hinter mir.

»Sie sind also Paula.«

»Ja, ich bin Paula. Paula Maybach, um genau zu sein. Und wie heißen Sie und was wollen Sie?« entgegnete ich zunehmend ungeduldig.

»Ich sagte doch schon, dass mein Name nichts zur Sache tut, im Moment jedenfalls nicht.«

»Warum sollte ich mich mit Ihnen befassen, Ihnen zuhören, wo Sie es noch nicht mal für nötig halten, sich vorzustellen? Ich habe ehrlich gesagt Besseres zu tun und ...«

»Warten Sie bitte – nicht auflegen«, warf sie rasch ein. »Ich sage Ihnen, warum: Weil es besser für Sie ist. Wir haben eine gemeinsame Bekannte.«

»Das soll vorkommen«, bemerkte ich in gelangweiltem Ton, aber innerlich war ich plötzlich aufs höchste angespannt, ohne genau zu wissen, warum.

Ich setzte mich langsam auf meinen Stuhl und sah mit konzentrierter Miene zum Fenster hinaus.

»Wir sollten über sie sprechen. Dringend. Es könnte bedeutsam für Sie sein. Die gemeinsame Bekannte heißt Ariane. Gehe ich recht in der Annahme, dass der Name Ihnen etwas sagt?«

Ich atmete tief ein.

»Die gute Ariane«, fuhr die Frau mit der sympathischen Stimme fort. »Nicht wahr, Sie kennen sie?«

»Worüber wollen Sie mit mir reden?« fragte ich forsch, ohne diese Forschheit tatsächlich zu empfinden. »Und welche Ariane meinen Sie eigentlich?«

Sie lachte. »Nun tun Sie nicht so. Ariane hat mir vor einem halben Jahr ganz schön die Ohren vollgeheult, weil Sie da noch anderweitig in festen Händen waren, aber nun hat es ja geklappt mit Ihnen beiden. Sie sollten sich allerdings nicht zu früh freuen über diese neue Beziehung.«

»Ich werde niemanden um Erlaubnis bitten, ob ich mich freuen darf, schon gar nicht eine wildfremde Frau, die noch nicht mal ihren Namen nennt. Außerdem werde ich jetzt auflegen«, erklärte ich vollmundig und kühl, dabei war ich nahezu fassungslos.

Sie lachte wieder. »Das hätten Sie doch schon längst tun können, aber eine gewisse Neugierde können Sie nicht abstreiten, stimmt's? Nun, ich will Sie nicht länger auf die Folter spannen. Im Grunde möchte ich Sie nur warnen.«

»Wie fürsorglich.«

»Ja, durchaus, und Sie werden auch gleich verstehen, warum. Ariane ist eine Schlägerin, und ich meine, dass Sie das wissen sollten. Jede, die sich mit ihr einlässt, sollte das wissen. Sie hat mich krankenhausreif geprügelt. Das Ganze ist demnächst zwei Jahre her, und ich kann immer noch keine neue Beziehung eingehen. Verstehen Sie, was ich meine?«

Ich war wie erstarrt. Die Frau erzählte mir zwar nichts Neues, aber die Art, wie sie es erzählte, traf mich zutiefst. Außerdem traf es mich, dass Ariane offensichtlich Kontakt zu ihr hatte, wovon ich nichts wusste, und über mich, über uns Auskunft gegeben hatte, so dass ohne Probleme Rückschlüsse auf mich möglich gewesen waren. Irgendwie musste die Frau ja in Erfahrung gebracht haben, wie ich hieß und wo ich arbeitete.

»Sie sind Svenja«, sagte ich leise. Der Name war plötzlich da, Ariane hatte ihn einmal erwähnt.

»Richtig. Die Gute scheint also von mir erzählt zu haben.«

»Das hat sie, und Sie erzählen mir nichts Neues«, entgegnete ich ruhig und versuchte die Fassung zurückzugewinnen.

»Ach?« Sie klang erstaunt. »Das hätte ich nicht gedacht. Allerdings kann man eine solche Geschichte natürlich so oder so darstellen.«

»Keine Sorge, sie hat sie so dargestellt, wie Sie selbst es eben getan haben.«

»Das glaube ich nicht. Sie scheinen ziemlich fassungslos zu sein«, gab sie rasch zurück. »Sie klingen nicht wie jemand, der bereits informiert ist.«

»Ich bin entsetzt über Ihr Verhalten«, wischte ich ihren Einwand beiseite. »Warum mischen Sie sich in mein und Arianes Leben ein? Was soll das?«

»Das sagte ich doch schon: Ich will Sie warnen!« antwortete sie. »Wirklich, glauben Sie mir, Paula, Ariane ist tief in ihrem Herzen gewalttätig, und sie wird es immer bleiben. Früher oder später beziehen Sie Prügel, darauf müssen Sie sich einstellen. Außerdem kann sie nicht treu sein. Sie hat immer Affären – wenn nicht gleich zu Beginn, dann in einigen Monaten. Auch das müssen Sie bedenken.«

»Ich muss gar nichts«, widersprach ich. »Und ich bitte Sie, mich nicht mehr anzurufen. Ich kümmere mich selbst um mein Leben.«

Damit legte ich auf. Ich zitterte. Zehn Minuten später machte ich mich auf den Heimweg. Mir schwirrte der Kopf. Was wusste ich schon von Ariane? Dass sie eine gewiefte Geschäftsfrau war, klug, fast gerissen, dass sie selbstbewusst ihren Weg ging, dass sie schön war, mich betörte und fesselte – in mancherlei Hinsicht –, ja, auch dass sie einen starken Willen hatte und wütend werden konnte. Und dass es diesen dunklen Punkt in ihrer Vergangenheit gab. Svenja hatte sie mir aus ihrer Sicht als untreue Schlägerin geschildert, vor der sie mich warnen müsse. Was aber trieb Arianes Ex-Freundin zu diesem Verhalten? Was wollte sie erreichen? Einen Keil zwischen uns treiben? Warum? Das durfte ihr nicht gelingen. Und warum erzählte Ariane Svenja von mir, verschwieg mir aber, dass sie Kontakt zu Svenja hatte?

Zu Hause stellte ich mich unter die Dusche. Ich erwartete Ariane gegen halb neun. Wir hatten vorgehabt, ins Kino zu gehen, aber die Lust war mir vergangen. Als sie klingelte, atmete ich erst einmal tief durch.

»Hallo, Süße«, sagte sie zur Begrüßung und küsste mich, kaum dass ich die Tür geöffnet hatte. »Bist du startklar?«

»Nein.«

Sie stutzte und blieb im Flur stehen. »Ach? Magst du nicht mehr ins Kino gehen?« Dann lächelte sie. »Lass mich raten – du hast Lust auf etwas anderes?«

»Wir müssen miteinander reden«, sagte ich.

Sie ließ die Arme hängen. »Das hört sich ja fürchterlich an. Bist du sicher, dass wir das Wochenende so beginnen wollen?«

»Ich hatte mir den heutigen Abend auch anders vorgestellt«, erklärte ich. »Aber es ist nötig.«

»Na, da bin ich ja gespannt.«

Ich ging voraus, und sie folgte mir ins Wohnzimmer.

»Habe ich etwas angestellt?« fragte sie in ironischem Ton.

»Wie man's nimmt.«

»Wie man's nimmt? Das klingt ja richtig bedrohlich. Nun mach es nicht so spannend. Sag, was los ist.«

Sie setzte sich aufs Sofa und schlug die Beine übereinander. Ihre Mimik verriet Ärger.

»Gerne. An wen gibst du eigentlich so alles meine Firmentelefonnummer weiter?« fragte ich und nahm ihr gegenüber im Sessel Platz.

»Wie bitte? Na, an jeden, der sich für gute Werbung interessiert. Was ist daran nun verkehrt?«

Ich winkte ab. »Das meine ich nicht.«

»Was meinst du denn? Ich wäre dir sehr dankbar, wenn du jetzt einfach mal rundheraus sagen würdest, worum es geht. Geheimnisvolle Andeutungen sind wirklich nicht nach meinem Geschmack.«

»Okay, wie du meinst. Also: Deine Ex-Freundin hat mich vorhin im Büro angerufen.«

Ariane blickte mich völlig konsterniert an. »Was? Wie? Noch mal – Svenja hat dich angerufen?«

»Ja, und es ging nicht um Geschäftliches.«

Ariane stand auf, ging zum Fenster und kam wieder zurück.

»Kannst du mir sagen, was das zu bedeuten hat?« fragte ich und sah sie an.

Sie setzte sich. »Was hat sie dir denn erzählt?«

»Ein paar unfreundliche Dinge«, antwortete ich.

»Zum Beispiel? Ich meine ... Du weißt doch, was damals passiert ist ... Ich hatte dir ja schon davon ...«

»Ja, hast du«, unterbrach ich sie. »Sie hat es allerdings etwas drastischer ausgedrückt.«

»Drastischer?«

»Sie hat gesagt, du hättest sie krankenhausreif geschlagen, wärst überhaupt grundsätzlich gewalttätig, außerdem untreu, und man müsste mich sowie alle anderen Frauen, die mit dir zu tun hätten, vor dir warnen – das sei auch der Grund ihres Anrufes. Fürsorglich, oder?«

Ariane lachte kurz auf. »Na klar.«

»Sag du mir, was sie will – Rache oder etwas in der Art?«

»Kann schon sein – schließlich habe ich ihr das Leben schwergemacht, ich habe sie ... zusammengeschlagen ... Was bis heute Auswirkungen hat. Sie ist der Meinung, dass ich keine Beziehung verdient habe, schon gar keine glückliche.«

Ich lehnte mich zurück. »Bist du sicher, dass ihr beide fertig miteinander seid?«

»Was ist denn das für eine Frage?« Sie sah mich bass erstaunt an.

»Eine ganz normale Frage in meiner Situation«, sagte ich. »Glaubst du, das war angenehm heute? Im übrigen scheinst du ja Kontakt zu ihr zu haben – ihr redet miteinander, unter anderem über mich, über mich und meine Beziehung zu Rieke, um genau zu sein. Das finde ich vollkommen daneben.«

»Ich verstehe.«

»Wie schön. Es ist noch gar nicht lange her, da hast du mir mit etwas anderen Worten gesagt, ich müsse unbedingt meine Geschichte mit Rieke in Ordnung bringen – du erinnerst dich?«

»O ja.«

»Ich finde, ich könnte jetzt dasselbe von dir verlangen.«

Sie stand erneut auf. »Verlangen? Wow!« Ihr Stimme überschlug sich.

»Ja, verlangen«, wiederholte ich. »Zwischen euch liegt mehr im argen, als es bei mir und Rieke je der Fall gewesen ist! Svenja ist darüber noch nicht hinweg und du bist es auch nicht, obwohl das Ganze schon zwei Jahre zurückliegt, und nun werde ich da auch noch mit hineingezogen! Du liebe Güte, wenigstens wusste ich ja ansatzweise, worum es ging. Ich wäre wahrscheinlich aus allen Wolken gefallen, wenn Svenjas Neuigkeiten allesamt tatsächlich neu für mich gewesen wären.« Ich sah sie scharf an. »Es ist ganz schön verrückt. Noch vor ein paar Stunden hätte ich Stein und Bein geschworen, glücklich und zufrieden zu sein, und nun ...«

»... nun lässt du dich von dem Anruf einer verletzten Ex-Geliebten so aus der Fassung bringen?« unterbrach Ariane mich erregt und tigerte wieder zum Fenster und zurück. »Das kann doch wohl nicht wahr sein! Svenja hat ein Problem, das hat sie wirklich, und nun versucht sie, mich und dich an ihrem Frust teilhaben zu lassen. Schließlich bin ich ja schuld. Also teilt sie aus. Nicht nur bei mir, sondern nun auch noch bei dir, um mich von zwei Seiten zu treffen.«

»Das ist das eine, was der Klärung bedarf – dringend! Aber sag mal, was hast du eigentlich mit ihr über mich zu reden? Was soll das?«

»Meine Güte, Paula, krieg dich wieder ein – sie hat dich mit ein paar Bemerkungen wirklich voll erwischt!« fuhr Ariane mich an.

»Ach, ja? Wundert dich das? Was genau ist denn da nun abgelaufen? Meine Frage hast du nämlich immer noch nicht beantwortet.«

»Es war denkbar harmlos: Alle paar Monate hat mal die eine, mal die andere angerufen«, erläuterte sie kaum weniger hitzig als zuvor. »Wir haben uns nie gesehen, weil sie es nicht wollte, und ich habe das akzeptiert. Was auch sonst? Die Gespräche wurden nach einem kurzen harmlosen Eingangsgeplänkel immer sehr schnell anstrengend und aufreibend, für beide Seiten. Wir landeten immer wieder bei unserem Thema – sie machte mir Vorwürfe, ich versuchte das irgendwie auszuhalten und ihr klarzumachen, wie sehr ich mein Verhalten bereute, wie leid es mir täte und so weiter. Manchmal wurde ich fürchterlich wütend, weil all meine Beteuerungen nichts zu bewirken schienen.« Ariane war mit jedem Satz ruhiger geworden, sie setzte sich sogar wieder. »Doch beim letzten Mal schien es anders zu sein. Sie war und blieb von Anfang bis Ende des Telefonats freundlich, aufgeräumt, interessiert, und wir haben uns auf ihren Vorschlag hin getroffen – seit der Trennung das erste Mal. Mir war nicht danach, mit dir darüber zu reden, verstehst du das?« Sie sah mich direkt an. »Ihr Vorschlag kam wirklich überraschend. Ich hatte nicht damit gerechnet und fand, dass mein Treffen mit ihr nichts mit uns beiden zu tun hatte. Svenja wollte wissen, wie es mir geht, wozu ja auch das Liebesleben gehört. Das war mir nicht besonders angenehm, aber ... Nach einigen Gläsern Wein war ich wohl ein wenig zu redselig und hab mehr erzählt, als es normalerweise meine Art ist.«

»Du und redselig? Das kann ich mir überhaupt nicht vorstellen«, meinte ich perplex.

»Ja – warum denn nicht?« Ariane bekam wieder eine steile Falte über der Nasenwurzel. »Was ist daran so verwunderlich?«

»Du lässt dich doch sonst auch nicht in eine Situation bringen, die dir widerstrebt, geschweige denn etwas aus der Nase ziehen, was du eigentlich für dich behalten möchtest.«

Sie legte die Hände in den Schoß. »In diesem Fall läuft wohl einiges anders. Ich bin voller Schuldgefühle, empfinde langsam aber auch Empörung, Mitleid, Hilflosigkeit ... ach, so viele Sachen. Da herrscht ein ziemliches Durcheinander.«

»Ich habe den Eindruck, dass dich in allererster Linie dein schlechtes Gewissen drückt und alles andere in den Hintergrund drängt.«

Sie hob das Kinn. »Stell dir vor, das habe ich auch schon bemerkt.«

»Sei nicht so pampig, Ariane! Du hast keinerlei Grund dazu.«

Sie biss die Zähne zusammen, und ihre Augen blitzten wütend. Ich erwiderte den Blick gelassen.

»Du musst etwas tun«, stellte ich ungerührt fest.

»Ja – ich werde mit ihr reden, so bald wie möglich. Das geht natürlich nicht«, sagte sie nach einer kurzen Pause. »Sie hat dich nicht zu belästigen, und das werde ich ihr klarmachen.«

»Das reicht nicht.«

»Wie? Was reicht nicht?«

»Es reicht nicht, mit ihr zu reden«, wiederholte ich. »Das wird nicht allzuviel bringen. Höchstwahrscheinlich werdet ihr euch streiten und wieder am selben Punkt landen, wo ihr schon hundertmal gelandet seid.«

»Kluges Mädchen, da ist was dran«, gab sie in ironischem Tonfall zurück. »Dann lasse ich es am besten gleich, oder was meinst du? Wie kann ich dich denn ansonsten zufriedenstellen?«

Ich merkte, wie ich langsam, aber sicher die Geduld verlor. Ariane eröffnete gerade einen Nebenschauplatz, und das wollte ich nicht zulassen. Dann hätte sie nämlich gewonnen und sich der eigentlichen Auseinandersetzung entzogen.

»Zum Beispiel könntest du jetzt einfach mal mit dem kindischen Theater aufhören«, sagte ich ruhig. »Und dich mit der Frage beschäftigen, was damals wirklich passiert ist.«

Sie sah mich an, als hätte ich nicht alle Tassen im Schrank, und sie wollte, dass ich ihren Blick genau so auffasste. Außerdem war sie nahe daran, fuchsteufelswild zu werden, weil ich so mit ihr sprach. Ehrlich gesagt: Hundertprozentig wohl fühlte ich mich nicht, denn Ariane hatte inzwischen erhebliche Mühe, nicht die Beherrschung zu verlieren, und wer lässt sich schon gern anschreien? Aber irgend etwas sagte mir, dass es von entscheidender Wichtigkeit war, jetzt am Ball zu bleiben und nicht nachzugeben oder mich einschüchtern zu lassen.

Schließlich atmete sie mehrmals tief durch und fuhr sich durch das Haar. »Ich habe dir doch erzählt, was an diesem Tag passiert ist – nicht ausführlich, aber der Wahrheit entsprechend. Willst du es unbedingt noch einmal hören? Warum? Es ist wirklich keine schöne Geschichte«, sagte sie leise und verschränkte die Hände ineinander.

»Ich glaube nicht, dass die Geschichte erst an diesem Tag beginnt.«

»Natürlich nicht.« Sie betrachtete ihre Finger und sah dann wieder hoch zu mir. »Es war eine schwierige Beziehung ... nein, warte, das ist falsch ausgedrückt: Ich habe sie schwierig gemacht. Ich habe mich völlig rücksichtslos verhalten, auf Svenjas Kosten, und bin genau in dem Moment ausgeflippt, als sie das nicht mehr mitmachen wollte.«

»Ariane, ich bin keine Psychologin, aber ich behaupte mal, dass dein Verhalten tiefere Ursachen hat. Niemand schlägt einfach so zu, niemand verletzt andere einfach so ...«

»Nett, dass du das sagst, aber ...«

»Es geht hier nicht um Nettigkeiten.«

»Sondern?«

»Es geht darum, dass du herausbekommen musst, was los war und was unter Umständen immer noch los ist.«

»Ich würde nie wieder ...«

»Das kannst du nicht wissen, Ariane.«

»Doch, das kann ich«, widersprach sie heftig. »Lieber beiße ich mir in die Hand, als sie zum Beispiel gegen dich zu erheben. Bitte – du hast nichts zu befürchten.«

»Das ist es nicht«, wandte ich ein. »Ich habe keine Angst vor dir, bestimmt nicht, das habe ich schon mal gesagt. Und dennoch: Die alte Geschichte quält dich, quält inzwischen uns beide, und Svenja sowieso. Du solltest den Knackpunkt finden, der dich ausrasten lässt, auch wenn du heute vielleicht nicht mehr handgreiflich wirst, weil der Schock tief sitzt. Die Aggressionen, die warum auch immer in dir schlummern, sind trotzdem da und treiben ihr Unwesen – das kannst du nicht abstreiten.«

Ich lächelte, und zu meiner Verwunderung lächelte Ariane plötzlich zurück. Ich setzte mich neben sie und nahm ihre Hand. Wir schwiegen. Unsere Schultern berührten sich.

»So eine Scheiße«, sagte sie nach einer ganzen Weile. »Ich befürchte, du hast recht.«

## 26

Tamara nahm sich eine Handvoll Plätzchen und vertilgte sie schweigend und mit konzentriertem Blick. Wir saßen nach Feierabend im Bistro an der Theke, und die Ruhe nach einem langen arbeitsreichen Tag tat mir gut.

»Nun sag schon – sind die gut, oder fehlt noch irgendwas?« fragte ich.

»Sie sind allererste Sahne«, erklärte meine Tochter genüsslich. »Und das weißt du auch ganz genau. Es ist eine Sünde, sie an schnöde Kunden verkaufen zu wollen. Überlass sie lieber mir.« Sie kicherte und griff erneut zu. Dann hörte man nur noch ihr gefräßiges Mümmeln.

Ich hatte die ersten Weihnachtsplätzchen gebacken, und meine neueste Kreation – kleine Mürbeteigringe mit Haselnüssen und einer Glasur aus Himbeergelee mit einer dezenten Rum-Note – kam offensichtlich gut an. Es war noch eine Weile hin bis zum Fest der Feste, aber es konnte ja nicht schaden, schon mal mit einer

Schale duftendem Gebäck die Runde bei meinen Catering-Kunden zu machen – eine bessere Werbung gab es nicht. Toni, die Mitarbeiterin in dem Architekturbüro, war schon ganz wild darauf. Als ich ihr bei meinem letzten Mittagsbesuch erzählte, dass ich eine neue Plätzchensorte ausprobierte, erklärte sie sich sofort bereit, das Versuchskaninchen zu spielen. Sie war ein richtiges Lekkermaul. Und ihr Chef ebenso. Besonders meinen Puddings und Quarkcremes konnte Florian nie widerstehen.

»Du müsstest dann mal seinen Gesichtsausdruck sehen«, erzählte ich Tamara, während ich uns Milchkaffee in großen Gläsern servierte. »Erst lehnt er großspurig ab, weil das ja alles so ungesund ist und er sich um Himmels willen keine Rettungsringe anfuttern will, aber kaum mache ich Anstalten, meine Süßspeisen wieder einzupacken, wirkt er zunehmend melancholisch.« Ich grinste. »Man kann förmlich sehen, wie er mit sich ringt. Dabei schielt er immer wieder zu meinen Körben und meint dann schließlich in aller Regel – nicht ohne tief und lang zu seufzen –, dass er es mir kaum zumuten könne, all die Sachen wieder ins Auto zurückzuschleppen. Das ist natürlich ein Argument!«

Tamara lachte, sie hatte den Mund wieder einigermaßen frei, allerdings nur für kurze Zeit. »Und was für eins! Ich hoffe, du stimmst ihm zu!«

»Selbstverständlich, und zwar auf sehr charmante Art und Weise.«

»Das kannst du?«

»Na, hör mal!«

Meine Tochter grinste frech. Ich wurde den Eindruck nicht los, dass sie unser Zusammensein sehr genoss. Sie war spontan vorbeigekommen und hatte eine endlich wieder fröhlichere Mutter vorgefunden, die sie zu Kaffee und Plätzchen einlud und sogar noch zu dem einen oder anderen Spaß aufgelegt war. In den letzten Wochen und Monaten war ich verdammt unleidlich gewesen. Ungenießbar. Ich wusste das. Ich hatte es nicht ändern können.

Ich war erst gerade dabei, mich zu regenerieren. Liebeskummer braucht nun mal seine Zeit, bis er allmählich vergeht, und eine Verletzung bleibt immer zurück. Manchmal sogar eine große Verletzung.

»Du magst ihn, stimmt's?« fragte Tamara, aber es klang eher wie eine Feststellung.

»Mögen? Florian? Ja, er ist ausgesprochen sympathisch.«

»Aha.« Sie sah mich abwartend an.

Ich sah abwartend zurück. »Warum guckst du so?«

»Na ja, ich meine ... Er ist sympathisch, du lachst über ihn, wahrscheinlich sogar mit ihm, er isst gerne, du kochst und backst gerne ...«

Ich kniff die Augen zusammen. »Was soll dieser eindeutig anzügliche Ton und dieser lauernde Blick?«

Sie zog die Schultern hoch. »Ich meine ja nur. Ist der verheiratet oder so was?«

»Keine Ahnung, warum?«

»Meine Güte, Mutter, nun sei doch nicht so begriffsstutzig!« schimpfte meine Tochter auf einmal los. »Ein schönes Date täte dir gut, verstehst du? Mal wieder schick essen gehen, Kino, Theater oder was auch immer. Jedenfalls nicht grübeln und den ganzen Kram. Kapiert? Und warum sollte es nicht ein Typ sein, der gerne Quark und Pudding isst, auf sein Äußeres achtet und nicht arm ist? Oder muss es unbedingt eine Frau sein?«

Ich atmete angestrengt aus. »Du liebe Güte – was für Fragen! Keine Ahnung. Darüber denke ich nicht nach. Will ich auch nicht.«

»Ich glaube dir kein Wort«, sagte Tamara schlicht und löffelte den restlichen Milchschaum aus ihrem Glas.

»Schön zu wissen«, gab ich zurück.

Sie sah hoch und griente. »Denk doch mal darüber nach.«

»Mal sehen.«

Florian Merz? Ehrlich gesagt hatte ich ihn nie unter dem Aspekt eines möglichen Rendezvous betrachtet – Hand aufs Herz: wirklich nicht. Er war ein guter Kunde, ein erfreulich humorvoller dazu. Ein schlauer Kopf. Ich mochte ihn. Wir waren einander zugetan und könnten sicherlich einen Abend lang zusammensitzen, ohne uns zu langweilen. Punktum. Reichte das? Manche Ehe hatte weniger zu bieten ... Die meisten Ehen hatten weniger zu bieten.

Der Gedanke, den Kontakt zu vertiefen, ließ mich nach Tamaras lebhaftem Zuspruch nicht mehr los. Als ich zwei Tage später mittags mit dem Essen im Architekturbüro eintraf und durch die offene Tür einen Blick auf ihn erhaschte, sah ich ihn mir genauer an. Braunes welliges Haar, schöne dunkle Augen, gepflegte und doch sportliche Erscheinung. Groß und trotz der Vorliebe für Süßes ziemlich schlank. Meistens trug er Jeans, die er sicherlich nicht bei C&A gekauft hatte, dazu Hemden, die farblich manchmal mit nicht ganz sicherer Hand ausgewählt worden waren, und englische Schuhe, die wohl teurer waren als mein gesamtes Outfit, wenn ich mich in Schale warf, was in letzter Zeit nicht oft vorgekommen war.

Toni kam um die Ecke, als ich gerade mit Schafskäse gefüllte Blätterteigtaschen auf einem Teller anrichtete.

»Das duftet ja mal wieder gemeingefährlich«, rief sie, knallte einen Stapel Unterlagen auf ihren Schreibtisch und wandte sich mit schnuppernder Nase dem Essen zu.

Sie griff sich ihren Teller und setzte sich an den kleinen Tisch unter dem Fenster. »Hast du einen Moment Zeit, oder musst du gleich wieder los?«

»Ach, eine kleine Pause kann nicht schaden«, entgegnete ich und nahm ihr gegenüber Platz. »Dein Chef telefoniert gerade. Ich hoffe, er vergisst sein Essen nicht.«

»Die Sorge ist völlig unbegründet, seitdem du für unser leibliches Wohl sorgst.« Toni winkte ab und zwinkerte mir zu. Dann seufzte sie. »Schmeckt hervorragend.« Sie warf mir einen längeren Blick zu. »Es scheint dir besser zu gehen. Das freut mich.«

Ich hatte nichts von meinen persönlichen Problemen erzählt, von meinem Kummer mit Paula, und hielt mich eigentlich für professionell genug, um mir im Job meine privaten Sorgen nicht anmerken zu lassen. Wer mich näher kannte, war natürlich in der Lage, zwischen einer sonnig-fröhlichen Rieke und einer eifrig-höflichen Bistro-Besitzerin zu unterscheiden. Dass Toni offensichtlich sehr genau hingeschaut hatte, erstaunte mich weniger als die Tatsache, dass ich es nicht bemerkt hatte.

»Ja, ich bin wieder besser drauf«, sagte ich. »Man kann ja schließlich nicht ewig irgendwelchen alten Geschichten nachtrauern.«

Sie sah mich einen Moment fragend an.

»Ja, ewig ist ein bisschen lang«, meinte sie dann und stellte den geleerten Teller beiseite. »Und nun bist du wohl bereit zu neuen Abenteuern?« Sie lächelte.

»Eigentlich nicht. Aber ein wenig Ablenkung würde mir ganz gut tun, glaube ich. Raus aus dem Einerlei, raus aus dem Alltag.«

»Ja, das kann nicht schaden. Neue Leute kennenlernen, Horizont erweitern und so?«

Ich nickte eifrig und fragte mich, wie ich am günstigsten die Kurve zu ihrem Chef kriegte.

»Habe ich Florian auch gesagt, als er sich von seiner Frau getrennt hatte beziehungsweise seine Frau sich von ihm getrennt hat, um genau zu sein«, erzählte Toni bereitwillig und stand auf. »Magst du auch einen Kaffee? Oder musst du los?«

»Nee, für einen Kaffee habe ich noch Zeit«, sagte ich schnell. Auch für zwei, dachte ich bei mir.

Toni war eine Minute später mit zwei Tassen Kaffee zurück und reichte mir eine. Als das Telefon klingelte, ignorierte sie es.

»Florian ist also solo«, schoss ich direkt aufs Ziel zu, nachdem mir auf die Schnelle kein eleganter Umweg eingefallen war. »Das ist ja interessant.«

»Ja, seit etlichen Monaten«, nickte Toni. »Bei den beiden hat es wohl ganz schön gekracht. Aber nun ist Ruhe im Karton.«

»Eine angenehme Ruhe oder eher die Ruhe vor dem Sturm?« hakte ich vorsichtig nach.

Toni lachte. »Ich weiß es nicht. Jedenfalls ist er nicht mehr ganz so deprimiert wie noch vor einiger Zeit. Ein deprimierter Florian kann einem ganz schön auf die Nerven gehen, erst recht, wenn er dein Chef ist.«

»Das habe ich gar nicht mitbekommen«, sagte ich verblüfft. Dabei bildete ich mir auf meine Menschenkenntnis einiges ein.

»Konntest du auch nicht«, entgegnete sie mit einem feinen Lächeln. »Du warst viel zu sehr mit dir selbst beschäftigt. Außerdem – bei dir ist er ja grundsätzlich immer sehr aufgeräumt und gibt sich Mühe, sich von seiner besten Seite zu zeigen.«

»Das höre ich natürlich gerne. Und – hat er sich schon anderweitig getröstet?«

Toni schüttelte den Kopf. »Das glaube ich nicht. Oder sagen wir so: davon wüsste ich.«

»Ach so. Na dann ...«

Wir schwiegen einen Moment, tranken einen Schluck Kaffee, sahen uns an. Ich war verlegen. Und Toni sah aus, als wollte sie wissen, warum. Ich muss deutlicher werden, dachte ich. Sie weiß schließlich, wie ich bislang gelebt habe, und setzt darum Interesse an einem Mann nicht so ohne weiteres voraus. Plötzlich warf sie ihre blonden Locken mit einer schwungvollen Bewegung über die Schulter zurück.

»Er ist ein netter Typ«, erklärte sie. »Der Meinung bist du wohl auch – sehe ich das richtig?«

»O ja, das siehst du richtig. Ich finde ihn sogar sehr nett«, stimmte ich ihr eifrig zu.

»Sehr nett? Ein Kontakt also, den man vertiefen könnte?«

Ich nickte. »Ja, durchaus.«

Sie legte den Kopf schief. Hellblaue Augen, in denen einige

Fragen standen. Ich wich ihrem Blick einen Moment aus.

»Und warum denn auch nicht? Man muss sich ja nicht von vornherein selbst beschränken«, sagte ich schließlich beiläufig.

Sie öffnete den Mund, wollte etwas erwidern und ließ es dann sein. Statt dessen setzte sie ein ironisches Lächeln auf, das ich nicht einordnen konnte.

»Florian besucht regelmäßig am Samstagabend eine kleine Bar am Savignyplatz«, sagte sie. »Falls es dich interessiert, kann ich dir die genaue Adresse geben.«

»Ja, das interessiert mich.«

Wenig später brach ich auf. Ich war immer noch verlegen, was Toni anging, die ich offensichtlich ziemlich verwirrt hatte. Gleichzeitig fühlte ich mich angenehm beschwingt. Ich hatte rote Wangen und verspürte zum ersten Mal seit langer Zeit so etwas wie ein Kribbeln im Bauch. Allein die Tatsache, dass ich jemandem ganz bewusst näherkommen wollte, bewirkte einen Stimmungsumschwung, der den monatelangen Trübsinn angenehm in die Ferne rückte – zumindest verlor er erheblich an Gewicht, und das tat mir ziemlich gut. Außerdem brauchte es offenbar keine Frau, damit ich wieder Zuversicht entwickelte.

In der folgenden Nacht träumte ich von heißem Sex. Von heißem Sex mit einem Mann. Na bitte, dachte ich. Ich sollte es zumindest ausprobieren. Die alten Lebensmuster waren ja nicht grundsätzlich schlecht gewesen. Überprüfen sollte ich sie auf jeden Fall noch einmal.

Es handelte sich um eine kleine edle Bar, die ich am folgenden Samstagabend kurz nach zehn Uhr aufsuchte. Allein. Die anfängliche Idee, Britta zu fragen, ob sie mich begleiten würde, hatte ich schnell wieder fallengelassen. Die Vorstellung, dass wir wahrscheinlich kichernd und gackernd wie zwei Schulmädchen sämtliche Aufmerksamkeit auf uns ziehen würden, hatte mich abrupt zur Einsicht kommen lassen. Und eine Britta, die einen dummen

Spruch nach dem anderen losließ, hielt ich ebensowenig für eine gute Ausgangsbasis, einen Mann näher kennenzulernen – einen Mann, dem ich auch nach diesem Abend noch in die Augen sehen wollte, ohne mich vor Verlegenheit zu winden. Außerdem traute ich Britta zu, dass sie sich zu vorgerückter Stunde und bei entsprechender Entwicklung der Dinge nicht, wie natürlich zuvor vereinbart, diskret zurückziehen, sondern an meiner Seite kleben bleiben würde – sie durfte ja unmöglich etwas verpassen.

Dieses Schreckensszenario vor Augen war ich also allein aufgebrochen – die Zeiten, in denen ich mich ohne Begleitung nicht in ein Lokal traute, gehörten längst der Vergangenheit an. Ich war gut, aber unauffällig geschminkt und hatte mich für schicke Feierabendkleidung entschieden: graublaue Jeans, dunkelblauer Blazer, weiße Bluse, etwas Silberschmuck, zierlicher Lederrucksack. Die schweißnassen Hände passten nicht ganz dazu, würden aber, so hoffte ich, im Laufe des Abends trocknen. In Gedanken ging ich noch einmal die Begründungen durch, warum ich gerade an diesem Abend ausgerechnet Florians Stammbar besuchte. Ich setzte mich an die Theke und bestellte beim Barkeeper, einem schönen jungen Mann mit sehr kurzen Haaren und aufregender Yul-Brunner-Ausstrahlung, einen trockenen Weißwein und entdeckte Florian eine gute halbe Stunde später. Er kam allein. Ich nippte an meinem Wein und sah rasch in eine andere Richtung.

»Rieke? Das glaub' ich jetzt nicht!« hörte ich wenig später seine dunkle Stimme hinter mir erklingen.

Ich wandte mich um und tat mächtig erstaunt. »Hallo, Florian! Na, was machen Sie denn hier?«

»Das ist meine Stammbar«, sagte er und trat zu mir. Was für ein Zufall – der Barhocker neben mir war noch frei. »Aber Sie habe ich hier bislang noch nie gesehen. Leider – muss ich hinzufügen.« Er lächelte ein breites Zahnpastalächeln und sah überhaupt wieder sehr gut aus: weinroter Wollsakko, schwarze Hosen, elegante Schuhe.

»Können Sie auch nicht«, stimmte ich ihm zu. »Ich war hier in der Nähe verabredet, aber meine Freundin musste kurzfristig absagen. Um mir doch noch einen schönen Abend zu machen, wollte ich mir einen kleinen Drink gönnen. Dass ich Sie hier treffe ... Was für eine schöne Überraschung.«

O Gott, dachte ich und verdrehte innerlich die Augen, das klingt ja nur schal und abgegriffen! Ich scheine ja richtig in Hochform zu geraten: *Sex in the City* könnte dagegen ohne Probleme in der Reihe *Das kleine Fernsehspiel* laufen!

»Und ob«, stimmte Florian mir begeistert zu und nahm auf dem freien Barhocker Platz.

Er hatte sich eine Spur zu intensiv einparfümiert, aber ich atmete trotzdem tief ein und lächelte ihn an. Er lächelte zurück. »Schön, Sie mal außerhalb des Jobs zu sehen, obwohl ich auch das sehr genieße, wenn Sie die Bemerkung erlauben.«

»Natürlich. Allerdings habe ich heute keinerlei Süßspeisen dabei, für die Sie sich begeistern könnten.«

»Das ist gar nicht nötig. Ich bin auch so begeistert.«

Es ging mir runter wie Öl. All mein Sinnen und Sehnen war darauf ausgerichtet, mein Selbstbild auf Hochglanz zu polieren, und es genügten offenbar die abgedroschensten Komplimente, und ich grinste wie ein Honigkuchenpferd. Ich wusste es, und es war mir egal. Ich wollte diesen Abend genießen – in Gesellschaft eines attraktiven Mannes, der sich gehörig ins Zeug warf, um mir zu gefallen. Das tat einfach gut. Als die Unterhaltung einige Minuten später allerdings noch mehr abzuflachen drohte, sprach ich ihn auf seine Arbeit an, und er reagierte, wie beruflich erfolgreiche Männer es eben tun: Er kam so richtig in Fahrt und wäre durch kaum etwas auszubremsen gewesen. Es genügte völlig, hin und wieder andächtig den Kopf zu neigen und interessiert zu nicken. Ein leicht gespitzter Mund kam auch gut an. Ich hörte bald nur noch mit halbem Ohr zu, während ich das nächste Glas Wein trank. Er bestellte sich mit glänzenden Augen einen weiteren Whisky auf Eis.

»Sie können so wunderbar zuhören«, sagte er plötzlich und rückte ein wenig näher. Ohne die geringste Vorwarnung war ein Hauch von Melancholie in seinem Blick. »Ich habe von Anfang an gewusst, dass Sie das können. Einem Menschen einfach zuhören. Liegt das an Ihrem Job?«

»Es gehört natürlich auch zu meinem Job«, erklärte ich. »Aber ich tue es grundsätzlich gerne.«

»Das merkt man. Wirklich.« Er strich mir über die Hand, setzte eine gutdosierte Kunstpause und sah mich dann nachdenklich an. »Sie sind so ganz anders als meine Frau.«

O nein, dachte ich, bloß nicht die Nummer, aber es war zu spät, und Florian machte sich nicht die Mühe, mein erschrecktes Augenflattern zu bemerken oder richtig zu deuten. Hätte er es getan, wäre ihm vielleicht der Gedanke gekommen, ein anderes abendfüllendes Thema anzuschneiden, das meinerseits auf erheblich mehr Begeisterung gestoßen wäre.

»Sie haben Elan und sind voller Tatendrang, dabei aber doch weiblich, zugewandt, warmherzig.« Er sprach langsam, mit weicher, hingebungsvoller Intonierung, der ich mehr lauschte als dem Inhalt seiner Worte. »Lauter Eigenschaften, die ich bei Ellen immer vermisst habe. Eigentlich von Anfang an, aber wie das eben so ist zu Beginn einer Beziehung ... Das kennen Sie sicherlich auch – man verschätzt sich einfach, lässt sich blenden, die rosarote Brille. Ellen war nicht nur entschlossen, sondern auch hart, unnachgiebig, aber das habe ich erst viel später entdeckt, verstehen Sie? Sie hatte so etwas Forderndes, und ich vermisste, ja ... Zärtlichkeit und Wärme.«

Ich nickte. Vielleicht sollten wir es einfach abkürzen, fuhr es mir plötzlich durch den Sinn. Bevor ich mir jetzt die ganze Leidensgeschichte dieser Ehe anhören muss. Wir trinken noch eine Kleinigkeit, fahren dann zu ihm oder zu mir und tun es: wild, ausdauernd, befriedigend. Danach gehen wir wieder unserer Wege, und wenn wir uns begegnen, grüßen wir einander freundlich und augenzwinkernd, und unter Umständen ist hin und wieder sogar ein weiterer kurzweiliger Abend drin. Ich war entsetzt über diese doch recht nüchterne Planung, die wenig mit verliebtem Gesäusel oder gar tieferen Gefühlen zu tun hatte, allerdings nicht lange genug, um die zweite Möglichkeit, die dieser Abend bot, ernsthaft in Erwägung zu ziehen: nämlich ihn mit einem schrittweisen Rückzug ausklingen zu lassen und mich allein auf den Heimweg zu machen. Zu deutlich stand das Bild aus meinem Traum vor meinem inneren Auge – ein kräftig gebauter Mann, in dessen Armen ich dahinschmelze, der mich vergessen lässt. Der meinen Hormonspiegel wieder in Ordnung bringt und von dem ich mich einige Stunden später mit zerzausten Haaren, einem zufriedenen Lächeln und angenehmer Erschöpfung verabschiede.

»Und dabei ist Zärtlichkeit so wichtig«, knüpfte ich an seine Bemerkung an und schmiegte meine Hand in seine. Mein Lächeln war ernst und vielversprechend zugleich.

Er rückte noch näher an mich heran. Sein Oberschenkel berührte meinen. Seine Finger spielten auf meinem Handrücken.

»Ja«, sagte er. »Wenn es sie nicht mehr gibt, ist das Ende eigentlich schon eingeläutet. Als Ellen eines Abends nach Hause kam, ihr Gesicht abwandte und mir nur ihre Wange zum Kuss bot und so seltsam kühl lächelte, wusste ich im Grunde gleich, dass da was im Busch ist – vielmehr hätte ich es wissen können! Aber ich wollte die Anzeichen nicht wirklich sehen, verstehen Sie? Man ist ja so blauäugig und ... ja, gutmütig. Ich dachte tatsächlich, dass sie in diesem Studio nur einen von diesen Sportkursen belegt hat und nicht ... Ach, lassen wir das.«

Ich nickte. Vielleicht hattest du auch Zwiebeln und Leberwurst gegessen, dachte ich und schloss kurz die Augen. Dieser Abend, diese Nacht funktionierte wahrscheinlich nur über seine Ehegeschichte, überlegte ich ein wenig frustriert. Das hatte im Vorfeld nicht im Mittelpunkt meiner Erwägungen gestanden, war aber nun nicht zu ändern.

»Das klingt ganz danach, als hätten Sie ihr vertraut«, mutmaßte ich mit anteilnehmender Stimme. »Liege ich da richtig?«

Er sah mich einen Moment wortlos an. Dann verzog ein schmerzliches Lächeln seinen schönen, vollen Mund. »Sie ahnen gar nicht, wie richtig! Ich habe ihr von ganzem Herzen vertraut. Und Ellen hatte nichts anderes im Sinn, als ... na ja, die übliche Geschichte.«

Er stützte den Kopf in die Hände. Dann ließ er seine Rechte auf meinen Oberschenkel gleiten. Dort blieb sie liegen. Eine sehr warme Hand, die einen angenehmen Druck hinterließ und lebhafte Bilder in mir erzeugte.

»Vielleicht sollten Sie die Vergangenheit ruhen lassen«, schlug ich behutsam vor. »Manches geschieht einfach – und wir können nur hoffen, dass es uns gelingt, etwas daraus zu lernen, um in Zukunft besser gewappnet zu sein, und die negative Erfahrung hinter uns zu lassen.« Ich verdrehte innerlich die Augen und sah ihn mit einem Gesichtsausdruck an, in dem sich, so hoffte ich, Verständnis, Anteilnahme und Trost zugleich spiegelten.

»Sie verstehen mich so gut, Rieke«, erwiderte er. »Was halten Sie davon, wenn wir uns ... duzen?«

»Gern.«

Er bestellte eine weitere Runde Getränke. Dann folgte der Bruderkuss – der warf mich nicht gerade um, aber er hatte durchaus etwas, das ich gern näher erforschen wollte. Ihm schien es ganz ähnlich zu gehen, was mir neuen Auftrieb gab.

»Ich wohne nicht weit von hier«, sagte er mit einer beiläufigen Handbewegung. »Schöne Wohngegend. Zentral und doch ruhig gelegen.«

Ich fand den Vorstoß etwas verfrüht und im Werben um eine Frau taktisch nicht gerade eine Meisterleistung, doch meine Antwort fiel ähnlich einfallslos aus: »Ach so, ja, wie nett.«

»Gleich um die Ecke sozusagen«, nickte er. »Interessierst du dich eigentlich für moderne Skulptur?«

Nichts hatte je weniger meine Aufmerksamkeit gefesselt.

»Nicht für alles, aber für ausgewählte Stücke kann ich mich durchaus begeistern«, sagte ich vollmundig.

»Wusste ich's doch«, erwiderte er lebhaft. Die Hand war inzwischen ein Stück in Richtung Innenschenkel gerutscht. Mit der anderen hielt er sein Glas oder gestikulierte oder spielte mit meinen Fingern. »Lass mich raten – die Franzosen haben es dir angetan, die neue Schule, stimmt's?«

Ich lächelte wie ein Schulmädchen, das vom Mathelehrer, in den es verliebt ist, beim Mogeln ertappt wird.

»Erwischt«, grinste ich. »Die sind ganz hervorragend. Besonders dieser Typ aus ... warte mal ... Montpellier, glaube ich ... Ich habe seinen Namen vergessen, ist ja auch egal. Der macht jedenfalls wunderbare Bronzeplastiken, die ich hinreißend finde. Und dann gibt es da noch diese Ungarin, die seinen Stil weiterentwickelt hat, aber frag mich bloß nicht nach ihrem Namen! Hat lange in Paris an der Sorbonne studiert und ist dann vor einigen Jahren in ihre Heimat zurückgegangen ... Ach, ich komme nicht drauf, aber du weißt sicher, wen ich meine.«

Florian sah mich einen Moment irritiert an.

»Nun, du scheinst ja gut informiert zu sein«, stellte er fest. »Ähm ... wenn du Lust hast, zeige ich dir gerne ein paar meiner erstandenen Werke. Ich habe mir aus dem letzten Urlaub zwei Plastiken mitgebracht. Zwei von der künstlerischen Bearbeitung des Themas her durchaus eigenwillige Stücke, die nicht jedermanns Zustimmung finden.«

»Das interessiert mich sehr«, log ich munter weiter.

Er nickte, als hätte er nichts anderes erwartet, drehte sich dann zu Yul Brunner um und verlangte die Rechnung. Keine Viertelstunde später waren wir bei ihm. Das Tempo war im Vergleich zum Rest des Abends atemberaubend, und ich konnte mich des Eindrucks nicht erwehren, dass Florian es plötzlich ein wenig eilig hatte. Vielleicht befürchtete er, ich könnte es mir anders überlegen. Vielleicht spürte er inzwischen auch die Wirkung des Alkohols, der er zuvorkommen wollte, bevor ihn die Müdigkeit erwischte. Oder gar Schlimmeres.

Die beiden Plastiken entpuppten sich als Figuren, die man nicht unbedingt ins Wohnzimmer stellen konnte, weswegen sie bei Florian ihren Platz im Schlafzimmer gefunden hatten. Verständlicherweise. Eine Plastik stellte einen knienden Mann dar, der seinen Penis in beiden Händen hielt und ihn ehrfürchtig und selbstverliebt betrachtete. Bis auf die Größe des Geschlechtsteils ein echter Realist, der Künstler, dachte ich, verbiss mir aber den Kommentar, weil ich befürchtete, Florian könnte die Ironie falsch auslegen. Die zweite Figur war konsequenterweise eine liegende Frau, die gerade einen Orgasmus erlebte. Einen heftigen Orgasmus. Zumindest ließen Haltung und Gestik diese Interpretation zu. Zahnschmerzen und Presswehen konnten nach meiner Erfahrung ähnliche Reaktionen hervorrufen. Auch diese Bemerkung behielt ich aus taktischen Erwägungen für mich.

»Magst du noch etwas trinken?« fragte Florian, der hinter mir stand und seine Hände auf meine Schultern gelegt hatte.

»Eigentlich nicht.«

Ich drehte mich zu ihm um, und er zog mich ohne weitere Umschweife aufs Bett und küsste mich. Mit einer Hand fuhr er unter meinen Pullover und knetete meine Brust, mit der anderen nestelte er an meiner Hose.

»Haben dich die Plastiken auch so angemacht?« flüsterte er hingebungsvoll in mein Ohr.

»Und wie«, gab ich zurück und überlegte einen Moment, die wievielte Lüge das eigentlich an diesem Abend war.

»Ellen hat sich aus solchen Sachen nie etwas gemacht«, flüsterte er weiter, dann richtete er sich auf und begann seine Klamotten abzustreifen. »Komm, zieh dich auch aus.«

»Nicht so eilig, Florian. Wir wollen doch lange was davon haben«, hauchte ich zurück und merkte im selben Moment, dass selbst das eine Lüge war, wahrscheinlich sogar die größte.

»Doch, doch, unbedingt. Ich bin eher der stürmische Typ, der direkt aufs Ziel zugeht. Voller Leidenschaft natürlich«, erklärte er mit alles andere als leidenschaftlicher Stimme und fummelte mehr unbeholfen als stürmisch ein Kondom aus dem Nachtschrank. »Und du?«

Das habe ich vergessen, dachte ich. Ich stutzte einen Moment, dann streifte ich kurzentschlossen meinen Pullover ab und zog die Hosen aus. Ich hatte den richtigen Augenblick verstreichen lassen. Nun war es zu spät, um weiter über moderne Kunst oder die Architektur in Armenien zu diskutieren und meinen Abgang Stück für Stück vorzubereiten, so dass niemand das Gesicht verlor. Der einzige Ausweg, der nun überhaupt noch möglich schien, wäre der abrupte Aufbruch – die kalte Abfuhr, auf die Florian zumindest konsterniert reagiert hätte; und das einzige, auf was ich mich noch einlassen wollte, war eine kurzweilige sexuelle Begegnung, die mich hoffentlich beglücken würde.

Die Begegnung war kurzweilig. Mit der Betonung auf kurz. Aber das war es dann auch schon. Florians Vorspiel verdiente kaum diesen Namen, sondern beschränkte sich auf einige wenige flüchtige Handgriffe, die er sich vor Jahrzehnten in der *Bravo* angelesen haben musste und die ich für mich allein bedeutend besser hinbekommen hätte, anschließend ruckte und zuckte und seufzte und stöhnte er munter vor sich hin, als wäre ich gar nicht da, und rief nach wenigen Augenblicken im entscheidenden Moment nach dem kleinen geilen Miststück Ellen, während ich mit aufgerissenen Augen stumm unter ihm lag und mich fragte, wer hier eigentlich den Knall hatte – er oder ich.

Ich verließ ungefähr drei Minuten später nach einem kurzen Abschiedsgruß, den Florian mit einem beiläufigen Winken erwiderte, schleunigst Bett und Wohnung, stellte mich zu Hause unter die Dusche und trank anschließend einen heißen Kakao mit Sahne und Krokantstreusel. Die wahren Dinge des Lebens. Es ist ganz einfach, dachte ich, als ich in der Küche saß und in die Nacht hinausstarrte: Egal, ob Männer oder Frauen – ich komme nicht klar mit ihnen. Oder sie nicht mit mir. Ich sollte es bleiben lassen. Zur Zeit jedenfalls. Alleinsein hatte ja auch was. Keine Missverständnisse, keine Hoffnungen, die enttäuscht werden konnten, keine Lügen.

## 27

Meine Schwester Veronika erwischte mich auf dem falschen Fuß. Ich hatte mich den halben Tag mit meinem Kollegen aus der Fahrradabteilung herumgeärgert und kam entsprechend missgelaunt und müde nach Hause. Außerdem hatte ich nicht gewusst, dass sie in Berlin war, geschweige denn, dass sie mich mit einem Besuch überraschen wollte, was ich sicherlich zu verhindern gewusst hätte. Es war wenige Tage vor Weihnachten, und als mir allmählich schwante, dass die Frauengestalt, die vor der Haustür auf und ab ging, nicht nur Ähnlichkeit mit meiner Schwester hatte, sondern tatsächlich Veronika war, bedauerte ich, dass ich nicht weggefahren war. Doch ich hätte ohne Paula fahren müssen, die keinen Urlaub nehmen konnte, und das wollte ich nicht. Und sie wollte das auch nicht. Keine von uns sprach das aus, aber genau so war es.

Ich schloss den Wagen ab und ging ihr entgegen. Dabei wechselte ich meine Aktentasche von einer Hand in die andere und wappnete mich innerlich. Veronika strahlte mich an.

»Gib es zu – damit hast du im Leben nicht gerechnet!« rief sie voller Begeisterung.

»Natürlich nicht«, erwiderte ich und bemühte mich um einen halbwegs freundlichen Gesichtsausdruck. »Wie auch? Was machst du denn hier? Berlin-Trip? Doch nicht etwa ganz allein?«

Ich nestelte den Schlüssel aus meiner Jackentasche, bevor sie

Anstalten machen konnte, mich in eine schwesterliche Umarmung zu ziehen.

»Nein, nicht ganz. Ich bin mit meiner Jazzdance-Gruppe hier – wir wollen unsere Kasse auf den Kopf hauen.«

»Und die Familie?« fragte ich verblüfft und schloss die Tür auf. »Mann, Kinder, Haus, Hof, Katze und so weiter. Die lässt du einfach alleine, um die Großstadt mit deinen Tanz-Frauen unsicher zu machen?«

»Na, warum denn nicht? Mama hilft aus, und Christoph ist doch ab dem späten Nachmittag zu Hause. Warum sollte das nicht funktionieren?« hielt sie mir eifrig entgegen. »Die Kinder sind ja schließlich keine Säuglinge mehr, und meinen Mann habe ich mir inzwischen ganz gut erzogen. Ich bin der Meinung, dass es auch mal ohne mich gehen muss.«

Bei der Entwicklung von Veronikas Ehe musste ich wohl was Entscheidendes verpasst haben. Wir fuhren mit dem Fahrstuhl nach oben. Trotz des fahlen Lichts sah meine Schwester gesund und munter aus. Etwas füllig und rundwangig, aber ziemlich entspannt und unternehmungslustig. Zufrieden. Ja, sie sah zufrieden aus. Im Einklang mit sich.

»Hast du eigentlich lange gewartet?« fragte ich, als wir die Wohnung betraten, unsere Taschen abstellten und die dicken Jacken auszogen. »Ich meine – du konntest doch nicht wissen, wann ich komme.«

»Doch, so in etwa schon«, gab Veronika zurück und sah sich neugierig um. »Ich habe mit deiner Sekretärin gesprochen und ihr erzählt, dass ich dich überraschen wollte. Daraufhin hat sie mir über Handy Bescheid gesagt, als du dich auf den Heimweg gemacht hast.« Sie betrat das Wohnzimmer und nickte anerkennend.

»Ach so«, erwiderte ich lahm und wandte mich zur Küche um. Ich musste wohl mal ein Wörtchen mit Maren sprechen und ihr erklären, was für mich eine angenehme, gelungene Überraschung darstellte und was eher in die Kategorie Pflichtveranstaltung beziehungsweise zu umschiffendes Ereignis fiel. »Magst du etwas trinken? Tee oder Kaffee? Wie lange hast du überhaupt Zeit?« Die letzte Frage schob ich im Tonfall beiläufigen Interesses hinterher.

Veronika folgte mir. »Du hast ja eine superschicke Wohnung, und die Küche ... wow! Echt klasse.« Sie kam näher. »Zeit? Ach – ein paar Stunden oder so. Heute abend macht jede, wonach ihr zumute ist. Zwei von den Frauen wollten ins Kino, zwei andere ins Theater und so weiter. Ich wollte dich sehen – wenn ich denn schon mal hier bin, sollten wir auch etwas Zeit füreinander haben, nicht wahr?«

Ich seufzte innerlich. Ein paar Stunden. Worüber sollte ich ein paar Stunden mit meiner Schwester reden? Das letzte Mal, dass wir so lange beisammen gehockt hatten, war schon eine Ewigkeit her, und als besonders spannend hatte ich das nicht in Erinnerung. Ich hatte Lust, mich hinzufläzen, abzuschalten, mich auszuruhen, etwas zu essen, mit Paula zu telefonieren, sie vielleicht sogar noch zu sehen ... Veronika. Maren würde sich einiges anhören müssen, soviel stand jedenfalls schon fest.

»Ein Tee wäre schön«, fügte Veronika hinzu.

»Hast du schon gegessen?« fragte ich ohne Hoffnung auf ein Ja.

»Zu Abend noch nicht, nein.«

»Ich könnte etwas beim Thailänder bestellen. Hast du Appetit darauf?« Ich hatte jedenfalls keine Lust zu kochen.

Sie nickte. »Asiatisch esse ich zu Hause eher selten. Eine gute Idee.«

Ich holte die Karte meines Lieblings-Thailänders, und wenige Minuten später hatte ich unser Essen bestellt.

»Ich soll dir übrigens ganz liebe Grüße von der Familie ausrichten«, sagte Veronika, als wir im Wohnzimmer in den Sesseln vor dem Bücherregal Platz genommen hatten. »Und ich soll dir auch bestellen, dass du dich unbedingt mal wieder sehen lassen musst – die Kinder wissen schon gar nicht mehr, wie du aussiehst.«

Diesmal ließ ich ein lautes Seufzen hören. »Ach, Schwesterherz, du weißt, dass ich nicht allzuviel Familiensinn habe.«

»Du sollst ja auch nicht jede Woche kommen. Zweimal im Jahr wäre doch aber ganz nett.«

Ich lehnte mich zurück. Paula hatte ein ähnlich distanziertes Verhältnis zu ihren Eltern wie ich zu meinen. Als sie mir von den Hintergründen erzählt hatte, war ich ziemlich perplex gewesen. Merkwürdigerweise hatte ich ihre Frage, warum ich meinerseits so wenig Interesse zeigte, meine familiären Bindungen zu pflegen, gar nicht so recht beantworten können. Ich hatte diese Neigung einfach nicht. Es war mir nicht wichtig. Ich maß all dem keine besondere Bedeutung bei, hatte ich Paula erklärt, und jeder Versuch, mich mit dem Hinweis auf familiäres Zusammengehörigkeitsgefühl und irgendwelche Pflichtprogramme einbeziehen zu wollen, ging mir erheblich gegen den Strich und endete mit einer Abfuhr. Ob und was genau hinter dieser Ablehnung steckte, hielt ich der näheren Ergründung nicht für nötig. Schließlich hatte ich nicht das Gefühl, dass mir etwas fehlte. Eher schienen die anderen ein Problem mit meiner klaren Haltung zu haben. Paula war mit dieser Erklärung nicht zufrieden gewesen. Manchmal wollte sie alles sehr genau wissen. Ich hatte Sehnsucht nach ihr.

»Findest du nicht?« hakte Veronika nach.

»Nein, das finde ich nicht«, sagte ich schlicht. »Du kennst doch meine Meinung. Ihr hockt da alle wunderbar auf einem Haufen zusammen – ich bin seit einer Ewigkeit weg und habe einfach andere Interessen. Das müssen wir aber nicht schon wieder diskutieren, oder?«

»Schade«, sagte sie. »Du fehlst mir.«

Ich sah sie verblüfft an. »Das verstehe ich nicht.«

Sie lachte mich an und warf ihr blondes Haar über die Schulter zurück. Der dunkelblaue Pullover stand ihr gut. »Das sieht dir ähnlich. Ja, das sieht dir wirklich ähnlich.«

»Wie meinst du das denn?«

»Na, solche Gefühle sind dir völlig fremd, nicht wahr? Dabei haben wir uns als Kinder doch ganz gut verstanden.«

Bevor sie das Thema weiter vertiefen konnte, klingelte es, und unser Essen wurde geliefert. Wir setzten uns in die Essecke, ich öffnete eine Flasche Wein, zündete sogar eine Kerze an, und für einige Momente herrschte geschäftige Stille. Aber meine Hoffnung, dass Veronika während unserer Stärkung eher auf Allgemeinplätze umschwenken würde, erfüllte sich keineswegs.

»Ich war immer total stolz auf dich«, fuhr sie fort, als sie ihren Fisch und die scharf gewürzten Gemüsesorten mit sichtlichem Wohlbehagen probiert hatte.

»Ach, ja?«

»Ja, du warst stark und selbstbewusst und immer sehr direkt. Was heißt warst?« Sie lachte. »Das bist du natürlich nach wie vor.«

»Ich kann mich kaum noch daran erinnern«, erwiderte ich. »Ich weiß nur, dass du immer das Püppchen warst – die kleine zarte, mädchenhafte Veronika, die niemand schief von der Seite ansehen, geschweige denn falsch anfassen durfte.«

»Unterschiedlicher kann man sich Schwestern kaum vorstellen, was? Mama sagte das auch immer.«

»Ja – und dabei hat sie kein besonders freundliches Gesicht aufgesetzt, und ihr Tonfall war barsch«, erinnerte ich mich plötzlich. Es war keine angenehme Erinnerung.

Wir schwiegen einen Moment und widmeten uns ganz dem Essen.

»Magst du noch ein Glas Wein?« fragte ich, als wir fertig waren.

Veronika nickte, und wir nahmen wieder in den Sesseln Platz. Sie zog die Beine an und machte es sich gemütlich. Es sah ganz danach aus, als stellte sie sich auf einen längeren Abend ein.

»Denkst du manchmal daran zurück?« hob sie an, bevor ich ein neutrales Thema anschneiden konnte.

»Du meinst an Kindheitsgeschichten? Nein. Warum sollte ich?«

»Ich schon. Viele Menschen tun das.«

Ich atmete tief durch. »Nun, ich halte nichts davon – besser gesagt: Es kommt mir einfach nicht in den Sinn. Es interessiert mich genausowenig wie irgendwelche Geburtstage oder Familienfeste oder was auch immer. Wahrscheinlich verbindest du etwas anderes damit als ich.«

»Das kann sein. Ich erzähle meinen Kindern oft, dass du immer die Beschützerin gespielt hast.« Veronika lächelte mich an. »Aber was heißt: gespielt. Du warst die Beschützerin! Und was für eine. Keiner von den Jungs aus der Nachbarschaft konnte es mit dir aufnehmen, nicht mal ansatzweise. Du hast sie immer alle in die Flucht geschlagen. Mir ist letztens übrigens aufgefallen, dass ich mich nie dafür bedankt habe.«

Eine merkwürdige dunkle Unruhe stieg in mir auf.

»Ach, lass doch die alten Kamellen. Das ist nun wirklich Schnee von vorvorgestern«, versuchte ich sie zu bremsen.

»Aber nein, überhaupt nicht – es ist wichtig, mal darüber zu reden«, wandte sie ein. »Niemand durfte mir ein Haar krümmen – schon warst du da und bist wie eine Wilde dazwischengegangen. Meine Güte, denen hast du es aber gezeigt.«

Ich verschränkte die Hände ineinander. Die Beschreibung gefiel mir nicht. »Ältere Geschwister müssen häufig auf die jüngeren aufpassen. Nicht immer finden sie diesen Job auch toll. Verständlicherweise.«

Ich sah plötzlich meine kleine Schwester vor mir – mit verweinten Augen und einer großen Schramme im dreckverschmierten Gesicht. Und ich spürte, wie ihre Hand nach meiner griff. Absolut vertrauensvoll, dass sie nun in Sicherheit war. Aber mein Herz klopfte heftig, schmerzhaft. Ich bekam den Dreck mit meinem zerknüllten Taschentuch nicht von ihrem Gesicht, und die Schramme blieb auch blutrot und groß – egal, wie oft ich sie mit meiner Spucke abrieb.

Veronika winkte ab. »Ja, ich weiß – Mama hat dir immer den Marsch geblasen, wenn ich mit zerrissenen Hosen oder Nasenbluten vom Spielen zurückkam, als hättest du persönlich den Schaden angerichtet.«

»Den Marsch geblasen.« So konnte man es auch ausdrücken, dachte ich. Sie hat mir eine gelangt. Oder auch zwei. Mich angeschrien. Geschubst. Beschimpft. Mein Herz zog sich zusammen, und ich sah Veronika wortlos an.

»Wir hatten eine Abmachung«, erzählte meine Schwester unbeirrt weiter. »Sobald ich etwas älter war, jedenfalls. Weißt du noch?«

Ich war mir nicht sicher, was sie meinte. Ich wusste lediglich, dass ich dieses Thema so schnell wie möglich beenden wollte, doch Veronika sah ganz und gar nicht so aus, als teilte sie meinen Wunsch. Wahrscheinlich ahnte sie noch nicht einmal etwas davon. Sie beugte sich zu dem kleinen Beistelltisch hinüber und griff nach ihrem Weinglas.

»Man könnte auch sagen, dass wir Mama hereingelegt haben – zumindest ist uns das viele Male gelungen.«

»Tatsächlich? Sie schien mir nie die Frau zu sein, die man hereinlegte.«

»Weißt du das wirklich nicht mehr?« fragte Veronika erstaunt. »Mir hat sie nie was getan. Warum auch immer. Ich war ihr wohl zu zart. Bei dir war das was anderes. Du hast dich ja ihrer Meinung nach ohnehin wie ein Rotzbengel verhalten und …«

»Ach, komm, Veronika, lassen wir das.«

»Warum denn?« beharrte sie.

»Und warum nicht? Ich will über diesen ganzen Kinderkram nicht reden. Ich bin froh, dass er weit weg ist.«

Sie sah mich an. »Bist du sicher?«

Ich schwieg.

»Sie hat dich verprügelt«, fuhr Veronika langsam fort. »Und unsere Abmachung war, dass ich, wann immer es nur ging, die

Schuld für deine Missetaten auf mich genommen habe, denn ich blieb ja ungeschoren. Dafür bekam ich am Sonnabend die Hälfte deiner Schokoladenration. Ich kann mir gar nicht vorstellen, dass du das nicht mehr weißt! Es hat lange Zeit wunderbar funktioniert.«

Die Erinnerungen standen auf einmal in schmerzhafter Klarheit vor mir. So klar, dass ich mir gar nicht mehr vorzustellen vermochte, wie es mir bis dahin gelungen war, sie zu verdrängen. Sie strömten auf mich ein, und ich konnte sie nicht länger aufhalten.

»Doch, jetzt, wo du es sagst«, erwiderte ich langsam.

»Sie hat manchmal ganz schön zugeschlagen. Aber du hast nie geweint, und Papa hast du auch nie was gesagt. Warum eigentlich nicht? Er hätte das sicherlich nicht gut gefunden. Er selbst hat ja nie die Hand gegen dich erhoben.«

»Einmal habe ich mich bei ihm beschwert«, antwortete ich und war selbst erstaunt darüber. »Sie ist dann spät abends noch einmal in mein Zimmer gekommen, als Papa beim Kegeln war. Und am nächsten Abend auch. Danach bin ich nie wieder zu ihm gegangen, um mich bei ihm auszuheulen.«

Veronika schluckte. »Ach so. Das wusste ich nicht.«

»Das war auch besser so.«

»Als Großmutter ist sie jedenfalls ganz passabel. Und ruhiger ist sie auch geworden«, erklärte Veronika zaghaft.

»Wie schön. Ich habe trotzdem keine Lust, sie zu sehen.«

Einen Moment war es still.

»Habe ich ein falsches Thema angeschnitten?« fragte Veronika plötzlich. »Es war mir gar nicht klar, dass ... also, ich meine ... Ich wollte eigentlich nur mal über uns beide ...«

»Ich weiß es nicht. Vielleicht. Vielleicht auch nicht. Wer weiß, wozu es gut ist. Ich habe schon ewig nicht mehr an diese Geschichten zurückgedacht.« Manchmal holt einen so etwas auf tragische Weise ein, fügte ich in Gedanken hinzu.

»Verstehe.«

»Und hielt es für die beste Lösung.«

Sie sah kurz zur Seite. »Hielt?«

Ich lächelte. Veronika war aufmerksamer, als ich ihr zugetraut hätte.

»Möchtest du noch ein Glas Wein?« fragte ich.

Sie nickte. »Gerne.« Und nach einer Weile: »Es tut mir leid, dass du damals soviel abbekommen hast. Das wollte ich natürlich nicht. Und es war mir nicht klar ...«

»... um Gottes willen«, unterbrach ich sie schnell. »Wir waren Kinder – du kannst doch nichts dafür. Bitte, fühl dich nicht dafür verantwortlich!« Ich nahm ihre Hände in meine. »Auf keinen Fall, hörst du?«

Sie sah mich an. »Das ist das erste Mal, seit ich denken kann, dass du mich anfasst und auf diese Weise mit mir sprichst.«

Ich wich ihrem Blick aus. »Ich schätze, es ging wohl vorher nicht.«

»Hm, das schätze ich auch.«

»Hast du noch ein wenig Zeit?«

Veronika hatte noch Zeit. Wir saßen die halbe Nacht zusammen und redeten und redeten. Es tat weh und es tat gut. Ich wusste jetzt, wo ich ansetzen musste. Es war einiges ins Rollen gekommen.

## 28

Britta stand keine zwei Meter vor mir und studierte ausgiebig die Neuerscheinungen auf dem Krimisektor. Noch bevor ich überhaupt einen Gedanken daran verschwenden konnte, ob es mir gelingen könnte, mich unbemerkt in die nächste Regalreihe zu verdrücken, drehte sie sich um. Ein kurzes Stutzen und Zögern, dann lächelte sie erfreut.

»Hallo, Paula.«

»Hallo, Britta.«

Wir erinnerten uns gleichzeitig daran, dass unser erstes Wiedersehen vor gut zweieinhalb Jahren im selben Geschäft stattgefunden hatte.

»Du warst damals nicht gerade begeistert«, erinnerte mich Britta. »Jedenfalls hast du ziemlich perplex ausgesehen und wärst mich lieber früher als später wieder losgeworden.«

»Stimmt. Und du hast mich sofort in ein Gespräch verwickelt. Ich konnte gar nicht so schnell antworten, wie du Fragen abgefeuert hast.«

»Na klar – eine meiner besonderen Qualitäten! Wie geht's dir denn?« fragte sie freundlich. Freundlicher, als ich es von ihr erwartet hätte. Immerhin war sie Riekes Freundin. Ihre beste Freundin, soweit ich wusste. »Du siehst gut aus. Sehr gut.«

»Danke. Es geht mir auch gut.«

Natürlich zog ich ein wenig den Bauch ein. Ich war schwerer geworden, hatte zwei Kilo zugelegt. Hauptsächlich Muskulatur – durch das Inlineskaten. Aber natürlich war ich immer mal wieder misstrauisch. Woher sollte ich denn die Gewissheit nehmen, dass sich nicht doch das eine oder andere Gramm Fett eingeschlichen hatte? Den kurzfristig auftauchenden Gedanken, mir eine von diesen modernen Körperfettwaagen zuzulegen, hatte ich glücklicherweise wieder verworfen. Mein Appetit war groß, sehr groß und erschreckte mich manchmal. Ich bekämpfte ihn noch oft genug. Aber oft auch nicht. Es war ein unablässiges Mühen um die Balance, die Suche nach dem richtigen Weg. Ähnlich wie beim Skaten auch.

Britta nickte. Ich verlagerte mein Gewicht von einem Bein aufs andere.

»Was macht Rieke?« fragte ich nach einer kleinen Pause und warf ihr einen vorsichtigen Blick zu.

»Oh – sagen wir so: Sie ist inzwischen auf einem guten Weg und bleibt hoffentlich dabei.«

Ich biss mir auf die Unterlippe.

»Das dauert nun mal seine Zeit«, schob Britta hinterher. Sie erklärte gern und manchmal zuviel. »Ich habe übrigens einen Bärenhunger und mache mich gleich auf den Weg ins Bistro. Willst du nicht mitkommen?«

Ich schüttelte sofort den Kopf. »Das ist keine gute Idee. Rieke wird sich bei mir melden, wenn ihr danach zumute ist.«

»Ruf sie an und frag!« schlug Britta vor. »Ihr wollt euch doch nicht ewig aus dem Weg gehen?«

»Wenn es für sie besser ist, muss ich das wohl akzeptieren.«

»Na ja – aber fragen kostet nichts, oder? Sie kann ja schließlich nein sagen und auflegen.«

Brittas Drängen war mir unangenehm, doch andererseits hätte ich Rieke gern wiedergesehen. Ich vermisste oft ihr Lachen, die unbeschwerte Atmosphäre im Bistro, ihre warmherzige Art, ihre kleinen komischen Geschichten, aber das war natürlich kein Grund, ihr meine Gegenwart aufzudrücken, wenn sie darunter litt. Britta sah mich abwartend an, dann griff sie plötzlich in ihre Tasche und holte ihr Handy heraus. Bevor ich noch irgendwelche Einwände erheben konnte, hatte sie Riekes Nummer gewählt und erzählte ihr von unserer Begegnung. Ich wandte mich währenddessen zum Bücherregal um, bekam aber natürlich jedes Wort mit, zumal Britta nach wie vor über eine weittragende Stimme verfügte, die sie sich nicht scheute einzusetzen – egal wo sie gerade war und worum es ging. Nachdem sie ihren Text aufgesagt hatte, schwieg sie einen Moment. Ich drehte mich um, sie nickte, legte den Zeigefinger an die Lippen, verabschiedete sich dann wortreich und sah mich mit einem triumphierenden Grinsen an.

»Na bitte – sie sagt, sie hätte noch einen Becher Magerquark da, und es wäre klasse, wenn du ihn vertilgen könntest, weil ihn ansonsten niemand mag!« informierte sie mich.

Das war mit Sicherheit gelogen, aber ich grinste zurück. Und ich war ziemlich aufgeregt. Als wir im Bistro eintrafen, kümmerte Rieke sich gerade um einen Tisch mit vier Damen, die nach unternehmungslustigem Kaffeekränzchen aussahen. Sie blickte kurz hoch, während sie die Bestellung aufnahm. Unsere Augen trafen sich, und ich spürte einen feinen Stich. Britta zog mich kurzentschlossen an die Theke.

»Du musst den Ananaskuchen probieren«, sagte sie mit verschwörerischer Stimme. »Du wirst sprachlos sein vor Begeisterung!« Sie musterte mich. »Na ja, oder auch nicht – bei dir weiß man ja nie. Jedenfalls ist er köstlich, vor allem mit Sahne natürlich, aber das interessiert dich ja ohnehin eher weniger.«

Ich nickte nur. Rieke hatte mir mal eine Ananas bringen lassen, als sie mitbekommen hatte, dass ich Ananas sehr gern mochte, unter anderem weil sie nahrhaft und süß und – das vor allen Dingen natürlich – trotzdem kalorienarm war. Aber das war zu dem Zeitpunkt noch kein Thema zwischen uns gewesen.

Eine Viertelstunde später hatte Rieke Zeit für eine Verschnaufpause. Alle Gäste waren mit ihrem Essen beschäftigt, und sie begrüßte uns. Ich ging jede Wette ein, dass sie sich ebenfalls daran erinnerte, wie Britta mich seinerzeit nach meiner Rückkehr aus Frankfurt das erste Mal getroffen hatte. Ihr Blick war melancholisch. Sie nahm mich kurz in die Arme und verschwand dann rasch hinter der Theke, um uns zu bewirten. Sie hatte abgenommen, mindestens zwei, drei Kilo – ich sagte nichts dazu. Es ginge ihr gut, plauderte sie, dem Bistro auch, in der Familie nichts Neues – nur die üblichen Katastrophen, alles halb so wild. Ich fragte natürlich nicht nach ihrem Liebesleben, sondern erzählte vom Skaten und vom Job. Britta verspeiste zwei große Stücke des wirklich grandiosen Ananaskuchens, während ich mich mit einem begnügte, erzählte einige Anekdoten aus ihrem Alltag als Berufsschullehrerin und blies dann so plötzlich zum Aufbruch, dass ich gar keine Gelegenheit hatte, mich anzuschließen. Rieke kassierte bei einigen Gästen, die gleichzeitig die letzten an diesem Tag waren, und verschloss die Tür hinter ihnen. Plötzlich war es ganz still.

»Vielleicht ist es besser, wenn ich auch gehe«, sagte ich zögernd.

Sie setzte sich auf einen Stuhl und legte die Beine hoch. Anschließend wandte sie den Kopf und sah mich an.

»Britta hat mich ein wenig überrannt mit ihrer Idee, hier gemeinsam aufzukreuzen«, fuhr ich nervös fort.

Sie lächelte. »Ja, so was kann sie ziemlich gut. Aber davon abgesehen: Es ist okay, dass du hier bist. Natürlich ist es überraschend und ungewohnt ... Ich muss mich erst an deine Gegenwart gewöhnen ... Doch vielleicht wird es allmählich Zeit ... hm ...«

»Sag einfach, wenn es dir zuviel wird.«

Sie verschränkte die Hände im Nacken und ließ den Blick durchs Bistro schweifen. »Ja, das tue ich.« Dann nahm sie die Füße herunter und richtete sich wieder auf. »Bist du noch mit ihr zusammen?«

»Ja.« Mehr wollte ich nicht sagen.

»Und es geht dir gut mit ihr?«

»Rieke ...«

»Ich will es wirklich wissen«, unterbrach sie mich, stand auf und kam zu mir an die Theke. »Dann ist es ja offensichtlich mehr als ein Seitensprung, eine kleine heiße Affäre oder so was.«

»Ja, das ist es.«

»Das beruhigt mich. Es beruhigt mich sehr.«

»Ein Seitensprung hätte uns nicht auseinandergebracht«, fügte ich hinzu. »Ganz sicher nicht.«

»Ist es die große Liebe – ich meine, die ganz große?« fragte sie weiter.

Ich sah sie unschlüssig an. Wollte sie das wirklich so genau wissen? Und würde es ihr guttun, mehr zu erfahren, als unbedingt notwendig war?

»Es ist eine besondere Beziehung«, antwortete ich. »Für uns beide. Die große Liebe? Hm, das ist so ein Ausdruck ...«

»Nicht deine Ausdrucksweise«, stellte sie fest und lächelte. »Ich weiß.«

Sie wusste eben nicht alles, und das war gut so. Ich sah auf die Uhr.

»Du hast dich bei mir immer irgendwie gebunden gefühlt, stimmt's? Auf unangenehme Weise gebunden, festgehalten oder so. Ist das mit ihr anders?« wollte Rieke wissen.

»Das ist mit ihr anders, ja.«

»Das dachte ich mir.«

Plötzlich war es wieder still. Ich griff nach meiner Tasche.

»Ich muss los, Rieke«, sagte ich. »Sehen wir uns mal?«

»Doch, ja, warum nicht? Auf dem Motzstraßenfest?« erwiderte sie.

Ich schluckte. An das schwullesbische Straßenfest im letzten Jahr erinnerten wir uns beide wohl nur allzu gut. Ich strich mir über die Haare. Ich fühlte mich nicht sehr wohl in meiner Haut. »Ist das dein Ernst?«

»Ich glaube, du missverstehst mich gerade«, sagte sie. »Ich bin diesmal dort mit einem Stand vertreten. Eine Bekannte hat mich auf die Idee gebracht, und ich finde die gar nicht schlecht. Gute Umsätze plus Werbung plus zwei Tage Trubel. Was will ich mehr?«

»Ja, in der Tat.« Ich war verblüfft über ihre Experimentierfreude. »Na, dann sehen wir uns sicher. Ich denke schon, dass ich eine Runde dort drehen werde.«

Ich erhob mich, und Rieke brachte mich zur Tür. Sie schloss auf und sah mich an. »Alles Gute, Paula. Wir sehen uns.« Sie drückte kurz meinen Arm.

»Danke, für dich auch.«

Ich gab ihr schnell einen Kuss auf die Wange und schlüpfte zur Tür hinaus. Draußen blieb ich einen Moment stehen und atmete tief durch, bevor ich mich auf den Heimweg machte.

Als ich zu Hause meine eMails abrief, war eine Nachricht von Ariane dabei. Sie war für einige Tage bei ihrer Familie in Hannover, und es ginge ihr gut, berichtete sie mir vom PC ihrer Schwester aus. *Es gibt viel zu klären,* schrieb sie, *und ich merke gerade, dass ich nicht alles auf einmal in Angriff nehmen kann. Es ist einfach zuviel, zu aufwühlend und vielschichtig. Aber warum sollte ich auch? Nur nichts überstürzen. Damit erreiche ich gar nichts. Niemand drängt mich. Lieber Schritt für Schritt.* Wohl wahr, dachte ich, du erreichst schon viel, indem du den Mut aufbringst, Fragen zu stellen und alten Geschichten nicht länger auszuweichen. Ich konnte das sehr gut nachvollziehen. *Ich komme Sonntag zurück,* las ich weiter, *es wäre schön, wenn Du Zeit hättest. Ein paar Stunden Zeit für uns. Für alles mögliche ... Ich sehne mich nach Dir. Ich will mit Dir schlafen, ganz leidenschaftlich, die ganze Nacht ... Außerdem – weißt Du was? Ich glaube, ich liebe Dich. Ja, wirklich.* Ich lächelte. Na klar, ich dich auch.

## 29

Toni unterbreitete mir den Vorschlag, einen Stand beim schwullesbischen Straßenfest zu mieten, und ich sah sie so perplex an, dass sie laut loslachte.

»Du guckst nicht gerade geistreich«, stellte sie schließlich fest, während wir in ihrem Büro unseren Mittagskaffee einnahmen und dazu Mohnkuchen verspeisten. Mohnkuchen mit einer daumendicken Schicht aus Pudding und Sahne. Nach einem alten Rezept meiner Mutter und außerdem eine wahre Kalorienbombe, was weder Toni noch mich groß kümmerte.

Florian war auf einer seiner Baustellen, was ich erleichtert zur Kenntnis genommen hatte. Seit jenem Fiasko vor einigen Monaten waren wir beide nicht sonderlich interessiert daran, uns zu begegnen. Mir war die Geschichte hochgradig peinlich, während er, so glaubte ich einer vorwurfsvollen Note in seinem Blick entnehmen zu können, meinen überstürzten Aufbruch noch nicht verkraftet hatte und mich mied, um mir seine Gekränktheit zu signalisieren. Vielleicht erinnerte ihn mein Verhalten an Ellen, vielleicht auch nicht. Es war mir egal – ich wollte den Kontakt zu ihm jedenfalls nicht noch einmal intensivieren. Nichtsdestotrotz ließ er sich gern weiterhin das Essen bringen, was mich außerordentlich freute. Immerhin war er ein guter Kunde, auf dessen regelmäßige Bestellungen ich ungern verzichtet hätte. Toni bekam unsere Zurückhaltung natürlich mit und grinste still vor sich hin. Ich konnte mich glücklich schätzen, dass sie aus Taktgefühl mit Kommentaren sparte.

Ich schluckte eine Gabel voll Kuchen hinunter, bevor ich antwortete. »Na, entschuldige bitte – aber eine solche Idee hätte ich nun wirklich nicht von dir erwartet.«

»Ach? Und warum nicht?« Sie stützte das Kinn in die rechte Hand und sah mich fragend an. Und spöttisch. »Da bin ich jetzt aber sehr gespannt.«

Das war ich plötzlich auch. »Na ja ... also ...«

»Nun komm schon – raus mit der Sprache!«

»Ich hätte nicht erwartet, dass du dich für solche Events interessierst«, sagte ich schließlich lahm und hörte selbst, wie wenig überzeugend das klang. So ein Quatsch!

Toni grinste noch breiter. Dann schüttelte sie den Kopf. »Merkst du eigentlich noch was?«

Tatsächlich – ich wurde rot. Und wusste noch nicht mal so genau warum.

»Sag mal – nimmst du mich gerade auf die Schippe?« hielt ich ihr entgegen und fragte mich, warum ich so irritiert war.

»Ein bisschen.« Sie zwinkerte.

Dann klingelte das Telefon. Ich nutzte die Gelegenheit und machte mich schnell aus dem Staub. Was hatte sie bloß andeuten wollen? Dass ich so borniert war anzunehmen, nur Schwule und Lesben gingen auf das Fest? Oder dass sie selbst ...? Ich schüttelte den Kopf. Meine Güte – sie hatte einen Sohn, sie sah wie eine völlig normale Frau aus ... Ich schlug mir stöhnend an die Stirn.

Was für einen Blödsinn spann ich mir da eigentlich gerade zusammen? Und hatte ich Toni wirklich über Monate beinahe täglich gesehen, ohne zu bemerken, dass sie unter Umständen ... meine Güte ... ja, lesbisch sein könnte? Wie war das gleich gewesen: Merkte ich eigentlich noch was? Oder war das jetzt alles völliger Quatsch, und wir hatten nur ein bisschen geplänkelt?

Ein paar Tage später kam Britta nach kurzfristiger telefonischer Vorankündigung am späten Nachmittag gemeinsam mit Paula im Bistro vorbei. Es war nicht leicht, Paula so unerwartet zu begegnen, und doch stellte es sich als gute Idee heraus, diesem spontanen Zusammentreffen zugestimmt zu haben. Paula war mir nah und fern zugleich. Zum ersten Mal dachte ich, dass unsere Trennung gut war – auch für mich –, und ich genoss den Gedanken und das Gefühl der Ruhe, das damit einherging und das mir noch vor kurzer Zeit völlig abwegig erschienen wäre. Sie war gut aufgehoben bei ihrer Ariane, und auf mich wirkte sie wieder ein wenig unnahbar. So wie damals, als ich noch nicht gewusst hatte, was sich alles hinter dieser schönen Maske aus Weltgewandtheit und selbstbewusstem Auftreten verbarg. Nun wusste ich es, aber es war nicht mehr meine Sache. Oder nur noch zu einem kleinen Teil. Ich war erleichtert, als sie ging, ohne dass sich ein großes Drama in mir abgespielt hatte, ohne Gefühlsachterbahn mit beängstigenden Loopings, und ich spürte, dass sie ähnlich empfand. Es war ein guter Abschluss.

Als ich die Tür hinter ihr zuschloss, klingelte das Telefon im Büro. Ich zögerte einen Moment, um dann doch noch abzuheben. Kunden sollte man nicht ignorieren, auch wenn sie sich mal nicht an die Geschäftszeiten hielten.

»Hallo, Rieke, hier spricht Toni. Schön, dass ich dich noch erreiche.«

Ach du Schreck, dachte ich und schluckte. Ich hatte Toni nach unserem letzten Gespräch ein paar Tage nicht in die Augen gucken wollen und Kevin die Tour übergeben.

»Ich habe dich in den letzten Tagen vermisst«, fuhr sie fort. »Alles in Ordnung bei dir?«

»Ähm, ja, durchaus. Es war so viel im Bistro zu tun, dass ich mittags nicht weg konnte und Kevin losschicken musste«, stotterte ich. »Ich hoffe aber, dass trotzdem alles gut geklappt hat«, schob ich hinterher. »Oder war das Essen nicht in Ordnung?«

»Aber ja doch. Es war wie immer sehr lecker.«

»Schön zu hören.« Ich räusperte mich. Jede Wette, dass das nicht der Grund ihres Anrufs war.

»Übrigens«, sagte sie. »Weswegen ich eigentlich anrufe: Ich möchte dir meine Hilfe anbieten.«

»Ach?« Ich schluckte schon wieder. »Wie nett. Und wobei?«

»Falls du auf dem Straßenfest Unterstützung brauchst, kannst du mit mir rechnen«, erklärte sie herzlich. »Du willst sicher rund um die Uhr am Stand sein und brauchst zwischendurch ja mal eine Pause. Wenn du mich ein wenig einarbeitest, kann ich dir gerne zur Hand gehen.«

»Wie fürsorglich! Danke für das Angebot. Ich komme bestimmt darauf zurück.«

Das war eine Floskel, aber ich wusste im selben Moment, dass ich garantiert darauf zurückkommen und dass sie so oder so irgendwann an meinem Stand auftauchen würde. Zwei Minuten später beendeten wir das Gespräch. Ich erledigte noch ein bisschen Papierkram, doch ganz bei der Sache war ich nicht.

Ich freute mich auf das Fest, wenn es auch viel zu tun gab und mir die Zeit wegzulaufen drohte. Schon eine ganze Woche vorher plante und tüftelte ich an meinem Angebot, und als es endlich losging, befürchtete ich dauernd, etwas vergessen zu haben. Ich wollte an beiden Tagen selbstverständlich nur das Beste, Frischeste und Appetitlichste anbieten, was bedeutete, dass ich lediglich bedingt vorkochen konnte, denn einfrieren und wieder auftauen, womöglich noch per Mikrowelle, kam nicht in Frage. Steffi und Kevin waren natürlich mit von der Partie, dennoch war es eine logistische und körperliche Herausforderung, zum einen in meiner Küche für Nachschub zu sorgen und zum anderen mitten im Getümmel zu stehen und die Leckereien zu verkaufen. Der Andrang war erfreulich groß, und ich kam ziemlich ins Schwitzen, obwohl das Wetter nicht allzu sommerlich war. Dafür blieb es glücklicherweise nach vielen verregneten Tagen trocken, und zwischendurch ließ sich sogar die Sonne sehen.

Als Toni am Samstagnachmittag auftauchte, hatte ich so viel zu tun, dass ich ihr nur kurz zuwinken konnte, um mich dann gleich wieder der nächsten Bestellung zuzuwenden. Aus den Augenwinkeln bekam ich mit, dass sie sich etwas abseits hielt und mich beobachtete. Schließlich trat sie ohne Erklärung hinter den Stand und begann abzuwaschen, als hätte sie an diesem Tag ohnehin nichts anderes vorgehabt. Als es kurz etwas ruhiger wurde, trat ich zu ihr.

»Ich hatte noch gar keine Gelegenheit, dich zu begrüßen«, sagte ich und lächelte sie an. »Ich finde es toll, dass du einfach so unkompliziert aushilfst. Vielen Dank.«

»Keine Ursache, mache ich gerne.« Sie lächelte zurück und nahm meine ausgestreckte Hand. »Du hättest dich ruhig melden können. Bestimmt war doch schon heute mittag ziemlich viel los, oder?«

»Erfreulicherweise ja, aber ... na ja, ich dachte, ich habe alles ganz gut im Griff und wollte mich heute irgendwann zwischendurch mit dir in Verbindung setzen.« Ein neuer Kunde trat an den Stand. »Doch du siehst ja, wie's läuft – bislang reichte die Zeit nicht einmal zum Telefonieren. Ich war froh, wenn ich mal eben schnell zur Toilette sprinten konnte.«

Das war natürlich übertrieben, klang aber gut. Ich lächelte den jungen Mann an, der eine Quiche bestellte. Dahinter standen zwei schrill herausgeputzte Damen, die meine Törtchen begutachteten und eifrig diskutierten, welche sie wählen sollten – die mit Mandeln und Honigglasur oder die fruchtige Variante mit Erdbeeren und einem adretten Sahnehäubchen oder aber den Himbeer-Vanille-Traum mit Schokoladenstreuseln oder doch lieber die Versuchung mit Birne und Weintrauben auf Cognac-Creme.

»Soso«, sagte Toni, während sie sich das Handtuch über die Schulter warf und die abgewaschenen Teller neben mir stapelte. »Du bist also eine erprobte Einzelkämpferin?«

Ich stutzte, lachte dann und servierte Törtchen. »Überhaupt nicht ...«

»Frei nach dem Motto: Ich komme schon alleine klar, erst recht wenn es sich um profane Arbeit handelt. Bloß niemanden fragen?« mutmaßte Toni unbeirrt weiter.

»Nein, nein«, widersprach ich energisch. »Ich arbeite nicht gern allein. Sonst hätte ich wohl auch einen anderen Job.«

Die beiden Damen probierten ihre Törtchen, warteten ab und folgten unserem Dialog durchaus interessiert.

»Das ist ein Argument«, gab Toni zu.

»Na, siehst du, aber wenn es dir so wichtig ist, kann ich dich ja sozusagen nachträglich um deine Hilfe bitten«, flachste ich fröhlich und sah sie an.

Sie war stärker geschminkt als sonst. Lidschatten betonte ihre hellblauen Augen, um die Stirn trug sie ein altes Hippieband, und einzelne Strähnen ihrer Locken waren hell getönt. Das T-Shirt saß knapp, und die Jeans betonten ihre zierliche Figur.

Die beiden Kundinnen nickten beifällig. Mein Vorschlag gefiel ihnen. Toni schloss sich an. »Ich bitte darum.«

Ich baute mich vor ihr auf. »Liebe Toni – es wäre mir eine außerordentliche Freude, wenn du mir heute hilfreich zur Seite stehen könntest.«

»Heute?« mischte sich eine der beiden Damen halblaut ein. Die andere kicherte und hielt sich dann die Hand vor den Mund.

Toni machte einen Schritt auf mich zu. »Liebe Rieke – kein Problem, das tue ich wirklich gerne.«

»Gut, dann ist das geklärt – lass uns in die Hufe kommen und weitermachen.«

Ich wandte mich zu den Frauen um. »Möchten Sie noch zwei Törtchen?«

Sie mochten.

Toni half mir bis zum späten Abend, und ich hatte den Eindruck, dass es ihr großen Spaß machte. Sie war geschickt und flink und fand sich ohne Mühe zurecht. Ich konnte zwischendurch Nachschub aus dem Bistro holen, und die Arbeit ging mir insgesamt so locker-leicht von der Hand wie schon lange nicht mehr. Schließlich wurde die Musik von den Bühnen noch lauter, und das Geschäft begann abzuebben, weil die Leute nun mehr auf ihre flüssige Zufuhr bedacht waren. Ich fing an aufzuräumen. Plötzlich stand Toni hinter mir, umfasste meine Taille mit beiden Händen und schob mich in Richtung eines Hockers. »Nun setz dich doch erst mal einen Moment – das hat doch auch noch fünf Minuten Zeit.«

Ich blies mir eine Haarsträhne aus dem Gesicht und streckte die Beine aus.

»Das fällt mir auch gerade auf.«

Toni setzte sich auf eine Kiste. »Bist du morgen wieder hier?«

»Puh – ja: mit Brezeln und Kuchen, verschiedenen Pasteten, Brot natürlich, Käse ... Aber du musst nicht ...«

Sie schüttelte den Kopf. »Nein, ich muss gar nichts, ich weiß.« Sie lachte mich an, griff hinter sich, nahm sich ein Törtchen und verspeiste es in aller Seelenruhe. »Was hast du übrigens jetzt noch vor?« fragte sie, nachdem sie aufgegessen und sich die Finger abgeleckt hatte.

Ich wies um mich. »Ein bisschen Ordnung schaffen und zu Hause dann die Vorbereitungen für morgen treffen. Anschließend mit dampfenden Füßen todmüde ins Bett fallen und hoffen, dass ich nicht von Quiche und Törtchen träume. Wenn ich gut bin, schaffe ich es vorher noch unter die Dusche.«

»Klingt langweilig«, kommentierte Toni.

»Langweilig? Du bist gut …«

»Wie wäre es damit: Also, ich packe noch mal mit an, bekomme noch ein Törtchen und etwas von der Quiche, und du wartest mit der wohlverdienten Bettruhe noch eine Weile, weil du dich nach dem Duschen aufbrezelst und wir eine Runde tanzen gehen. Ich bin zu einer Fete eingeladen, und es wäre schön, wenn du mitkämst. Na, was meinst du?« Sie hob die Augenbrauen und griente.

Ich war sprachlos. Aber nur einen Moment. So fürchterlich müde war ich nun auch nicht, und wenn Toni mithalf und wir uns beeilten und ich am nächsten Morgen etwas eher loslegte, konnten wir in drei Stunden fertig sein.

»Oder hast du schon was anderes vor?« unterbrach sie meine Überlegungen, und ihr Stimme veränderte sich plötzlich. »Vielleicht ist dir eher nach einem Treffen in einer gewissen Bar am Savignyplatz – Abwechslung kann ja nicht schaden, oder?«

Ich atmete tief ein und schwankte einen Moment zwischen heller Empörung, leiser Beschämtheit und dem seltsam dringlichen Wunsch, ganz schnell etwas geraderücken zu wollen. Sie behielt mich scharf im Auge. Ich erwiderte den Blick nach einem winzigen Zögern und entschied mich dann, meinem angeborenen Drang zu folgen, keine Bemerkung unerwidert stehen zu lassen.

»Savignyplatz? Heute abend? Nein, danach ist mir ganz und gar nicht«, antwortete ich schließlich ironisch und hob mein Kinn ein wenig. Eigentlich war es ja eine Frechheit, was sie sich da herausnahm …

»Verstehe«, erwiderte sie zwei Sekunden später mit blitzenden Augen. »Na, dann vielleicht nächste Woche oder nächsten Monat?«

Ich wiegte den Kopf. »Ich glaube nicht.«

»Nein, weil der Abend ein Reinfall war?«

»Ja, der Abend war ein ziemlicher Reinfall.«

»Du könntest die Bar wechseln.«

»Stimmt.«

Sie sah mich lange an, und zu meiner eigenen Verblüffung hatte ich Mühe, ihrem Blick standzuhalten. Plötzlich erhob sie sich und legte mir beide Hände auf die Schultern. »Wann hast du das letzte Mal getanzt?«

Ich lehnte den Kopf an ihren Bauch. Was für ein schönes Gefühl!

»Ich kann mich nicht erinnern. Wirklich nicht«, entgegnete ich und schloss die Augen. Was passierte hier eigentlich? Ich dachte besser nicht darüber nach.

»Dann wird es doch höchste Zeit, oder?« fragte sie und fuhr mit den Daumen über meinen Nacken. »Du bist ziemlich verspannt.«

»Und tanzen hilft dagegen?«

»Na klar. Tanzen oder ein Waldspaziergang. Schwimmen in einem ruhigen See. Wandern. Solche Sachen helfen dagegen. Unter anderem.« Sie lachte leise. »Mach die Augen auf, sonst schläfst du noch ein, bevor wir hier aufgeräumt haben!«

Die Fete fand bei Freunden von Toni in einem Vereinsheim statt. Das Publikum war bunt gemischt: Schwule, Lesben, Heteros. Als wir ankamen, war es bereits Mitternacht, und wäre ich nicht so aufgewühlt gewesen, was die plötzliche und unvermutete Nähe zwischen Toni und mir anging, hätte ich nur eine Minute reglos auf der Stelle verharren müssen und ich wäre eingeschlafen. So aber stand ich mit Herzklopfen am Rande der Tanzfläche, schlürfte irgend etwas süßes und gleichzeitig scharfes Kaltes und beobachtete die Tanzenden, während Toni sich neben mir mit zwei Frauen unterhielt – sofern das bei der lauten Musik überhaupt möglich war. Plötzlich nahm sie meine Hand und sah mich an.

»Kommst du mit? Oder willst du dich noch etwas umsehen?« Sie wies mit dem Kopf in Richtung Tanzfläche.

»Ich brauche noch ein paar Minuten zum Warmwerden.«

Toni nickte. Sie offensichtlich nicht. Mit wiegenden Schritten und schnipsenden Fingern hüpfte sie los und tanzte nach kurzer Zeit selbstvergessen mitten im Pulk vor sich hin. Ich sah ihr zu, und mir wurde von Minute zu Minute wärmer. Toni bewegte sich ausgelassen und zunehmend lasziver. Vom zweiten Musikstück an sah sie immer wieder zu mir herüber, lächelte, flirtete. Plötzlich stand sie vor mir und zog mich auf die Tanzfläche. Schmuserock. Wie passend. Ich schmiegte mich in ihre Arme. Verzaubere mich, dachte ich. Ich wollte mich einfach treiben lassen, genießen, leben und all das. Sie faltete die Hände über meinem Po, ihr Mund war an meinem Ohr.

»Fühlst du dich wohl? Geht es dir gut?« fragte sie.

»Ja, aber besonders entspannt bin ich nicht«, sagte ich.

»Das liegt aber nicht an deinem steifen Nacken, oder?«

»Nein, ganz bestimmt nicht.«

Sie zog mich noch enger an sich, doch der DJ hatte andere Pläne und legte anschließend eine ziemlich flotte Scheibe auf. Drei, vier Stücke lang fühlte ich mich stark an meine Fetenjugend erinnert, als zwei schöne Jungs die Luftgitarrennummer abzogen. Doch bei allem Vergnügen: Gegen drei Uhr morgens spürte ich, dass meine letzten Reserven geschmolzen waren. Toni merkte es auch. Sie legte den Arm um mich und führte mich hinaus in die sternklare Nacht.

»Ich bin seit über zwanzig Stunden auf den Beinen und muss dringend ins Bett«, sagte ich mit dumpfer Stimme. »Ich kann kaum noch die Augen offenhalten. Dabei würde ich gerade heute nacht einiges dafür geben, ein paar zusätzliche Energiereserven zu haben.«

Toni zog mich in ihre Arme. »Ich glaube, ich weiß, was du meinst.«

Sie küsste mich, bevor ich antworten konnte. Weiche, volle Lippen. Ich spürte ihre Zunge, meine Erregung, die kühle Nachtluft, ihre Hände auf meinem Rücken. Musik.

»Vielleicht ist es besser so«, sagte sie dann leise.

»Was meinst du?«

Sie überlegte einen Moment. Einen so langen Moment, dass mir mulmig wurde.

»So schlimm?« fragte ich sie und hob den Kopf. »Ach je. Was kommt denn jetzt für eine Geschichte?«

»Hm, was heißt schlimm? Ich will ...«

Ich befreite mich abrupt aus der Umarmung und starrte sie an.

»Sag jetzt um Gottes willen nicht, dass du mir nicht weh tun willst!« forderte ich sie mit fuchtelnden Armen erregt auf. »Jeden anderen Satz, aber nicht ausgerechnet den! Mit den Einzelheiten verschone ich dich an dieser Stelle.«

»Schon gut, schon gut«, versuchte sie mich zu beruhigen und nahm wieder meine Hände. »Es ist eher umgekehrt. Ich mag dich. Sehr sogar. Ich will aber nicht, dass du mich, ja, benutzt, um abzuschalten, zu vergessen, auf andere Gedanken zu kommen, Liebeskummer zu überdecken. Ich möchte nicht als Ersatzspielerin zum Einsatz kommen, das ist nicht meine Welt. Verstehst du, was ich meine?«

Und ob ich das verstand.

»Außerdem – wenn du tatsächlich bi bist, wäre das über kurz oder lang ein Problem für mich«, fuhr sie fort. »Und ich finde es besser, gleich mit offenen Karten zu spielen. Das erspart uns eine Menge Enttäuschungen.«

»Ich bin nicht bi«, sagte ich. »Aber ich hatte Beziehungen mit Männern, auch glückliche. Der Gedanke, dass ich lesbisch sein könnte, kam erst mit Paula, mit meiner Liebe zu ihr.«

»Und was sollte dann die Geschichte mit Florian?«

Ich kratzte mich im Nacken und stöhnte leise. »Glaub mir, das habe ich schon hundertmal bereut. Nenn es eine Kurzschlusshandlung. Nachdem mit Paula Schluss war, war ich an einem solchen Tiefpunkt, dass ich alles in Frage gestellt habe. Wirklich alles, einschließlich der Frauenliebe. Außerdem ... ja, ich brauchte ein bisschen Selbstbestätigung, und er ... na ja ... er war nicht abgeneigt und ...« Ich winkte ab. »Es war jedenfalls eine Katastrophe, nach der ich für mich entschieden hatte, von Beziehungen überhaupt ganz und gar die Finger zu lassen.«

Toni schmunzelte. »Aha. Und was denkst du nun?«

»Dass ich mir den Umweg über Florian hätte sparen können. Reicht dir das als Antwort?«

»Hm, mal sehen. Das sage ich dir nach unserer ersten Nacht.«

Sie hielt meine Hände fest, damit ich sie nicht boxen konnte, und küsste mich.

»Nächsten Samstag ist übrigens CSD«, sagte Toni zwei atemlose Minuten später. »Vielleicht kümmerst du dich rechtzeitig darum, dass deine Aushilfen parat stehen. Wir machen den Umzug mit, tanzen die ganze Nacht ... und so weiter. Was hältst du davon?«

Ich konnte es kaum erwarten.

Georgs Garten war in diesem Jahr besonders schön. Der viele Regen hätte ihm gutgetan, behauptete er. Ich fand ja, dass die überschwenglichen Gefühle für seine Nachbarin, eine temperamentvolle rundliche Dame von Anfang Sechzig, die er liebevoll Hildchen rief, einen wesentlichen Anteil daran hatte, weil er sie mit seinen prächtigen Blumenbeeten zu beeindrucken suchte, und hielt mit meiner Meinung nicht hinterm Berg. Georg verlegen zu sehen war außerordentlich amüsant. Er zwirbelte dann in seinem Bart, guckte irritiert in der Gegend herum und füllte den Begriff Übersprunghandlung mit neuem Leben.

Als ich an diesem herrlichen Sonntagmorgen unangekündigt bei ihm vorfuhr – ich kannte niemanden, bei dem ich das sonst gemacht hätte –, goss er gerade hingebungsvoll die Pflanzen auf der Veranda. Aus der offenen Tür roch es köstlich nach frischem Kaffee. Auf einem Sonnenfleck räkelte sich Juri, der Kater, und sah mir in einer Art selbstvergessener Achtsamkeit entgegen:

spitzohrig, schmaläugig, ganz und gar gegenwärtig. Ich begrüßte Georg, setzte mich auf den Rasen und beobachtete sowohl meinen Freund als auch den Kater. Ein paar Minuten später gesellte sich Georg mit zwei großen Tassen Kaffee zu mir.

»Schöner Tag heute, was?« sagte er in seiner unnachahmlich wortkargen Art. Mit keiner Silbe ging er darauf ein, dass es ungewöhnlich früh am Morgen und außerdem Sonntag war. Er nestelte einen Zigarrenstumpen aus der Brusttasche seines Hemdes und tastete nach Streichhölzern.

»Ja – und ob«, stimmte ich ihm zu.

»Manche Tage sind perfekt. Andere nicht. Ist so.«

Er paffte gemütlich vor sich hin. Wer weiß, wie lange noch, dachte ich. Hildchen, die ich bei seinem Grillfest kennengelernt hatte, konnte meiner Einschätzung nach durchaus die Frau sein, der es gelang, ihm seine stinkenden Zigarren abzugewöhnen. Wenn sie souverän war, ließ sie es trotzdem bleiben.

»Siehst zufrieden aus«, erklärte Georg einen Moment später. »Sehr zufrieden sogar. Hast du was zu erzählen?« Er lächelte sein seltenes Lächeln.

»Ich bin sehr verliebt.«

»Gut, dass du das sagst – wär ich nicht drauf gekommen.«

»Siehst du!«

Wir schwiegen wieder ein paar Minuten.

»Und – ist sie nett?«

»Sie ist ein richtiger Schatz, Georg!« antwortete ich begeistert. »Außerdem brauche ich deine Hilfe.«

»Meine Hilfe. Soso. Wobei denn? Irgendwas zu reparieren?«

»Ich möchte mit Toni ans Meer fahren – für ein langes Wochenende – und ich brauche jemanden, der nach dem Rechten schaut, den sie anrufen können, der noch mal schnell Ware holt, wenn was ausgegangen ist – all das eben. Weißt du, Tamara ist auch unterwegs, und ich würde doch so gerne mit Toni ...«

»Aha. Wann denn?«

»Übernächstes Wochenende, ab Donnerstagabend«, erklärte ich rasch. »Ich backe dir auch einen Zitronenkuchen, wenn du möchtest. Oder auch zwei, falls du daran denkst, den Preis hochzutreiben.«

Er griente. »Wenn das kein Angebot ist. Nun, ich denke, ich habe Zeit. Hildchen wohl auch.« Er räusperte sich vernehmlich. »Ein Wochenendurlaub also. Toni ist eine Frau, mit der du gemeinsam wegfährst. Das hört sich ja richtig gut an.«

»Ja, ich bin auch schon ziemlich aufgeregt.«

»Das merkt man. Lerne ich sie denn bald mal kennen?«

»Wann immer du willst. Ich habe ihr schon einiges von dir erzählt«, erklärte ich bereitwillig. »Du wirst sie mögen.«

»Warum?«

Ich stutzte. »Das könnte ich mir jedenfalls vorstellen.«

»Klar kannst du dir das vorstellen, sonst hättest du es ja nicht gesagt, aber warum?«

»Sie ist ... warmherzig, frech, liebevoll. Sie mag Nähe.«

»Ach so. Und wo ist der Haken?«

Ich seufzte. »Sie hat mindestens eine so große Klappe wie ich, was manchmal sehr anstrengend ist. Für uns beide natürlich. Ihr Sohn ist ein ziemliches Ekel, aber ansonsten läuft alles prima. Apropos laufen – ich muss ihr nicht hinterherlaufen.«

Georg nickte. »Das war bei Paula auch nicht nötig.«

»Ja, aber ich kapiere es jetzt erst.«

Dem fügte Georg nichts hinzu. Juri gesellte sich zu uns. Er rieb seinen Kopf an Georgs Bein, schnurrte, stapfte dann zu mir und ließ sich den runden Buckel kraulen. Es war ein perfekter Tag. Und es sah ganz so aus, als könnten weitere folgen.

Wir schicken Ihnen gern unser kostenloses Gesamtverzeichnis.

*Die Deutsche Bibliothek – CIP-Einheitsaufnahme*
***Kuck, Manuela:***
*Die Rivalin: Roman / Manuela Kuck.*
*Berlin : Krug & Schadenberg, 2005*
*ISBN 3-930041-46-4*


*Arndtstr. 34, 10965 Berlin*
*Tel. (030) 61 62 57 52, Fax (030) 61 62 57 51*
*info@krugschadenberg.de*
*www.krugschadenberg.de*

*Originalausgabe*
*1. Auflage 2005*

*Lektorat: Andrea Krug, Berlin*
*Umschlaggestaltung: Dagmar Schadenberg, Berlin,*
*unter Verwendung einer Fotografie von © Getty Images / Tony Hopewell*
*Satz und Typografie: Grafikbüro Schadenberg, Berlin*
*Druck: Clausen & Bosse, Leck*

# ... und Weiterlesen:

Joy arbeitet als Übersetzerin und ist seit Jahren leidenschaftliche Boxerin. Während eines Besuchs bei ihrem Vater, einem Zen-Buddhisten, flammen alte Konflikte neu auf. Elena, Joys Geliebte, trägt dazu bei, dass Joy sich ihren Gefühlen stellt, statt sie wie sonst „wegzuboxen". Als Marathonläuferin bringt Elena den langen Atem mit, den es erfordert, Joy in jeder Hinsicht aus der Reserve zu locken ...

Manuela Kuck
**Die Boxerin**
280 Seiten, gebunden
ISBN 3 - 930041 - 29 - 4

Alex ist fit und hellwach. Muss sie auch sein. Denn Alex ist Personenschützerin. Sie muss die Situation jederzeit unter Kontrolle haben – ob sie eine reiche Erbin begleitet, eine Anwältin, die bedroht wird, oder einen umstrittenen Pharmakologen. Auch in ihrem Privatleben hat Alex alles im Griff. Bis sie sich in Barbara verliebt, die allerdings in festen Händen ist ...

Manuela Kuck
**Die Schattentänzerin**
360 Seiten, gebunden
ISBN 3 - 930041 - 23 - 5

*www.krugschadenberg.de*